tsubouchi yūzō
坪内祐三

# 『別れる理由』が気になって



Kodansha Bungei bunko

目次

『別れる理由』が気になって

# I

# 1

小島信夫の『別れる理由』は気になる小説である。私はずっとその小説のことが気になりつづけていた。

正直に言おう。私は小島信夫のさほど熱心な読者ではなかった。大学時代に新潮文庫の短篇集『アメリカン・スクール』を読んだ。同じく大学時代に『抱擁家族』を読んだ。しかし私がこの中篇小説に目を通したのは、あとでまた改めて述べることになると思うが、江藤淳の評論『成熟と喪失』(河出書房新社一九六七年)に導かれる形で、である。つまり小島信夫に対する私の内在的な興味によってではなかった。

本の形で読んだ小島信夫の小説(小説集)はその二つだけ。あとは時どき、文芸誌の最新号やバックナンバーで何となく目についた作品を幾つか読んだ、というその程度の、私は、読者だった。

評論やエッセイについても同様だ。『私の作家評伝』全三巻（新潮社）の所どころを拾い読みしたにすぎない。

だが、最初に述べたように、『別れる理由』のことはずっと気になっていた。

特に、その長さのことが。

それまで高校や大学の図書館や本屋での立ち読みですませていた私が初めて買った『群像』は村上春樹の「群像新人文学賞」受賞作「風の歌を聴け」が掲載された一九七九年六月号だが（いや実は、ちょうどその一年前、平野謙の追悼号である一九七八年六月号が私の初めて買った『群像』であったことを、この連載の執筆途中で私は思い出した）、その時すでに「別れる理由」は連載百回を越えていたはずだ（と記憶で書いたが、調べると連載百二十九回目だった）。つまり、その時すでに十年近くも（以上も）連載が続いていたわけだ。

私は一九七八年四月に大学に入学し、八三年三月に卒業した。

その頃が、私がいわゆる日本の純文学に一番関心を強く持っていた時期である。だんだんと純文学通になっていった時期だ。

だから私は小島信夫について、さらには『別れる理由』についての、知識を得るようになっていった。

その頃私が愛読していた純文学作家に田中小実昌や後藤明生がいて、その二人が共に、自分たちの文学的営為の先駆者として小島信夫のことをとても尊敬していたことを。あるいは「別れる理由」の奇妙な展開について。例えば私のこの文章の、九行前にたまたま登場した連載百二十九回目の書き出しは、こんな具合である。

「ねえ、前田くん」

と藤枝静男氏は永造によびかけた。『別れる理由』の作者は、もどかしいような悲しみを感じながら、「前田くん」という声をきいた。「ねえ」のあとで「前田くん」まで、若干の時間があった。その時間のあることも、その感情を起させる理由かもしれなかった。「ねえ」といったとき、もう「前田くん」を用意していたのか、そうでないのか、どちらだろう。

メタフィクション的私小説の名篇「空気頭」などの著者である藤枝静男から「ねえ、前田くん」と呼びかけられているのはこの小説の主人公の前田永造である。するとこの前田永造は、「『別れる理由』の作者」と同一人物であるのだろうか。

それは違う。前田永造は、作中で、「『別れる理由』の作者」である「私」の所へ電話を掛けてきたりする。連載百二十回目（一九七八年九月号）に、こういう一節が登場する。

私はそこで、『別れる理由』の読者が、主人公の前田永造と、息をきらせながら坂をのぼってきて、私の原稿を受けとる編集長の二人しかいないかもしれず、その永造だってもともと電話をかけてくるとはいえ私の原稿用紙の中にいたものだ。そうして永造が読者だということさえも、私は電話がかかってくるまでは、思ったことはなかった。

実はこの引用にはトリック、時間的なトリックがある。

私は今、『別れる理由』の第Ⅲ巻（講談社一九八二年）からこの二つの文章を引いてきた。つまり単行本として作品化されたものからその一節を引いてきた。

だが私は、生成過程で、つまりこの作品の初出時に、きちんとそれをフォローしていたわけではなかった。時どきの拾い読みや文壇ゴシップから、私はそのことを、つまり「別れる理由」がメタ・メタ・フィクショナルな展開を見せていることや読者がたった二人しかいないかもしれないことを知識として獲得していったのだ。

「別れる理由」の連載が終わったのは一九八一年三月号である。単行本の第Ⅰ巻が出たのが翌一九八二年七月。その装丁を担当した田村義也の回想（『のの字ものがたり』〈朝日新聞社一九九六年〉）によれば、その第Ⅰ巻は五刷一万五千部を記録し、翌々月に出た第Ⅲ巻も三刷までいったという。今思うと信じられないぐらいの純文学読者人口が、二十数年前の当時はまだ存在していたわけであるが、『別れる理由』は、話題作であるという実感が、大学生である私にも伝わって来た。

ただしその実感が、読もうという行為にまで続いて行くことはなかった。純文学の読者としての私は、その頃、もっと現代的すなわち同時代的な作品に飢えていたからだ。ここで私の言う同時代的とは、例えば、村上春樹の『羊をめぐる冒険』（講談社一九八二年十月）や高橋源一郎の『さようなら、ギャングたち』（講談社一九八二年十月）や、大江健三郎の『「雨の木《レイン・ツリー》」を聴く女たち』（新潮社一九八二年七月）などのことなどを指す。

『文藝』一九八三年一月号から江藤淳の連載「自由と禁忌」が始まり（翌八四年五月号まで）、『成熟と喪失』以来のこの本格的長篇文芸評論を、私は、初出時に愛読した。『成熟と喪失』で『抱擁家族』についてかなりの頁数がついやされていたように、「自由と禁忌」でもまた、江藤淳は、批判的にではあったものの、『別れる理由』について熱心に論じていた（のちに江藤淳は、『小島信夫をめぐる文学の現在』（福武書店一九八五年）に寄稿した「小島信夫氏の作品と私」という一文で、「講談社文庫版の『成熟と喪失』の本文全二二八ページのうち、『抱擁家族』に当てられているのは一一二ページ、『自由と禁忌』の本文二九二ページのうち、『別れる理由』に割かれている紙幅は、同じく一一二ページである。小島信夫という作家は、なにを書いても私の本のなかから、一一二ページはもぎ取らずには置かない作家だ」と述べている）。

『別れる理由』に興味を持っていた私は、「自由と禁忌」によって、この大長篇小説をコンパクトに知る手がかりを与えられたが、一方で、江藤淳の分析により、この大長篇小説が、その長さとは裏はらに（いや、その長さを無意味に必要とする）、矮小な作品であるという先入観を植えつけられた。

　つまり、読む必要のない小説であると、反射的に思ってしまった。

だがそれでも、気にはなっていた。その途方もない長さが。そして、最初は普通の形式をととのえていた作品世界が、やがて、文字通りメタ・メタにくずれて行くことが。

デパートの古書市や神田の古書展で『別れる理由』全三巻を良く見かけた。少しずつ気になっていった。

　連載終了時（一九八一年三月）にも、もちろん、十数年に及ぶ連載のその時間の長さに驚いていたけれど、さらに時が経ち、一九八一年三月という時制がどんどん過去のものになって行くのにつれて、『別れる理由』が連載されていたその十数年の時の質感が相対化され、改めて、『別れる理由』という小説の持つ時空間性を強く知りたくなった。その時空間性に身をひたしたいと思った。

　ただしそれは私の観念に過ぎない。要するに、頭の中で考えていただけに過ぎない。

去年（二〇〇一年）の五月、木山捷平の文庫本の解説執筆の資料用に、図書館へ木山捷平の追悼記事が載った『群像』を調べに行った。

その『群像』(一九六八年十月号)の目次を眺めていって、私は、『別れる理由』の長さを体感した。その号は丁度、小島信夫の連作小説「町」が「別れる理由」と題された号、つまり、結果的に「別れる理由」の連載が始まった号だった。しかもこの号には中野重治の長篇「甲乙丙丁」や伊藤整の「日本文壇史」の連載も続いている。『甲乙丙丁』はともかく、『日本文壇史』は、一九五八年生まれの私にとって、現代文学というよりは古典的な作品、つまり私の文学的自我が出来る遥か以前にすでに文学史上にあった作品という感じがする。その「日本文壇史」と、私が大学三年の三月に完結する「別れる理由」が、同じ目次に並んでいるなんて。

一九六八年十月から一九八一年三月に至る、その十二年半の大変な長さ。

先に述べたように私は一九五八年生まれである。「別れる理由」が始まった時、私は、十歳だった。そして、連載が終わった時、私は、二十二歳だった。十歳から二十二歳までの十二年間は、人の一生の中でとても長い。

だが、一九六八年十月から一九八一年三月に至る十二年半の(特にその前半の)長さは、そういう個別的なものだけではない。

例えば一九六八年十月というのは、「連続ピストル射殺魔」永山則夫が芝の東京プリンスホテルで最初の事件を起こし(十一日)、メキシコでオリンピックが開かれ(十二日)、国際反戦デーの日に合わせて「新宿騒乱事件」が起き(二十一日)、日本武道館で明治百年記念式典が開催された（二十三日）、そういう時である。

一方一九八一年三月は、劇場版の「機動戦士ガンダム」が封切られ（十四日）、神戸ポートアイランド博覧会（いわゆる「ポートピア'81」）が開幕し（二十日）、後楽園球場でピンク・レディーの解散コンサートが行なわれた（三十一日）、そういう時である。

一九六八年はGS（グループ・サウンズ）が大ブームで（日本武道館で明治百年記念式典が開かれた同日、十月二十三日、名古屋で行なわれたオックスの公演で九人の少女たちが失神し病院に運ばれた）、正月と夏に有楽町の日劇で開かれたウエスタン・カーニバルはたくさんの徹夜組を出したが、その日劇が閉館し（二月十五日）、解体されたのも一九八一年三月（十一日）のことであり、その頃のアイドルは、田原俊彦や近藤真彦らの「たのきん」トリオだった。

そして一九六八年十月の日本の首相は佐藤栄作、一九八一年三月の首相は鈴木善幸であり、アメリカの大統領はジョンソンからニクソン、フォード、カーターを経てレーガンに変わっていた。

もう少し具体的（実感的）にその歳月の長さについて語ろう。

山口昌男に『道化の民俗学』という長篇評論がある。一九六九年に岩波の雑誌『文学』に連載され、一九七五年に新潮社から単行本化された。その『道化の民俗学』が一九八五年初めに筑摩叢書に収められた時の巻末の高山宏の解説の一節が忘れられない。

高山氏はこう書いていた（傍点は原文）。

「道化の民俗学」はいわゆる大学紛争の渦中に登場してきた。一九六九年一月のことである。そして八月まで「文学」誌上に連載され続けた。冬にはいわゆる安田講堂「陥落」事件を間近に控えていた、その年ということである。教室設備の瓦礫や炎上する洋書の炎《ほむら》の中で「ひょっとしたら何かが変る」という思いを抱いて立ち回っていた当時の若者たちは、十年後、自分たちの「革命」のことを説明するのに「いわゆる」などという破廉恥なエピセットが幾重にも付かねばならないだろうなど、思っただろうか。時間の残酷を、この頃思うことが多い。

そう「別れる理由」の連載が始まった一九六八年は、まさに、学生運動のピークの年だった。学生運動だけでなく、音楽、演劇、マンガ、ファッション、文化風俗の様ざまな点で大きなパラダイムチェンジとなる年だった（『別れる理由』を未読の段階で、私は、この原稿のこの部分を書いているはずだが、先廻りして述べてしまえば、大学に勤める前田永造を主人公に持つ『別れる理由』の重要なサブプロットとして学生運動が描かれる。その意味で『別れる理由』の第Ⅰ巻は「一九六八年文学」でもある）。そういう激動の六〇年代末から七〇年代を経て、一九八〇年代に入る頃には、時代はかなり落ち着いて行く。

こういう時の流れの中で、「別れる理由」は、十年一日とも思える形で『群像』に連載されていったのである。実は小説の中では（物語的展開のある最初の三分の一までで も）、わずか数時間しか動いて行かないのに。

私は先に、一九六八年十月から一九八一年三月に至る十二年半の（特に前半の）時の長さは特別であったと述べた。「前半の」というのは、より正確に言えば、「最初の三分の一の」である。

つまり、一九六八年十月から一九八一年三月に至る十二年半は、私の実感によれば（いや、これは私だけの実感ではなく、多くの人びとにとっての実感でもあるはずだが）、三つの期間に分けられる。第一期を一九六八年十月から一九七二年の中頃までとする。第二期は、その七二年から七六年終わりか七七年初めの頃まで。

うまい具合に単行本版の『別れる理由』は全三巻に分れている。第Ⅰ巻には『群像』連載の一九六八年十月号から七二年八月号分までが収録されている。第Ⅱ巻には七二年九月号から七七年一月号まで。そして第Ⅲ巻には七七年二月号から八一年三月号まで。

この分け方を借りることにする。

戦後の日本は、戦前に引き続き、数年ごとに、いや一年ごとに、濃密な時が刻まれていった。

その濃密さが失なわれて行くのが、まさに一九七二年頃だった（そのことを私は私の著書『一九七二』（文藝春秋二〇〇三年）で詳しく論じた）。つまり、良かれ悪しかれ、歴史の動きが停滞して行く。その停滞が決定的なものになるのが、いわゆるポストモダニズムの時代に突入するのが一九七〇年代末のことである。

そういう三つの時代層にまたがって、「別れる理由」は『群像』誌上で、常に同時代の小説であり続けた。

単行本として上梓された年を基準に考えれば、『別れる理由』は、一九八二年の文学作品である。実際、『別れる理由』は、同年の野間文芸賞を受賞した。しかし連載開始時を基準に考えれば、『別れる理由』は、一九六八年の作品である。一九六八年の文学作品と一九八二年の文学作品とでは、読者に与える印象は全然違う。同じ十四年の時の差であっても、例えば、一九八八年の文学作品と二〇〇二年の文学作品とでは、それほどの差は感じない。ちなみに一九六八年の野間文芸賞受賞作は河上徹太郎の『吉田松陰』である。

完結までに長い時が経過した作品としてすぐに思い出されるのは志賀直哉の『暗夜行路』（一九二一年―一九三七年）であろう。だが一種の教養小説と言える『暗夜行路』は、小説世界の時間の流れが、執筆についやされた外部世界の時間の経過の直接的な影響を受けない。それに対して、リアルタイムに近い時制で物語が展開して行く（小説世界が動いて行く）『別れる理由』は、その外部世界の時の経過の影響を受けながら、小説が、中途からはその定型を越えて、増殖して行く。いや、停滞して行く。逆に言えば、『別れ

る。

く、一九六八年から一九八一年まで続いて行く、その時の奇妙な流れ方そのものなのであ

る理由』という小説の主人公は、前田永造でも、ましてはその作者である「私」でもな

少し結論をいそぎすぎた。

もう少し内容に即して語ろう。

私はいよいよ、実際に『別れる理由』に目を通したくなった。

そして、読むことにした。

だがその前に、小島信夫の小説世界をより深く体感出来るためにウォーミングアップする必要があると考えた。

つまり、まず『アメリカン・スクール』と『抱擁家族』を再読したいと思った。

学生時代に私が読んだ新潮文庫の『アメリカン・スクール』と講談社文庫の『抱擁家族』は、いつの間にか私の手元から消えていた。

私は都内の何軒かの大型新刊本屋に行った。『抱擁家族』は講談社文芸文庫版で入手出来たけれど、新潮文庫の『アメリカン・スクール』は見当らなかった。かわりに講談社文芸文庫版の小島信夫短篇集『殉教・微笑』を買った（「アメリカン・スクール」もこの短篇集に収められている）。

まず『殉教・微笑』から読んだ。

そして「吃音学院」（一九五三年）の、

その口調は院長松波氏の受売であることは明らかだ。こいつはこの調子では一そう奮起して厚かましさを発揮する気でいるに違いない。そんなら、こっちはかまわず石ころだと思ってやるだけだ、と僕は思った。

という箇所や、「微笑」（一九五四年）の、

僕は食事時には息子の右手にしつっこく食い下った。箸を持つというささいなことのために、息子は百貫目の石を持ちあげるような顔をした。

「持てなくても持とうとするのだ。いいか、それよりほかに仕方がないんだ。またお父さんが指押しをしてやるからな」

僕は狭い部屋がわれるように叫んだ。僕は妻に向って云っていたのだ。いやそうではないかも知れない。僕はこの親二人を代表して誰かに、見えざる監視者たとえば神に向って、威丈高になって見せていたのであろう。

という箇所や、「アメリカン・スクール」（一九五四年）の、

彼はこのような美しい声の流れである話というものを、なぜおそれ、忌みきらってきたのかと思った。しかしこう思うとたんに、彼の中でささやくものがあった。(日本人が外人みたいに英語を話すなんて、バカな。外人みたいに話せば外人になってしまう。そんな恥かしいことが……)

という箇所に付箋を貼った。その他者に対する居心地の悪さの描写がいかにも小島信夫的であると思って。そして小島信夫の小説では、その居心地の悪さが、声(それは時には幻の声であったりする)として聴こえてくる。

断片読みも含めれば学生時代に三回か四回は読み直しているはずの『抱擁家族』(一九六五年)を、今回、まるで初めての小説のように読みふけってしまったのには驚いた。初めてというのは、以前読んだ時とは、全然印象が異なっていたからだ。まったく新しい小説のように読むことが出来た。

私はこの小説のことを、この小説に描かれる「テーマ」をわかったつもりでいた。その「テーマ」を自明のものとして、友人と、この作品について語り合ったこともある。だがその「テーマ」はこの小説にとって、ごく一部分であることに過ぎない、と、私は、今回の再読で知った。

この講談社文芸文庫版の『抱擁家族』の巻末に新たに書き加えられた「著者から読者へ」と題する「文学の予言的性格」という一文で、小島信夫は、

過去に自分の書いた小説だけではなく、いま書いている小説にしても、どのくらい読む値打ちがあるか、ということについては、本人がとやかくいっても始まらないと思います。しかし私は一般にこういうふうに考えています。それは、文学というものは、予言的なものをそなえていることがあるものだ、ということです。

その作品があとになって、次第によく分ってくるということです。風俗的には世の中に変化があるとしても、というより、変化があったからいっそうそうだということです。

（中略）

作品が出来て、活字になったとき、読者が反応を示します。そして幸運な場合には、それなりの理解も解釈もあたえられます。その場合においても、作品というものは、あとになった方がよく分ることがあります。私はこういうことを、文学の「予言的性格」と呼ぶのです。

（中略）

いずれにしても、文学作品は、たとえ前に読んだことがあっても、いま読んでみなけ

れば、何もいうことは出来ないようなところがあります。新らしい時代に入ってきたので、それが書かれた時代から自由になり、その作品をとりまいていた雑音から自由になって、私たちが急に目のさめるように思うとしたら、それはたぶん値打ちのある作品ということになる。そういう作品はその発表当時から、そのまま私たちの前にあり、私たちの眼はその活字の上を走っていたのです。


と述べているが、まさにその通りであると思った。

先に私は『抱擁家族』の「テーマ」と書いた。その「テーマ」を私は、いや私もまた、江藤淳の『成熟と喪失』によって教えられた。正直に述べれば学生時代の私は『成熟と喪失』を読んで『抱擁家族』に興味を持ち、その作品に目を通したのである。

『成熟と喪失』で江藤淳は、こう書いている。


　換言すれば俊介にとっての妻は、なによりも先に「母」の変身したものであり、彼にとっての「楽園」は「母」である妻を中心に「子供」たちがいるような世界である。そのなかの特権的なひとりが彼自身でなければならぬことはいうまでもない。

　これは正確にあの日本の母と息子の関係の影である。俊介は無意識のうちに、妻とのあいだにあの農民的・定住者的な母子の濃密な情緒の回復を求めている。そこから彼は決して「出発」せず、またそこで決してどんなstrangerにも出逢うことがない。妻はここでは「他人」ではなく、いわば姿を変えてあらわれた「母」だからである。

俊介というのは『抱擁家族』の主人公の三輪俊介のことである（この三輪俊介が『別れる理由』の前田永造へと、のちに変容して行く）。大学で英米文学を教え、主婦向けの講演会も行なったりする三輪俊介は東京郊外の家に二つ年上の妻と高校生の息子、中学生の娘、さらに中年の家政婦と暮らしている。今引いた一節に見られるように、『成熟と喪失』で江藤淳は、この小説に描かれる俊介と妻との関係を、「妻」と「夫」の結びつきではなく「母」と「子」の結びつきであるととらえているが、江藤淳は、さらに家政婦の存在について、こう述べている。

こういう奇妙な、しかし緊密な夫婦の、実は「母」と「子」との結びつきが、俊介の「家庭」のイメイジを支えている。それを脅かすのは三輪家にはいりこんで来て「家」を「汚し」はじめた家政婦のみちよである。彼女はいわば、正確には「他人」というものが存在し得ない『抱擁家族』の世界に挿入された最初の「他人」――三輪家の奇妙な内部を照し出して見せる反射鏡の役割を果す人物である。

この家政婦はもっとごく普通の意味で「他人」であり、その「他人」性をここまで特権的に強調するのは江藤の読み込み過ぎであることは、例えば小島信夫のエッセイ「『求女中』広告始末記」(『小説家の日々』〔冬樹社一九七一年〕に収録。初出は『婦人公論』一九六〇年二月号)に目を通せばわかるが、そのことについてはあとでまた改めて触れる。『抱擁家族』にはもう一人重要な、いわばキーパーソンとも言える「他人」が存在する。アメリカ兵のジョージである。ジョージは家政婦みちよの紹介でこの家に出入りするようになり、三輪俊介の妻時子と不倫関係を持つ。そのことを俊介は、みちよから知らされ、動揺する。俊介のその動揺について、江藤淳は、こう分析している。

ひと言でいえばジョージとは孤独に耐えるように育てられた人間であり、同様に孤独なstrangerと倫理的な関係を結ぶことができ、要するに「近代」であるのに、俊介はそのいずれでもない。こういうstrangerの出現が俊介の「家」を「汚し」、彼の渇望する「家庭」のイメイジを脅かす。それはいわば三輪家が迎え入れた強力な、しかも冷い異物である。それを妻の時子が文字通り自分のなかに迎え入れたとき、俊介の内部にある「家庭」のイメイジは決定的に粉砕される。

つまり俊介が農民的・定住者的な日本の男の代表であるのに対し、ジョージはフロンティアスピリットに満ちた移住者の国アメリカの「カウボーイ」であるわけだ。定住的な共同体では母子の関係が濃密であり、夫婦は母子の変形に過ぎない。だから「家庭」というものに投影される「楽園」とは「母」と「子」の密な場を意味する。それに対して定住の場を持たない、すなわち「住居」とは「固定された移動トレーラーのようなものである」アメリカ出身のジョージは、「孤独に耐えるように育てられた人間」である。要するに「近代」人である。「他者」としてのアメリカの象徴である。

つまりこのとき彼は「近代」に出逢い、「他人」に出逢い、その強力な冷い刃が彼を「母」の影から切り離す感触を味ったのである。

『成熟と喪失』の副題は「〝母〟の崩壊」であるが、江藤淳は、『抱擁家族』を題材に、そのことを強調し過ぎている（江藤淳があのような形で亡くなった今、改めて『成熟と喪失』を読み直してみれば、この長篇評論の「テーマ」は江藤淳自身の自己分析にあったということが理解出来る。「妻」という「母」が亡くなったあとで遺作「幼年時代」を執筆することになる江藤淳だから）。それから江藤淳はアメリカの「他者」性を強調し過ぎている。

もちろん主人公の三輪俊介にとってアメリカは「他者」であるが、それは江藤淳が分析するような大文字の「他者」ではなく、小文字の「他者」である。

「(日本人が外人みたいに英語を話すなんて、バカな。外人みたいに話せば外人になってしまう。そんな恥かしいことが……)」と内省する。四十過ぎて妻子を残し留学した経験を持つ「アメリカン・スクール」の主人公の「彼」は、妻と関係を持ったアメリカ青年を英語で詰問し、妻と彼との別れ話の「通訳」を行なっている内に青年のことを英語で罵倒してしまう。

かつて妻を置いて一人アメリカに旅立ってしまったことを三輪俊介はうしろめたく思っているが、だからと言って彼は、そのことを後悔しているわけではない(同じ状況におかれたら彼はまた同じ選択をくだすことになるだろう)。主人公の男のこの種の冷酷さは小島信夫の初期短篇「微笑」以来のものである。

妻がアメリカ人の青年ジョージと関係を持ったのは、そのことに対する意趣返しだった。この小説に目を通すかぎり、アメリカに対する屈折した憧れは、アメリカ文学者である夫俊介よりも妻時子の方が強いように思える。

事件(不倫)が発覚したあと、二人は、その心理的な埋合わせとして、家の新築を計画する。

「こんど作るのなら、どうしたってアメリカ式のセントラル・ヒーティングというやつにしなくっちゃ」

　と時子は呟いた。そういうことを考えていたのだろうか。

「あれは、地下室で重油をたいて、ダクトで各部屋に空気を送るしかけになっているんだな。夜やすむときは、毛布一枚でねられる」

　こうして彼が語るアメリカの知識には時子はわざとのように耳を傾けなかった。

「夏は冷房にしなくっちゃ。こんなルーム・クーラーみたいなもんじゃなくて、もっと性能がいいのにしなくっちゃ」

「避暑に行かなくともすむし、僕も仕事ができるし、みんなよく寝られるだろうな」

　自然の風がいいのだ、と俊介は心の中でいう。そういうホテルのような家に住むことは、金の都合がつき、誰の迷惑にもならぬとしても、世間に対して、居心地のいいものではない。

　この俊介の内省に登場する「ホテル」という言葉（その言葉の指示する空間性）は、講談社文芸文庫版で言えば六十頁ほど前の、こういうやり取りに登場する「ホテル」という言葉と重なり合う。

「僕だって、あの男のようにしたことはある。その代りその女を喜ばせてやった」

「いっって見なさい」


「いつなのよ」

と時子は起き上った。

「夫のある女だ。外国へ行く前だ」

「そんなことをするから、バチが当ったのよ。どんなふうにしたか、いって見なさい」

「その女を少しも好きにならなかった。その女と寝てる時でも、お前のことしか考えていなかった」

俊介はジョージの若い精力に溢《あふ》れた身体のことを思い浮べていた。

「ホテルでしょう。そんなら私もホテルへでも行けばよかったのよ！　誰が家の中でそんなことしたいもんですか。あんたは自分の家のベッドだの何だのというけれど誰だっていやよ。外だったら、私も楽しい気持になれたかもしれないわ」

「男と女はちがうんだ」

「何がちがうもんか。その女を好きでなくてそんなことをするのは一番わるいじゃないか」

彼女は向きなおった。

「さあ、その女にしたようなことをしてみろ、さあしてみろ、できないか。ああ、バチが当った、バチが当った」

といって時子が笑いだした。こんどは彼がとびのいた。

今回の再読によって、私は、この小説で俊介の側の「不倫」も描かれていたことを改めて知った。いや、初読の時は、これらの箇所は何気なく読み過ごしていたのかもしれない（俊介はアメリカに旅立つ直前まで「その女」との関係を続けている）。この箇所は、かえって、「新らしい時代」に入った今こそ、小説的リアリティの輝きが増しているように思う。

『成熟と喪失』で江藤淳もほぼ同じ箇所を引いている。ほぼというのは、まったく同じではないからだ。江藤淳による引用は、こうだ。

彼女は向きなおった。

「さあ、その女にしたようなことをしてみろ、さあしてみろ、できないか。ああ、バチが当った、バチが当った」

といって時子が笑いだした。こんどは彼がとびのいた。

「みちよのいったのが本当だな。お前は、あの男と続けるつもりだったのだな。お前はいいふらすような男が好きだったのだ」

「嫌いじゃないわよ。ケチなやつよ。でもあの男でなくて、ちゃんとした男なら、こっちが若かったらいっしょになってこの家を出て、アメリカでもどこでもついて行ったわね」

しかし江藤淳は、この箇所を引きながら、俊介の側の不倫には触れず、「アメリカ」という言葉に反応し、こういう分析を行なう。

> このとき俊介の意識がゆっくりまわりはじめる。それは絶対に「出発」せず、いつも「家」にいてあの安定した濃い情緒を象徴しているはずだった時子――「母」の影だった時子が、意外にもstrangerと一緒に「出発」したい願望を告白したためである。彼にはもう還るべきところがない。

こんな風に図式的な判断を下してしまったら、夫婦二人のこのやり取りで描かれている、きわめて小説的な、微妙なアウラが消えてしまう。だいいち、最初から「還るべきところ」を、すなわち帰属する場を、常に持ち得ていないのが小島信夫の小説の主人公に共通する性格ではないか。

小島信夫の小説では、妻は他者であり、息子も他者であり、娘も他者であり、時には自分自身も他者である。その他者同士の集まりの中で何らかの折り合いをつけて行く場所が家族である。そして一九六五年という時代の東京郊外でのその折り合いのつけ方を描いたのが『抱擁家族』であるが、家族の折り合いを犯そうとする強力な「他者」という点では、「アメリカ」人のジョージも「家政婦」のみちよも等価である（『成熟と喪失』で「家政婦」という「他者」に対する分析は、「アメリカ」のそれに比べて、かなり甘い）。一九六五年という時は、丁度、「家政婦」的なものが世の中から消えつつあった頃だが、「他者」としての「家政婦」については、先にも述べたように、小島信夫のエッセイ「『求女中』広告始末記」に詳しい。

『抱擁家族』を再読した私は、神保町の古本屋で小島信夫の短篇集『ハッピネス』（講談社一九七四年）を見つけ、早速読みはじめた。

先に私は、『群像』の一九六八年十月号から小島信夫の連作小説「町」が「別れる理由」へと増殖していったと述べた。つまり「町」の第十回が「別れる理由」と題され、以後、このエピソードがどんどん書きつづられて行くわけである。

その「町」の第一回「山へ登る話」から第九回「ある日、町を出て」（単行本収録に当って「ワラビ狩り」と改題）までが短篇集『ハッピネス』に収録されている。

「町」というのは東京の国立とおぼしき「町」のことであるが、第七話まではごく普通の小説である。

ところが第八話「モグラのような」（初出時の題名は「挨拶」）に至って、その調子が急に変る。こんな書き出しによって。

今月は調子が整わなかったので、いわゆる小説ふうのものが書けなかった。そこでズルをして心境やら創作余談やら、筆の進むままに綴ることにした。読者や、編集氏よ、諒とせられよ。

そもそも筆者は今まで発表してきたような短篇を、いつまでも期限をさだめずに書いて行くことを思いたったとき、自分の家から歩いて十五分ぐらい奥まったところにアパートを借りることにした。筆者は……もうめんどうだから私としよう。私はここの町といっても畠まじりの町そのものを書くつもりはなくて、どうせ私の頭の中にうかんでくるものが頼りだが、アパートへの道々の風物は刺戟ぐらいはあたえてくれるだろうという考えもあった。

ほとんどそれは空頼みに終ったようだ。第一回目の五、六行や、第二回目の榎のある農家にしても、この部屋へ通うようになる前から分っている道や建物だ。

もっともこんな感じの破調は冒頭のこの部分だけで、このあとこの小説は、オーソドックスな筆致に(といっても、もちろん小島信夫的なオーソドックスではあるが)戻って行き、「私」の仕事場の近隣の風景や人びとの様子がスケッチされる。

　ただし私は、作中の「私」が自問自答するこういうシーンに目が止まった。それは『別れる理由』の物語的増殖を知ったあとでの〝振り返り視線〟であるのかもしれないけれど。


「ほんとうは、人は永生を信じているのだよ」

　私は自分の中からきこえてくる声にうなずく。考えこむ。

「そうだろう。死ぬ人に、いい思出を刻みこんでおきたいと願うという気持は、つまりそうなんだろう。そこでとまってしまうと見えるだろう。それがつまり、永遠であり、永生であることになるんだな」

「そうすると」と私はつぶやく。「そうすると、私たちはけっきょくは、物語を信じることになるね」

「そう、信じるということが既に物語かも分らないからね。物語とはすなわち意識ということなんだよ」

　すると……私はつぶやく、

「意識とは発見だろうね」

「さよう」私の中のもうひとりは、疑わしそうに私を見る。しかしこのうるさい、人を頼りにする男をなだめてやらなくっちゃならないという顔をする。

「何の発見だろうか」

「自分の発見さ」

「なぜだろうか」

「他人の発見は、すべて自分の発見のことだからね」

　私は立ちあがって歩きはじめる。


　続く第九話「ワラビ狩り」（初出時「ある日、町を出て」）、すなわち「別れる理由」が始まる直前の作品は、第七話までと同様ごく普通の短篇である。妻と彼女の旧友と三人で、彼女たちの運転でハイ・ウェイをドライブしたのち、山でワラビ狩りをし、そこでちょっとしたトラブルに巻き込まれる（しかしそのトラブルも無事解決する）話である。

　かつては古書店（展）でよく見かけた『別れる理由』も、いざ読みたくなると、なかなか見つからなかった。神保町や早稲田の古書街にも見当らなかった。近くの世田谷中央図書館に行き、調べても、第Ⅱ巻と第Ⅲ巻しか収蔵していなかった。

　ようやくインタネットの古本屋で見つけ（古書価は三冊一万円だった）、入手し、読みはじめたのは、『ハッピネス』を読了してしばらく経った時だった。

　そして私は読みはじめたのだが、

彼は妻の友人である山上絹子と話をしている。
妻はにこにこ笑いながら、きいている。
絹子は妻の誕生日にプレゼントをもってやってきた。

という少しも難解ではない書き出しと裏はらに、話に登場する複雑な人間関係、時制の自由な動き、いつの間にか変っている話者、などに上手くついて行けず、最初の二、三十頁を何回も繰り返し読んだ。

ようやくその小説の時空間が私の頭になじみはじめた頃、第Ⅰ巻の七十五頁上段の中頃で、

京子と絹子は、恵子と前田夫妻がこの初夏にワラビ狩りに出かけた話をしていた。

という新しいパラグラフが始まり、えっワラビ狩りだってと思って読み進めていく内に、私は、小島信夫の小説世界の独特な意識・記憶・追憶・反復の流れに引き込まれ、不思議な時間を体感する。それは実に奇妙な時間である。

## 2

小説を読むということは不思議な体験である。

小説の中には、その小説ならではの時間が流れている。そして、優れた小説であればあるほど、読者は、現実に今その読者が生きている日常時間を離れて、その小説の中の時間に引き込まれて行くことになる。

一方、小説はまた時代の産物でもある。例えばサミュエル・ベケットや安部公房らの作品のように、どのように抽象的に見える小説であっても、その作品が執筆された時代の影響は確実に受けている。つまり小説の中には、その作品が生み出された時代の「時」の流れが反映されている。まして、具象的な作品の場合はなおさらである。

前回のこの原稿を私が執筆したのは二〇〇二年三月末のことだった。

それから、ふた月経った。

その間に私は、『別れる理由』のⅠ巻目の初出の『群像』(一九六八年十月号〜一九七二年八月号)を古本屋(古書展)で何冊か購入した。「別れる理由」が生み出されていったその時代のリアルタイムの「時」の流れを体感したくて。それならば、どこかの図書館

（例えば日頃私が愛用している早稲田大学中央図書館の雑誌バックナンバー書庫）に出かけて、初出誌で「別れる理由」を読み続けていった方が、より、そういう「時」の流れを体感出来るかもしれない。

しかし、そんな学究的というかマニアックな読み方をしてしまうと、作品が生み出されていった「時」の流れの方が気になりすぎて、今度は、「別れる理由」という小説そのものを流れている「時」を見失ってしまう、うまくつかめなくなってしまう。

だから、基本的には単行本の『別れる理由』を読み進めながら、時どき、初出誌の時間に戻っていった。

初出誌といっても、私は、古本屋で、無原則に「別れる理由」の載っている『群像』のバックナンバーを購入したわけではない。小島信夫の関係する号（利沢行夫の小島信夫論「求心性の底にあるもの」の載っている一九六九年三月号や小島信夫と吉行淳之介、大江健三郎の座談会「現代文学と性」の載っている一九七〇年十月号や小島信夫と安岡章太郎の対談「『私』から自由になり得るか」の載っている一九七二年二月号など）や、三島由紀夫事件のすぐあとの一九七〇年十二月前後の号を購入したのである。

「別れる理由」の中を流れて行く時間がある。

「別れる理由」が生み出されていった時間がある。

そしてその「別れる理由」を読書する二〇〇二年の私の時間がある。「別れる理由」の時間に身をひたしながら、ときに、「別れる理由」が生み出されていった時間を気にしてしまう私の時間がある。

前回も述べたように、私は、『別れる理由』第I巻の最初の二、三十頁を何回も繰り返し読んだ。つまり、一度や二度の読書では、なかなか「別れる理由」の中を流れる時間をつかむことが出来なかった。

そしてようやく、その小説世界の時空間に私の体がなじみはじめ、七十五頁に至って、軽い衝撃を受け、さらに「読み進めて」いった所で、前回の原稿を終えた。

さらに、というのは、約二十頁ぐらいである。つまり第9章の終わり（九十七頁）までである。

『別れる理由』第I巻七十五頁上段途中で新しいパラグラフが始まる。

京子と絹子は、恵子と前田夫妻がこの初夏にワラビ狩りに出かけた話をしていた。そのとき光子は学校からピクニックに出かけていた。永造は週三回講義に出かけ、あと週に一回、前年度に学校の騒ぎがあって四ヵ月ストライキと封鎖がつづいたあと発足した改革委員会の仕事、あとは二週に一回行われる教授会、それに時々もたれる小さい委員会二つ、それを外せば、外国文学の原稿や翻訳をするくらいのものだが、この方はもともと時間の融通がきかないはずはなかった。

京子というのはこの小説の話者（主人公）である前田永造の後添《のちぞ》いである妻前田京子。絹子は彼女の古くからの友人山上絹子。恵子すなわち会沢恵子もまた彼女たちの古くからの友人である。そして光子は、前田永造と死別した先妻陽子との間の娘である（永造と陽子との間には、さらに、光子の兄啓一がいる。この親子関係は『抱擁家族』の読者にはおなじみの構造である）。

「別れる理由」は、まず、ある日の午後、前田夫妻のもとを訪れた山上絹子と、前田永造、前田京子の三人の会話で展開されて行く。途中で前田永造の意識の流れ（すなわち時制の飛躍）をはさみながら。そしてその基本的時制は連載開始から数年間動かない。

ここでは、この年の「初夏」に前田夫妻と会沢恵子の三人が泊りがけで木曾の御岳山に出かけた「ワラビ狩り」のことが前田京子と山上絹子との間で話題にされている。

「初夏」というのは、たぶん、ここに引用した学生運動のディテイルなどから判断するに、一九六八年初夏のことである。つまりこの作品の連載開始時のリアルタイムだ。

この一節を目にした私が「軽い衝撃を受け」たのは、前回も述べたように、このエピソードが、すでに小島信夫の別の作品中で描かれていたからである。

別の作品というのは、ただの「別の作品」ではない。「別れる理由」とあまりにも近い「別の作品」で描かれていたのである。

すでに述べたことであるが、小島信夫は『群像』一九六八年一月号から短篇連作「町」の連載を始める。

その連作小説「町」の第十話（一九六八年十月号）が「別れる理由」で、以後、このタイトルの挿話がどんどん増殖して行き——例えば一九七二年二月号の同連載のタイトルまわりには、「別れる理由」（その四十一）と「町」（第五十回）とが併記され、「町」が消えて「別れる理由」一本に絞られるのは一九七三年九月号の「別れる理由」（その六十）からである——、最終的には原稿用紙四千枚を越える超大作となったのだ。

そしてこの連作小説「町」の第九話「ある日、町を出て」でワラビ狩りのエピソードが描かれていたのだ（実際、「町」の九話分を元に編集された小島信夫の短篇集『ハッピネス』では、「ある日、町を出て」は「ワラビ狩り」と改題されている）。

なぜ「ワラビ狩り」がふたたび別の作品の中で、しかもごく短いインターバルの中で（「ある日、町を出て」は『群像』一九六八年九月号掲載。先に引いた「別れる理由」の一節は同誌一九六九年四月号に掲載）、小島信夫によって描かれることになったのだろう。

村上春樹の「螢」と『ノルウェイの森』や中上健次の私小説的作品群やダニエル・キイスの「アルジャーノンに花束を」を例にあげるまでもなく、短篇小説を長篇小説に描き直すことはよくある。

しかし「ある日、町を出て」（「ワラビ狩り」）と「別れる理由」との関係は、それらの作品関係とは、明らかに異なっている。つまり、短篇で描き切れなかったテーマを、長篇で掘り下げようというのとは違う。

「ある日、町を出て」で「ワラビ狩り」のエピソードを描いて行く内に、小島信夫は、そのエピソードをきちんとした短篇小説にまとめながらも、何かを思い出した。現実の時間の奥に堆積された何かをである。

そしてその何かをリアルに引き出して行くために「別れる理由」という作品が必要になった。その意味で、連作の「町」という通しタイトルに抵抗するかのようにつけられた「ある日、町を出て」というタイトルは象徴的である。

夜明けに町を出発してハイ・ウェイに入った車には、二人の中年の女と一人の男が乗っていた。名を何と呼ぼう。とりあえず、道子、頼子としておこう。バック・シートにおさまっている頼子の夫である男は、吉村にしよう。妻の頼子が運転していた。途中で交替することになっていた助手席の道子が、じっとしていられないように話しはじめた。その中へ出てくる彼女の夫は家の中では役立たずで、彼女は悪い女ということになっていた。そのデータは山ほどあった。しかし誰もそうは思わない。そこで、吉村が、

「きっと、あなた方はお似合いの夫婦ですよ」というと、道子は、

「案外、そうかもしれないわね。あれで、あと十年もしたら、爺さん婆さんで話しがで

きるかも分らないわね。何しろ、今は話って三日も四日もしたことないんだから」

頼子は運転しながら、拝むように身体を折って笑っていた。

(これから十年か二十年かしらないが、上手に暮さなくっちゃ)

吉村はそう思った。その意味で、今日の、町からの出発は、先ず満足すべきである。


「ある日、町を出て」(「ワラビ狩り」)は、このように書き始められる。メルヴィルの『白鯨』の本文の書き出しの「イシュメルと呼んでくれ」というフレーズではないが、小説における話者や登場人物たちの命名法には、普通、特別の神経が張りめぐらされている。だから、この書き出しの、「名を何と呼ぼう」だとか、「吉村にしよう」だとかいう、一見投げやりとも思える命名法は、かえって、不思議な心の揺れを感じる(それは「別れる理由」の七十五頁めに出会ったあとでの、「ある日、町を出て」再読による、私のあとづけ印象かもしれないが)。投げやりであるから、かえって、この三人の関係が微妙な感じがする。

だから、引用した最後の、

(これから十年か二十年かしらないが、上手に暮さなくっちゃ)

吉村はそう思った。その意味で、今日の、町からの出発は、先ず満足すべきである。

という部分の、特に「(これから十年か二十年かしらないが、上手に暮さなくっちゃ)」という唐突な独白の、その唐突さが印象に残る。

「ある日、町を出て」の吉村、頼子、道子はそのまま「別れる理由」の前田、京子、恵子に対応している(先に述べたように「別れる理由」で描かれるワラビ狩りのエピソードは一九六八年初夏の出来事であり、「ある日、町を出て」は『群像』一九六八年九月号に掲載されたから、この作品執筆時のリアルタイムでの出来事の「私小説」だったのかもしれない)。

吉村と、頼子と道子の三人は、吉村の妻頼子の運転でワラビ狩りを目指してドライブする。そして、その途中で、ある田舎の駅を通過する。その駅は若き日の道子にとって思い出深い場所だった。

道子は敗戦直前に、夫と別れ大きい腹をかかえて、そこの駅まで辿りついたとき、汽車がそこから先きは不通になっていた。乗客がトンネルの中を荷物を背負って二列縦隊になって歩きはじめた。六キロもあるトンネルの中が暗くて心細かった。

この話を道子は「情熱をこめてくりかえした」。吉村が、「やっぱり兵隊さんか誰かが先導したのですか」と尋ねると、道子は、「そうなのよ。それに私の手をひいていた人は、トンネルの壁を棒切れでこすって位置をたしかめながら歩いたのよ」と答えた。

彼女は背中のリュックのほかに大きな荷物を両手にぶらさげ、その一つの荷物にコウモリ傘をつきさしていた。ハイ・ヒールをはいていた。若い兵隊が軍靴をぬいでかしてくれた。トンネルを出るとコウモリ傘を落してきたことが分った。「あの音のときだったかもしれない、それともあの音のときだったかもしれないと思ったたって、引返すわけには行かないんだから、後の祭というもんよ」

「目に見えるようね、あなたの御主人もよ。あなた、ほんとうにそうでしょ、ほんとうにそうだわ」

と頼子は吉村にきかせるようにいった。

「道子さん、あなたその話、御主人にきかせてあげなさいな」

「そんなことしたって、こっちが恥をかくだけよ。そうよ、恥をかくだけよ。ほんとよ、あんた」

道子はいかにもおかしそうにいった。

頼子の言葉に大して含みがないのならありがたいと思った。そうでなければ吉村は、妻の頼子を気の毒に思うべきだった。そして気の毒に思うということはあいすまないことだ。

女学校時代からの友だち同士の気心の知れた会話と、その会話にはさまれた、友人の夫吉村。何気なく読み過してしまいそうなやり取りである。ところが最後に、また、夫の奇妙な内省が描かれる。

まず、「含み」という言葉が奇妙だ。そして、「気の毒」という言葉も奇妙だ。さらに、「あいすまない」という言葉も奇妙だ。

これらの言葉の奇妙さは、「ある日、町を出て」を最後まで読み終えても解決されることはない。逆に言えば、普通の初読者が「ある日、町を出て」に目を通しても、この奇妙さの含みに気づくことはない。「ある日、町を出て」は単に優れたユーモア短篇純文学として読めるだろう。

奇妙な含みといえば、「ある日、町を出て」には、また、こういうシーンも描かれる。

ワラビ狩りに行く途中の峠の展望台に車を止め、軽食をとったあと、車の方に戻る時、吉村と妻の頼子は二人だけになった。

そのとき、頼子は彼の手の指を二本にぎり、

「愛してるわ」

とささやいた。

彼はあわてて、

「こっちも愛しているよ」

といった。

「こっち」には彼もたしかにあきれた。

私は好きですよ、というのとはもちろん違っていた。

しかし、彼女は「こっち」には気がつかなかった。

このやり取りに登場する「こっち」という言葉。

さらに、もう一つ、こういうシーン。

「私たちは先きに行きます」

と頼子が、道子にいって、その一台の黒っぽい車はさっきやってきた道を走り出した。あとに砂ぼこりが舞いあがっていた。

「いじわる！」

それは、いじわる、というようなものじゃない。しかし、いじわる、という言葉は、たいへん救いになる。もっとも、だからといってどうということはないのだが……

「ああ、よかった」

と道子は彼と少しはなれたところを歩きながら、道端に手をのばしてワラビをつんだ。彼にというより、頼子に話しているようにいった。

このやり取りの中の、「いじわる」という言葉。なぜ、妻の友人である道子の口にした「いじわる」という言葉が、吉村にとって、「たいへん救いになる」のだろうか。

これらの「含み」、すなわち、「気の毒」、「あいすまない」、「こっち」、「いじわる」といった言葉の持つ「含み」は、短篇「ある日、町を出て」で、最後まで解き明かされることがない。しかも、読者は、そのことを不満に思わないだろう。「含み」があることを気づかずに、この短篇を、すっと読み進めてしまうだろう。私自身、そのことを初読時にはまったく気づかず、ここで述べている見解は、すべて、あとづけである。「別れる理由」という後続作品を前提としたあとづけである。「後続」を「前提」にするとは、何やら矛盾した言い方だが、「別れる理由」以降の小島信夫の作品群を読み進めて行く読者は、作品発表時の順序とは無関係に、いつしか、過去から現在へと続く垂直的な時間軸を離れ、過去と現在が複雑に交差する重層的な時間の帯《おび》に巻き込まれて行く。しかもその現在（現実）は一つではなく、合わせ鏡のような多重性を持っていたりする。

ところで、いま「ある日、町を出て」から引いた最後の引用は、殆ど日常的なことしか描かれることのない、つまりドラマティックなことがまったく起きないこの短篇小説の中で、唯一、非日常的な、すなわち、いわゆる小説的な部分である。

収穫したワラビを車のトランクに置いてある大きな桶に入れ、ふたたびワラビ狩りに向かおうとした時、道子が、うっかり、車のキイを入れたままのトランクを閉めてしまった。遠くに見える赤い牧舎の方に向って三人で歩き、二十分ほど行くと（この散策の途中でまた吉村は微妙な動きを見せてしまうのだが）、登山客のための「食堂のような店」があり、先頭を歩いていた頼子がその店を覗くと、彼女は、二人の男といっしょに店から出てきた。彼らは地元のタクシーの運転手だった。「合鍵というのはないよ。そういうことを考えても仕様がないなあ」と口にしながらも、どうやら彼らは助けになってくれるらしい。

何か道具の話を、男たちは話しているらしい。

「一つ、ほんとにお願いするわ、ほんとに、天の助けよ」

「こわすかも分らんですよ。多少ですけどもね」

と一人がいった。

「とにかく、客に断ってきますから、今日は雇われの身ですから」

と笑った。

「その人たちには何なら、私からもお願いしますから、よろしく。こうして手を合わせます」

「それじゃ、断わってきましょう」

と二人は自分たちの車の方へ歩き出した。

女たちのうなずく顔が見えた。男たちは一台の車に乗り、近づいてきた頼子を車に乗せた。

そして先の引用部に続いて行くのである。

車のプロである二人の運転手は、車の「三角窓をほんのちょっとこわして、手を入れて」、ドアを開け、バック・シートをはずしたのち、先をまげた針金を使って、「小さな穴から」、トランクのフタを開けた。

「いやあ、うまいもんね」

と頼子と道子がいった。

「うまく行ったな」

と男たちは笑いながらいった。吉村はその四人を眺めていた。

「ああ助かった。ほんとにありがとうございました」

頼子が頭をさげた。吉村も礼をいった。

車の中は元通りになった。三角窓だけがこわれていた。

「東京からワラビとりですか、うちのお客さんも諏訪の人ですよ。ここはとれること
は、とれるからね。これは身体にもいいし、気晴しにもいいですよね」

男たちは車に乗りこんでから笑いながらふりかえった。吉村には、それからあと二人
のかわす会話が分るような気がした。

二人の運転手がこのあとどのような会話をかわすのだろうかと、吉村は、考えたのだろ
う。吉村と道子と頼子の三人は、このあと、こういう会話をかわす。

「あんがい、親切なもんね」

と道子がいった。それから、

「あれよ、道で故障しているときに気楽に手伝ってくれるのは、あんがい、ダンプのお
兄ちゃんなのよ。ほんとよ」

「どうも、みなさん、すみませんでした」

と頼子が二人に頭を下げた。

「ああ、ほんとに、よかったなあ」

と吉村はいった。

幸福感に満ちた終わり方である。この短篇が「ワラビ狩り」と改題され収められた作品集のタイトルは『ハッピネス』であるが、まさにハッピー・エンディングである。中年夫婦とその友人女性の三人を襲ったささやかなトラブルのあとの（ささやかなトラブルを味わったからこその）、これまたささやかな幸福感。

ただしこの短篇小説には、さらに、ちょっとしたエピローグが描かれている。

ワラビ狩りを終えて、宿に泊った翌朝の出来事である。

あくる朝、吉村が眼をさまし、次に頼子が身体を動かしはじめたとき、寝つきの一番よかった道子は、まだスヤスヤ眠っていた。そのとき、フトンの外から足の裏をのぞかせているのが見えた。一時間たって、不意に眼をさまして起きあがるまで、そのままだった。吉村は道子の足のことを頼子に黙っていた。

「このごろ主人は六時には必ず起きて、自分で食事をして出かけるのよ。その頃私は白河夜船なんだけど、お尻を丸出しにしていると、フトンかけてくれるらしいわよ。私って、とっても寝相がわるいんだから」

道子の話の中にとびこんできた文句だ。

なぜ吉村は道子の足に眼を止めたのだろうか。そしてなぜ道子の語る彼女の「主人」の話をここに並置したのだろうか。ただの「ワラビ狩り」のエピソードを描いただけの短篇のはずなのに。いや、こういうエピローグを持つのだから、「ワラビ狩り」という単行本時のタイトルよりも、「ある日、町を出て」という雑誌初出時のタイトルの方が、この作品によりふさわしい。

なぜならこの作品によって、小島信夫は、確かに、「町を出て」しまったのだから。「町」という言葉は、この場合、「家庭」とも、「日常」とも、あるいは「表層の現実」とも置き換えることが出来る。もちろん、例えば「家庭」といっても、現実の個人小島信夫が「家庭」を飛び出てしまったわけではない。小説家小島信夫が、フィクションとして、作品の中で、作品化された「家庭」を越えて「出て」しまったのである。

そのことが「別れる理由」という作品によって明らかになる。

『別れる理由』第Ⅰ巻七十五頁上段十五行めから始まる〝ワラビ狩り〟のエピソードは、しかし、なかなか単純には展開して行かない。すでに述べたように『別れる理由』という長篇小説は、単行本の第I巻丸ごと、すなわち原稿用紙千枚以上をついやして、基本となる時制が数時間しか動かない。つまり一九六八年の晩夏あるいは初秋のある日の午後から夜にかけての前田永造の家のリビングルームでの永造と妻京子、さらに京子の友人山上絹子の三人の会話を中心に物語が進んで行く。しかしその間に、永造の死別した先妻陽子、彼らの間の息子啓一と娘光子、さらに京子の別れた夫伊丹や彼女がそこに残した息子康彦、そして京子と絹子の友人の会沢恵子とその夫のエピソードなどが、時制を交差して、語られて行く。つまり、作品世界の「今」、リアルタイムの話だと思うと、ふいに過去のエピソードが並置――しかもコロキュアルな形で――されたりしている。

例えば、こんな具合で。

「自動車の中で、恵子さんが、会沢さんとの思い出を語ってくれるのをきいて、ぼくたちは感動しました」

と永造は絹子にいった。ほんとうのことだった。

そのとき、恵子は助手席にいる気安さから長々と話しはじめていた。京子はハンドルをにぎっていたので、時々合槌を打つぐらいで、京子に代って永造が、時々、実質的な質問者となって、話を運ばせる役割を果した。

永造は、こうして話していて、まだそんなに疲れていないのだから、当分大丈夫であろう、と思った。客と話をしている途中に不意に立ちあがって、

「ちょっと、私、失礼しますから」

というようなことは、出来るだけしたくない、と思った。姿を消した当人は、得てし

て、秘密の病気をもっているようなことが多いのだから、と彼は思った。

「ある日、町を出て」の人物との対応を改めて記しておけば、吉村が永造、頼子が京子、道子が恵子ということになる。つまり、その三人でいった〝ワラビ狩り〟の話を、ここで永造が、妻京子の友人である（また会沢恵子の友人でもある）山上絹子に語って聞かせている。京子や絹子の様子をうかがいながら。

永造が言う「ぼくたち」の「感動」を、『別れる理由』の読者は、この次の頁（といっても『別れる理由』は二段組みだからちょっとした分量があく）の永造の独白で知る。

恵子が話しはじめた物語が感動をあたえたことを、永造と京子は帰ってから話しあった。

「帰ってから」というのは、〝ワラビ狩り〟から「帰ってから」であるが、ここに登場する「物語」は、「ある日、町を出て」で紹介した終戦直前のトンネルでのエピソードである。

二人であれこれしゃべっているうちに、結論はこういうことになった。

恵子が夫の会沢の子を身ごもって、トンネルの中を歩いているということ、そしてその二十年も昔の話を、会沢に対するグチのあとにまるで天啓のように、話がマトマッて車の中の彼らの間に落ちてきたこと、そのことのせいなのかもしれない、と。

「こういう話なのよ」

京子は元気を出すようにして、口を開いた。

しかし、京子の言う「こういう話」のディテイルは描写されず、京子と絹子との間で恵子に対する人物論が交され、まったく別のエピソード（最近胃カメラをとった永造、亡き妻陽子の思い出、学生運動中の大学での出来事など）が差し込まれたあと、それから七頁あと（八十六頁上段で）パラグラフが新しくなり、

「恵子さんたちといっしょに汽車をおりた連中の中には、一般の人に混って兵隊さんがいたのだそうですよ。たぶん軍属もいたでしょうね。あの頃の日本内地のことはよく知らないけど。関西から東京府下へ辿りつくのに五日もかかっていたというわけです」

と永造は恵子の話した話を自分ふうに話しだした。永造はそういうふうに眼に浮ぶように話したいと思った。

と、〝ワラビ狩り〟のエピソードは永造の言葉によって引き継がれて行く。そしてそれが二頁半続いたあと、この章（第8章）の終了と共に、このエピソードは、いったん、『別れる理由』から消えて行く。

このエピソードがまた復活するのは第10章の途中（九十九頁下段）からである。京子の口から絹子に、例のトランクにキイを置き忘れてしまった出来事が語られる。ひと通り語られたあとで、永造は、あの時の光景を思い出している。そのディテイルが描かれるが、「ある日、町を出て」のそれとは、微妙に異なっている。


「あの人達にちゃんと礼をした方がいいよ」

と彼は顔をほころばせながら車の方を向いて、何かと男たちに調子を合わせている京子の耳もとにささやいた。

「ええ、分っている」

と、そのままの姿勢で、彼女はこたえた。

京子は金をにぎらせた。

「必要なときは、いってちょうだい。車の用事だけでなくて、ほかの用事の方がいいね、おくさん」

と窓から首を出していった。

二人の運転手との間に金銭の授受があったことの違いだけでなく、「ほかの用事」というエロティックな一節を見逃さないでもらいたい。

だから、「別れる理由」で、この場面のやり取りは、こう続いて行く。


車の中で、穴がどうの、場所を貸すだの、といった言葉をさしはさんでいた。まるで、そのために中の品物を動かしているように見えたが、こちらの車の中にいてまわりからのぞかれているので愛嬌のある態度だった。

「おや、いったわね」

と恵子はいった。「バカなこと、おいいでないよ」

「遊ばせているだろう、おくさん」

ともう一人がいった。

「失礼しちゃうわね。あとが悪かったわよ。ほんとよ。もう少し賞めてやろうと思ったのに、控え目にしといてよかった。遊ばせていようが、いまいが、いらぬお世話だわよ、この山猿。もうこうなったら、こっちのもんだわさ。お前たちがつきあえる相手かよ」

恵子の声は、誰にいうともなくだんだん大きくなった。その頃には男たちの乗った車は砂煙りをのこして大分離れていた。

「ある日、町を出て」(「ワラビ狩り」)の吉村は、車で走り去って行く男たちを見送ったあとで、「それからあと二人のかわす会話が分るような気がした」と独白する。「分るような気」のその具体的内容は、「別れる理由」のここに引用したやり取りとどこまで重なっているのだろう。

運転手たちの失礼な態度につい暴言をはいてしまった恵子は、「顔は京子の方」に向けながら、永造に、「御主人、私をケイベツなさらないで。ついいっちゃうんだから、私って」と言いわけをする。

「あなたのせいではないわよ。どっちみち私のせいなのよ、ゴメンなさい。でもよかった、無事に車が動かせて」

と京子はいった。

「あんな人達に運転してもらって、ここへワラビ狩りにきていて大丈夫かしら」

あとの台詞は京子の言葉とも恵子の言葉とも取れる。

そしてこの台詞に続いて、次の行で、いきなり、時制は「その夜」に移動している。

その夜、同じ部屋で永造と京子と恵子が寝た。朝になって、永造夫婦が横になったままボツボツしゃべり出した。永造はかなり遠くにあるはずの谷川の瀬の音が、割に近くにきこえるのに耳を傾けながら、便所へ立って、戻ってくると、向うむきになって眠っている恵子の片足がフトンの外に出ているのが見えた。

「お尻を出して寝ていると、それでも主人が、おい、といってフトンをかけて行ってくれるのよ、あれでもね」

と車の中で語った恵子の言葉が思い出された。

「ある日、町を出て」でもほぼ同じように描かれているエピソードだ。ただし、これに続く、こういうディテイルは「ある日、町を出て」の中では描かれていなかった。

京子は気がつかないで、フトンの中から彼の方をのぞいて、かなり自分は幸福であるという表情で、何か訴えるような望むような眼をした。彼はウインクをしてみせた。でたらめな下手くそなウインクで、おまけに瞼が一度くっつくと、なかなかあがってこなかった。

永造のウインクは京子に、彼が思っていた通りの効果を上げた。つまり永造が「ウインクしただけで京子は楽しそうにケラケラと笑いだした」。そして恵子の夫会沢の、「ここにいないこと」の不在感や、それゆえの逆説的なその実在感のことを思った。

こうして〝ワラビ狩り〟をめぐるエピソードが描き切られたのち、「別れる理由」の中で、会沢恵子は、また、ただの脇役に埋没して行く。

彼女が唐突な形で主役の一人に復活するのは、第25章の始まる二百五十二頁に入ってからである。

二百五十二頁と書いたが、「別れる理由」の第25章（その二十五）が『群像』に掲載されたのはたまたま、小島信夫と吉行淳之介と大江健三郎の座談会「現代文学と性」の載った号（一九七〇年十月号）だったから、この章を私は、初出誌で読んでみた。つまり単行本『別れる理由』第Ⅰ巻を第24章まで目を通したあと、『群像』一九七〇年十月号で「別れる理由」（その二十五）を読んだ。だから、その章のドライブのきき方を私は「体感」した。

## 3

前田永造の後妻である前田京子の古くからの友人で、前田夫妻と共にかつて〝ワラビ狩り〟に出かけたことのある会沢恵子が、「別れる理由」の中で、ふたたび主役の一人として登場して来るのは第25章（初出は『群像』一九七〇年十月号）に至ってである。

その前の章、すなわち第24章は奇妙な空気が流れている章である。

奇妙とはこういうことである。

第24章は、さらにその前の第23章との続きである。

前田の今の妻京子には前夫との間に残した一人息子康彦がいる。小学生の康彦は複雑な家庭環境と、たぶん実母恋しさから、しばしば家出を繰り返す。前田たちの家の近くでも目撃されている。

そんなある時、前田永造は、康彦の担任である小学校の女教師のもとをたずねる。彼女は永造がある家庭雑誌に連載している人生相談の愛読者でもあった。

第23章はその二人の会話で展開して行く。永造の連載の愛読者であるだけに、女性教師と永造との間には（正確に言えば、女性教師の永造に接する態度には）、ただの父兄と教師との関係を越えた親しさ（慣れ慣れしさ）がただよっている。

そしてその親しさは続く第24章で、さらに密な感じで描かれる。それが奇妙なのである。つまり読者の神経をどこか微妙に刺激するのである。何かが起りそうな感じがする。

例えばこういったやり取り。

「そこで私はどういうことを書いていましたかね」

永造の口のきき方が乱暴になった。出まかせにそうした言葉が出てきた。

「愛情のことですわよ」

「愛情？」

「今まで妻に愛情を感じていると思っていたが、それが急に浅いものだ、と思い直すようなことがあるというのよ」

「それが小さい花と何の関係があると書いていましたか、私は」

「そんなふうにおっしゃるならもういいわ」彼女はなまめいた様子を見せた。

彼女は永造が「前の奥さまとの間に何かあったのだ、ということに興味があって」、そのことを彼女の夫と二人で話題にしたこともあるという。さらにその家庭雑誌のある号に載った座談会で、司会役の永造が、「ぼくは変りました、人間は変ることがあるものですって、一生懸命にいってらっした」ことを彼女は問題にする。「そういっては何ですが、よく分らないことがありましたわよ」、と言って。

その「よく分らないこと」というふうにいわれたことに、彼はぎょっとして、そのことだけにかかずらって、それはああだこうだ、と説明しにかかろう、としかかった。

しかし永造は、そうはせず、女教師の話をさらに聞きながら、「早くこの話が終ることを願っ」て、「堅い顔に微笑を浮べた」。実はこんな観察を行ないながら。

彼女が年齢の割には長くて細くなり方も自然で、十人に一人もそういう脚の持主はいないと思っていた。この女を誘惑する気があれば、出来るかもしれない。身体の中にそういう衝動が起きているのに驚いた。これは健康になったせいだ。身体の中で汚れた血の中にきれいな血が活躍している有様が浮んできた。誘惑の気持をこのまま維持していた方が身体のために一層いいし、場合によっては……永造はめんどくさいのも承知で、直接眼の前の彼女とは関係なく、その段取りのことも考えそうになった。

もちろんこれはあくまで永造の「内部の声」で、この声を彼が実行に移すことはなかった（この長篇小説で重要なことは、永造の「内部の声」はたびたび描かれながら、他の登場人物たちの「内部の声」は一切描かれないことである。そしてこの永造の「内部の声」が小説の三分の一を過ぎたあたりから、現実の時間を逸脱して、徐々に肥大化して行くのである）。

そして永造と女性教師との会話はさらに微妙にエロティックなものとなって行く。

「先生なんか、雑誌のかんけいで色々の訴えをもった女性とお会いになることがおありだと思うわ。中には不満や心配ごとを洗いざらい打明けてしまう人もいると思うわ。私と限らず女はみんなきいて貰いたいことが一杯あるんですのよ。先生なんか、お優しいからきっときいてあげられるはずよ。そうなると中には何もかも打明けたのだから、先生にだんなさまの代りを頼むことだってあるような気がしますわ。そうなると先生はきっとイヤとはいわれないわ。そんなことが一度や二度はあるわ。家にだって手紙がくるでしょうし、奥さまは決していい気持にならないわ。だって前田永造は奥さまひとりのものじゃないですもの」

「ぼくがそんな器用な人間に見えますか。それにぼくはこう見えてもあなたと同じ、学校の教師で、いくら世の中が自由になったからといって、よその家でそんなことをしていると見つかって手荒な手段に出られて新聞沙汰にでもなれば、何もかもおしまいじゃありませんか」

「さあ、私はそんな細かいことなんか存じませんわよ。いやだわ、何だか私がそんなことに興味を抱いているみたいに見えて。ごめんなさい。誤解しないで下さい」

前田永造は妻京子が前の夫のもとに残した小学生の息子康彦のことを相談しにこの女性教師のもとを訪れているのだが、彼女は、「康彦の話にはのってこないように思われた」。むしろ彼女はお互いの家族（夫婦）の話をしたがっている。特に永造の亡き前妻について多大な興味をいだいている。

「一口にいえば、どんな方なの」

「さあ」永造はどういうわけか相手がそういわせようとしているような気がした。ひきずられるように、こういった。「先生に似ていたのじゃないのかな。そうよく憶えているわけじゃないけど」

「見合？　恋愛？　私、こんどの方とのことも存じているのよ、想像がつくのよ。でも、それより前の方とのことの方が興味があるわ。その男性の特徴がハッキリ出るんですもの。私は、先生は奥さんになった方にひきずられたのだと思うわ。そういう女性の方が気に入ったのだと思うわ。私の場合がそうなんですのよ。そういう男性は、ずっとそのスタイルで一生行くらしいのよ。そうしてそういう女性とでなければ、ほんとに心が開かれないのよ。いくら喧嘩をして別れるとか何とかいっても、けっきょくそのままなのよ。なかなか未練があって、別れてくれといっても別れないし……」

彼女は自信ありげに彼の眼を見た。


終わりの部分に登場する「別れる」という言葉に注目してもらいたい。『別れる理由』は時どき、そのタイトルにあるように、描かれる挿話のさりげないポイントとなる所で「別れる」という言葉が登場する。もちろんこの場合の「別れる」とは、夫婦の別離を意味しているが、それぞれの挿話で想起される「別れる」理由は、実は、「別れぬ」理由でもある。

もちろん時には例外もある。前田永造の後妻京子が前夫である写真家の伊丹久と別れた理由を語った第17章の末尾のこういう一節（傍点は原文）。


伊丹のよい仕事がないならば、自分とつながりのある出版社のフォト・デザインの割のいい仕事にありつけるように話をつけようかと京子に相談したことがあった。

「久ちゃんの仕事見ていると、これでは伸びないと分っていたのよ。私が別れる気になった一つは、それもあったのよ」

と京子が何かの拍子に語ったあとだった。伊丹に世話をするなどということをしないでよかった。しかし、よかったとほんとうに思っているわけではなかった。

話を戻せば、女教師の口にした「別れる」という言葉の響きは、第4章中途のエピソードに登場するこういう「別れる」という言葉の響きと通底している。

前田永造とその亡き妻陽子は、しばしば「別れ話」を繰り返した。二人は戦前に知り合い、何となくいっしょになった。戦争中の四年間、つまり彼女にとって「一番いい女盛りの時期に」、永造は戦地にいたから、彼女は一人で苦労した。「ミスミス四年間もただで過してしまった」。それは「大へんなロス」だった。

そもそも結婚という始まりの形からしてあいまいだった。

「もっと早く、若いときに、私と一緒になるか、ならぬかというので、とつおいつしていた頃に、思い切って別れるとはいわなかった。私がもう会わないつもりでいたのに、私のところへきて、もう一度考え直して、いっしょになろう、といいにきたのは、あなただった。あれに私はだまされた。あなたと暮して楽しいことは、ただの一日もなかった」

してみると、二人のあり方の問題らしかった。十分にみとめることが出来る。こうなると、二人のいうことは実に互いに分りよくて、別れる理由なんかどこにもないようだ。

「今では、もうおそいよ」

と彼はいった。

「それは私のいうことよ」

というと彼女はわめき出しそうになった。

「ぜひ別れた方がいい」

と彼はいった。「誰かしらお前に合った人がいるかもしれない。今からでも、お前ならめぐりあえる。そのために子供が邪魔かもしれないというのなら、思いきってぼくが引き取ることにしてもいい」

「何て卑怯な人！　私がめぐりあえる人がそう容易にあると思っているの？　何ていやなことをいう人！」

「そんなことはないさ」

「そんなことないって、何のことよ」

そう正確にきくことはないじゃないか、と彼は思った。

ここで少し話を先廻りして述べると、「私がめぐりあえる人がそう容易にあると思っているの？」と言った陽子は、『抱擁家族』の三輪俊介の妻時子がアメリカ人の青年ジョージと出会ってそうしたように、アメリカ人の青年ボッブと出会って姦通する。そして永造はそのことに動揺するものの、二人は「別れ」ない。陽子と死別するまで別れない。彼らが「別れぬ理由」は子供たちのためではない。ただ「別れる理由」が見当らないからだ。

　そして陽子と死別後、京子と――すなわち夫の仕事が「これでは伸びないと分って」、それを理由に彼と別れ、一人息子を夫のもとに残してきた京子と――出会い一緒になり、その京子の子供のことで小学校の女教師に相談する。

　実は、今引いた第4章の陽子との別れ話のやり取りは、京子とのこういうやり取りに続く一節なのだ。「続く」というのは言い方が逆だ。つまり、京子とのやり取りによって、永造は、かつての陽子とのやり取りを思い起したのだ。

　京子は前の夫のもとに残した子供のことで思い悩んでいる。すると永造は、様子をさぐるように、「どうせ気になるのなら、この家へ連れてくるのがいいかもしれないよ」というあいまいな台詞を口にする。

「子供は連れてきません」

　と京子はうつむいて考えこみながらいった。

「私はやっぱり自分が幸福になりたいんです」

とあとで京子はベッドの中でいった。「そのためには、子供は邪魔になるわ。子供がくれば、きっとうまく行かない。私が駄目になる。私の毎日が苦しい」

その言い方をきいて、彼は、前の妻の同じような思いをこめた真面目な言い方に似ていると思った。

「やっぱり駄目よ」

と彼の前の妻は、彼といよいよ何度めかの別れ話のあとにいった。

第24章で小学校の女教師から永造が最初の妻陽子と「別れぬ理由」を説明されていた時、永造の心の中では、第4章中途の、陽子との、そして京子との、こういうやり取りが思い浮んでいたのだろう。ここでこの小説が描かれた現実の時に意識を働かせれば、第4章の初出は『群像』一九六九年一月号、第24章の初出は同一九七〇年九月号である。第4章を書いていた時、作者である小島信夫は、はたして、「別れる理由」のこのような展開を予期していただろうか。

展開といえば、だが、それに続く第25章の方がさらに唐突である。いや、必然的である。

第24章での永造と女教師との微妙にエロティックな関係（会話）は、しかし、もちろん（少なくともこの段階では）、一線を越えることはない。そのエロティックな関係は、あくまでお互いの意識下だけで成立している（先にも述べたように女教師の「内部の声」は描かれていないものの）。

ただし、同じ場面が続きながら第23章とは明らかに作品中を漂う空気が変化したこの第24章のギア・チェンジは、続く第25章の、さらなる大変化の呼び水となっている。

逆に言えば、第25章で描かれるエピソードを自然に、「別れる理由」の中に流し込ませるために第23、24章を必要としたようにも思える。

ここでもう一度、第25章に至るまでの「別れる理由」の時間軸を整理してみよう。

前回も述べたように、「別れる理由」は一九六八年のある夏の日の午後、前田永造の家のリビングルームで前田永造・京子夫婦と京子の友人山上絹子の三人が交わす会話で物語が展開して行く。単行本の第I巻の終わりに当る第47章まででもその基本となる時間は数時間しか経過しない。しかしその間、彼らの会話や永造の意識の中で、過去の様ざまな時制が登場し、小説中の現在と並列的に描かれる（そのあまりにも複雑で時に唐突な現在＝過去時制の並列が読者をとまどわせるが、そもそも普通の人間の意識を正確に書き記したらそうなってしまう）。

基本時間は第10章の途中でNHKの七時の「ニュース」らしきものが始まり、第17章のあたりで、三人の会話の描写はいったん遠景の方にしりぞき、話（時制）は京子と伊丹と康彦について、そして永造とその息子啓一についてのエピソードを中心に展開して行く。

そしてその京子と伊丹と康彦のエピソードの延長線上に、先の第23、24章の女子教師とのやり取りが描かれるわけである（かなり大ざっぱな説明ではあるが）。

第25章は、こういう風にはじまる。


「ワナにおちたと思っているんでしょ、永造さん」

と恵子はいった。可愛いかたちの足をひっこめながらフトンから離れて向うむきのまだ。永造は起きあがると着物をきなおして、もう一度坐ろうか、どうしようかという様子で佇んでいた。女は外国の映画のシーンのように下着で胸をかくしながら起きあがると、自分の家のタンスのかげにかがみこんで、弓なりになった背骨と片側に胸の線のかげに乳房のありかを見せながら、

「永ちゃんが夫婦相談の仕事をしているの、あれで見て、心身ともになつかしくなっちゃった」

彼女はその雑誌の名を口にする度にまちがえた。


恵子というのは、もちろん、永造の口によってこの作品が語られて行く一九六八年の「初夏」に永造の妻京子と三人で〝ワラビ狩り〟に出かけた会沢恵子である。つまり連作小説「町」の第九話「ある日、町を出て」の「道子」である。

　ここに至って読者は、なぜ、同じ出来事を題材としながら、「ある日、町を出て」（「ワラビ狩り」）と「別れる理由」の〝ワラビ狩り〟のシーンの描かれ方が違ってしまったのか、その理由を知ることになる。連作小説「町」を書き進めながら、第九話「ある日、町を出て」で中絶し、のちにそれまでの部分だけを独立させ『ハッピネス』という短篇集を編み（単行本化に当って「ある日、町を出て」を「ワラビ狩り」と改題）、そのあとを「別れる理由」と増殖させていったまさにその「理由」を知ることになる。

　だからこそ実は、「別れる理由」という作品の中で、その伏線はすでにはられていた。例えば小説が始まってすぐの第3章で、恵子のことが京子の口から初めて出てきた時の、この傍点の使い方。

　　と京子はハッキリいった。絹子とは京子は大分前からつきあっていた。恵子は同窓会に出て急に話題にうかび出た友人であった。スポーツ・カーにのってさっそうと帰って行った話が食卓を賑した。

　「その彼女というのは、主人は何をしている人かね」

　　と夫はきいた。

　それから同じ章。軽井沢の恵子の別荘でのあるシーンを回想する描写。

恵子の別荘でのこと、昔の女学校のときのウエストの大きさが一にぎりしかなかったので、スカートをこさえて先生に見せたら、あなた寸法をまちがえているんじゃない、といわれたのよ、と恵子は、京子と彼の前でいった。そのとき湯上りの恵子の着ているガウンの下に、首のあたりに房のついたネグリジェが見えた。

「そんなに昔と変っているように見えませんよ、恵子さんは。家内とこの前もそんなことを話していたんですよ」

と彼はいった。そのうち恵子の顔に変化がおきる、おきる、と思いながら、少し視線を外して襖の手かけのところを見ていた。


二つ共、普通にこの小説を読み進めて行く読者なら見逃してしまうシーンである。第25章に至って、永造と恵子との関係を初めて知った時も、たぶん、憶えているはずのないシーンである。だが、こういうシーンがすでに描き込まれていたことこそが、「別れる理由」が、生きている小説であることのあかしである。構築的というのとは違う。一つ一つの断片やディテイルが複雑かつ有機的にからみあっているのだ。

ところで先の第25章冒頭の引用中で、読者は、恵子の口にした「なつかしくなっちゃった」という言葉を見逃してはならない。

会沢恵子は女学校時代からの友人前田京子を通して永造と出会ったわけではない。永造と恵子は、もっと古くからの、つまり二人がそれぞれに京子を知る前からの、友人だったのである。

先の引用は、こう続いて行く。

「永ちゃんがまだ高校生で私が小学生の頃知ってたのだから、私も相談しちゃおうと思ったのよ。すぐにうんというはずはないけど、話せば分ると思ったわよ。ただ気がかりだったのは、ああいうものは、雑誌社で勝手に状況をこさえてお芝居にするでしょ。永ちゃんもそれを承知のうえで、いろいろ文章を書くんでしょ。だから、マジメな顔をしているけど、じっさいは不マジメかもしれないでしょ。笑いものにされるんじゃないか、心配だったけど、そこは昔のヨシミでしょ」

「今更いっても仕方がないし、恩にきせるわけでもないが、恵子さん、きみは主人と別れる気は最初からないどころか、彼の補いをぼくにさせたのだから、彼に礼をいって貰わなくっちゃいけないし、そうかといって見つかれば、彼に悪いしね」

彼は大して罪悪感もなかったが、妻の陽子に秘密を作ったことで面白くなかった。

ここでもまた、「別れる」という言葉が出てきたのに注目してもらいたいが、それ以上に重要なのは、「妻の陽子に」という一節である。

会沢恵子と前田永造は、前田京子ではなく、前妻の前田陽子の目を盗んで関係を続けていたのである。そしてその関係が切れたあとで、偶然、二人は、京子を介して再会し、軽井沢の恵子の別荘や御岳山の〝ワラビ狩り〟で、二人だけの過去を引きずった重層的な時間を共有するのである。

妻（今は亡き前妻）の目を盗んでの姦通。読者はこの構造から何かを思い出さないだろうか。

そう、この関係は小島信夫の前作『抱擁家族』でもさりげなく描かれていたのである。『抱擁家族』では妻時子とアメリカ人青年ジョージとの姦通が作品の中心にあり、三輪俊介と「その女」との姦通は一つの点景にすぎない。「別れる理由」でも前妻陽子とアメリカ人青年ボッブとの姦通がにおわされているものの、むしろこちらが点景にすぎず（にもかかわらず、江藤淳は、『自由と禁忌』で、ボッブ――の向こうのアメリカ――との関係を例によって強調しすぎている）、恵子と永造との関係の方が前景に出ている。

逆に言えば、「別れる理由」は、『抱擁家族』で時子（陽子）とジョージ（ボッブ）の関係を強調するあまり描き切れなかった俊介（永造）とその女（恵子）との関係を改めて描こうとした作品であるとも言える。その部分を描くことですべての関係が等価になって行く。

『抱擁家族』で、「その女」が登場するのはこの二ヵ所である（〔　〕内は講談社文芸文庫版の頁）。


「僕だって、あの男のようにしたことはある。その代りその女を喜ばせてやった」

「いつなのよ」

と時子は起き上った。

「夫のある女だ。外国へ行く前だ」〔三十六頁〕

俊介はその十日程前まで、例の女にあっていた。そのときも彼はあてにいど、「暇がない」と思っていた。何もあたえられない女に、「何かあるかもしれない」と空頼みを抱いて俊介は時たま会っていた。失望に終るので、彼はいつも無駄をしていると思い、その女にも、何でそんな顔をしているといわれると、「いい顔をする暇がないのだ」とこたえたことがあった。すると彼女は「あなたっておかしな人ね。何だって私と会うのよ」といった。〔四十五頁〕

『抱擁家族』で描かれる「その女」は、しかし、顔がない。それに対して、「別れる理由」の第37章には、こういう一節が登場する。

恵子に出発一週間前に会ったとき、彼にキー・ホールダーをくれた。外人の女と交渉をもつことがないように部屋に鍵をかけておけという意味だった。恵子がそれを彼に渡して指切りをしようといったとき驚いた。西川（永造がアメリカで知り合うことになる日本人医師——引用者注）を前にしてどうしてあのとき大ボラを吹いておかなかったのかと不思議に思いながら、恵子のことは誇りに思った。その恵子のことはあれで打ち切りにして、そのあと忙しく出発の準備をした。

ところで、先にも述べたように私は、「別れる理由」の第24章までを単行本版で読み進めていって、この第25章は雑誌初出版（『群像』一九七〇年十月号）で読んだ。だから、突然話題が変わるこの章のドライブのきき方に、一層驚いた。

だから、というのは、同じ号に載っていた小島信夫と大江健三郎と吉行淳之介の座談会「現代文学と性」に先に目を通していたからである。

私は今回、この座談会の全文に初めて目を通したのだが、そのさわりの部分は、『小島信夫をめぐる文学の現在』に収録の吉行淳之介の「その風貌」で知っていた（その「さわり」がとても面白かったので、いつか全文を読みたいと思っていたのである）。

「この鼎談は、まだ誰の単行本にも入っていない」と言って、吉行淳之介は、座談会「現代文学と性」の中から、「小島信夫の面目躍如の部分」を紹介する。少々長くなるがその全部を引用しておきたい（吉行淳之介の引用は、初出版から一部、たぶん故意に、脱落がある）。

**大江**　小島さんは結局、家庭を一つの単位構造体とした人間関係というものをお書きになっているのじゃないかと思うのですけれどね。

**小島**　結局そういうことでしょう。あまり外へ……。

**大江**　出ないから？

**小島**　遍歴しないということは、いってみれば、遍歴するときにまた家庭へもぐり込むということじゃないでしょうか。

**大江**　外へ出ない覚悟をすれば、家庭というもの自体がたいへんなことでしょう。

**小島**　どうか知らないが、とにかく娼婦なりそれに類した人といろいろ交渉を持つくらいなら、どちらかというと、ぼくはひとの家庭にもぐり込む可能性がある。

**吉行**　家庭にもぐり込むという意味は性的関係を含めてですね。

**小島**　もちろんそうです。

**吉行**　それはそれぞれの好みの問題だね。ぼくは、これから対象としようとする女のたとえば親とか兄弟の顔を知っていると、もういやなんです。亭主の顔を知っててもいやなんだ。ところが、それを知っていることが何ともいえない複雑な味わいになるという人もいる。

**小島**　ぼくなんか、どっちかというとそっちのほうだね、下手をすると。それに子供がいなければおもしろくない。

**吉行**　これはかなり悪質な人だね。

**小島**　ということは、たとえばそういうふうに複雑であり、がんじがらめになっているということにおいてその人に何ものかを感ずる。ぼくがいま言ったような形だと、どこにも性器というものはないわけです。少なくとも……。

**大江**　これは極悪人ということだ。人間が極悪人であるということを自分で自覚するためにしても、家庭ということのほかに方法があるでしょう。

**吉行**　これはおもしろい。

**大江**　小島さんがそれを裏切るとか軽蔑するとか……。

**小島**　そういうのも一つですよ。たとえばよその家へ行ってよその女をつねったってしようがないでしょう。

**大江**　しかしそれは相当なことですよ。

ここまで引用して、吉行淳之介は、「このあと、小島信夫の意味深い長い発言があるが、それを再録すると長くなり過ぎる」と述べている。

その「意味深い」発言とは、この部分を指すのだろう。

「……結局うちの中だけの問題というのは家庭なら家庭でまとまったものがあるけれども、外の問題、それからもう一つ点を打って外へ出てゆかなければならぬというときに、よその家へ入り込むときにやはりそこに点を打つわけです。それによって連帯感を持つということ、共同意識を持つということはあり得る。そういうことは世間にあるのじゃないか。自分のことを言っているようだけれども、ぼくは代弁者として、そういうことが少なくとも空想的にわかり得るということを言っている。盛んにやっているということじゃない。

結局、とくにこういう時代にいろいろ楽しみを求めていろいろなことをしている人がいると思うけれども、女性がいろいろと手を広げていろいろな交渉を持つというのと男のはちょっと違うと思う。男の場合にはかなり苦しみを求めているところもちょっとあるような気がする。女の人は自分から求めるなどということはできない。こういう世の中だと、男はなおさら核心みたいなものに触れようとしてわざとそんなことをしようというところもあるのじゃないか。少なくともそういう場合には何かちょっと書くべきものがそこにあるのじゃないか……」

小島信夫は言う。「ぼくはひとの家庭にもぐり込む可能性がある」、と。「よその家へ入り込むときにやはりそこに点を打つわけです」、と。そして、「何かちょっと書くべきものがそこにあるのじゃないか」、と。

こういう発言の載った同じ号に、「別れる理由」の第25章が並んでいる。そのことの衝撃性に気づいた読者は、当時、はたして、どれくらいいたのだろうか。

# II

## 4

『群像』一九七〇年十月号に掲載された吉行淳之介、大江健三郎との座談会「現代文学と性」で小島信夫は、「娼婦なりそれに類した人といろいろ交渉を持つくらいなら、どちらかというと、ぼくはひとの家庭にもぐり込む可能性がある」と語る。そして、「亭主の顔を知って」る女性とは関係を持ちたくないと言う吉行淳之介に対して、「ぼくなんか、どっちかというとそっちのほうだね」、「それに子供がいなければおもしろくない」と答える。

その同じ号に載った「別れる理由」の第25章では、主人公の前田永造と会沢恵子との姦通が描かれる。

ここで人間関係を整理すれば、前田永造は最初の妻陽子と死に別れてのち、京子を後添いにもらう。京子と会沢恵子は女学校時代の同級生で、京子と永造が結婚後、家族ぐるみの交際を行う(ただし、たいていの場合、会沢の夫はその付き合いに不在である)。だが実は永造と恵子は永造が京子と出会う前からの知り合いで、しかも永造が最初の妻陽子の目をぬすんで不倫を続けていた関係でもある。

第25章で描かれるのはその当時(永造が陽子とカップルだった当時)の恵子の家(すなわち会沢の家)での出来事である。

英米文学を教える大学教授である前田永造は、ある雑誌で人生相談を行なっている。特に夫婦の問題を中心とした人生相談らしい。

それを見て「なつかしくなっちゃった」恵子は、彼女の方から永造に連絡を取り、そしてなんとはなしに関係を持ったらしい。例えば二人はこんな会話を交わす。

「ぼくはどうでも書きこなしますよ。商売だからね。だが、近頃は誰も彼も一家言もっているし、人生批評家だからね」

「永ちゃんももっと経験しなくっちゃ。ねえ」

永造はにが笑いをして顔をそむけた。

「ぼくは相談というのは子供さんの学校のことかと思った」

「それは、これからよ」

「永ちゃん」という呼び方に注目してもらいたい。二人は古くからの知り合いではあるが、それ以上の親しみが、この呼び名には込められている（そのことについてはまたあとで触れる）。

永造が人妻と関係を持ったのはこれが始めてだった。

永造がタバコを吸おうとすると、火をつけてくれた。永造がほかの男のものである女とこういうことになったことは、これははじめてだ。陽子や子供のことが重くのしかかってきて憂欝このうえもないが、一方では、妻や子供がいなかったら、このまま彼女の家へ行ってそこに住みついて一緒に暮しても少しもかまわぬような気もしていた。

妻陽子に対する彼の思いは複雑だ。彼はもはや陽子と性関係を持てなかった。つまり不能だった。しかしその「不能」は妻陽子に対してだけのものであるのか、もっと一般的なものであるのかわからないでいた。そんな中で会沢恵子と関係を持った。

こんど陽子とはうまく行くかもしれない。今日のようなぐあいに行けば。この女の夫と自分とは同じ立場である。だからもし失敗したらとその不安の方が大きかった。

恵子と関係を持ったばかりなのに、永造の心のベクトルは妻陽子の方に向いている。「この女の夫」とはもちろん会沢恵子の夫のことを指している。恵子の夫は、永造が陽子に対してそうであるように、不能だった。

その不安は半ば消えた。すると自分のせいではなく、陽子のせいだったのだろうか。妻であるよその女と同じことをしているこの喜びというものは何であろう。その覚悟でこの家へやってきたときに、沢山の家や、溝川や、庭の植込や芝生が見えた。そういったものは夫のいない家を守ったり、今はいないが、数時間前までいたり、数時間後にはもどってきたり、それから子供たちの声のする家のそばを通ってきた。そのときスリルというものはあった。今はスリルというようなものはもうないのに、歓喜しているというのは、男としての機能を果したということのためであろうか。そうでないとすると、それは女の夫が一番いやがることをしたということ、その女を自分のものにしたということのためであろうか。

この引用部分をAとすると、前田永造はさらに、こういう感慨をもらす。恵子と二度目の行為をしたあとでの内省である。

二度の行為をすると、それこそほんとうに親しくなってしまった。家のタタミのシミも壁のよごれも、石ケンのにおいも自分がつけたことがあるような、彼女の身体に何年もふれてきて、そこまで導いてきたような気持になった。そして恵子より一足さきに暗くなった往来へ出たとき、まだ見たこともない夫よりも、その家の主人であるような気がし、多少の気づまりから解放されてうきうきしていた。

こういう前田永造の描かれる「別れる理由」第25章と座談会「現代文学と性」が『群像』一九七〇年十月号に同時に掲載されたのである。

ところで先の引用部分Aは、さらにこう続いて行く。

それはそうとしてとにかく永造は彼女なんかどうでもいいほど喜んでいた。この歓喜を早速にも誰かに伝えたい。出来れば妻に伝えたい、というのは、どうしてであろうか。一段と高いところにいるように思えてならない。

恵子と関係を持ち不能者でなくなった永造はその「歓喜」を「早速にも」、妻陽子に伝えたいと思う。そういう複雑な感情の在り方がこの『別れる理由』をただの姦通小説にさせていない（あとでまた述べるように『別れる理由』と『抱擁家族』はポジとネガの関係にある）。

けれど家に戻り、現実の陽子に出会うと、やはり気持ちが上手く通じ合わない。例えばある日、出かけようとすると、また、ささいなことで彼女と口論してしまう。実は永造は恵子のもとに出かけようとしていたのだが……。

彼は自分のいった言葉と、陽子の反応とから、不幸な気持で人ごみに出た。待ちうけている恵子も自分の家がそこにあるように、何か不幸なカタマリが、行手にもあるような気がした。しかし、妻以外の女が自分を待っているということそのことが、いつものように彼をハッピーにし、そこらあたりの男や女よりも自分が一段と上の人間であり、その人たちは気の毒な枠の中におさまったミジメな人間であるような気がした。彼らとの間がきわめて遠く離れていて、とうてい相容れないものであり、少くともその気分は自分ひとり胸におさめておくには惜しい気がした。

そしてここから先が前田永造ならではの、いつものアンビヴァレントな思いが込みあげてくる。恋愛小説としての『別れる理由』のもっとも美しい部分である。

彼は声を出して道行く人々に話しかけたく思った。重い買物籠をさげて歩いて行く女に話しかけて、もってあげよう、と申出たく思った。そして離れてみるとその通りすがりの女のひとりに陽子がいるはずだ。そこで彼は家にいる妻に、彼女に出来得る限り親切を施してやりたく思った。現実の陽子の顔にぶつかると、つらくなった。

第25章に続いて、26章、27章、28章、29章、そして30章まで永造と恵子の情事のエピソードが描かれる。

第28章では、恵子が永造の子を妊娠し、夫には彼との間の子であるとウソをついて中絶し、中絶直後に二人は関係を持つのだが、そこでもまた、こんな前田永造ならではの内省が語られる。

まだフォルマリンのにおいがする彼女がいそいそ働きまわっていたのを見て安心もしたし、そういう恵子をそうでないときの恵子よりは好もしいと思ったくせに、永造は、いつものことが終ったときそのままそこにいた。あるいは、ちょうど恵子の母親や会沢の子供と話したり時間を過したのと同じように、会沢とも同じようなことをして、話をきいてやり、酒をのんだり、もし相手がその気になれば、昔学生時代や軍隊でやったことのある碁や将棋でもしてもいい。いや、もっとほかのことを、たとえば、恵子の夫の会沢に見せてやったり、陽子に教えてやったりしたがっていないとはいえない。

お前の妻は、こんなに殊勝な女、妻になっている、……賞めてやってくれ、といったふうに。

お前の夫の永造は、こんなによく恵子という女に尽してやっている。それにお前のことだって忘れずにいる。……

それだけではないかもしれない。とくに会沢には現場を見せてやりたい、見てもらいたい、見つかりたい、ということなのかもしれない。

その永造の秘かな願望が第29章、30章で現実化されそうになる。

いつものように恵子の家を訪れていると、突然、恵子の夫会沢が帰宅する。しかもその日はたまたま「呼鈴」の調子が悪く、木戸口から入ってきた。しかし恵子は、こんな機転をきかす（傍点は原文）。

「あなた、すぐお風呂へ入ってちょうだいよ。そのつもりで用意してあるんだから、私も入ってないのよ、早く入って、御主人さま」

と作り声をしてふざけた。

そして会沢が風呂に入っている間に、「予定の行動のようにくらがりで二人は抱きあった」のだが、それだけでは永造は不満だった。

永造はもっといいことがなくては、気に入らないと思ったが、

「それでは、今のうちに帰ろうか」

と物分りのいい呟きをもらした。これから車を拾ってまたあそこへ戻って行かなくてはならない。会沢の前に顔を出してやりたいと思っていたのが、それだけではない。会沢こそここから追い出して、自分がここにい続けることが出来ないのが、理不尽！

このあたりの前田永造の心の動きの描写は見事である。小説的な面白さに満ちている。しかも永造は、恵子に向って、「もう近頃、きっと会沢さんの身体は回復しているよ」という捨て台詞めいた言葉を口にしたのち、会沢と恵子の家を去って行く。「今まで出て行くときに感じなかった腹立たしさをおぼえ」ながら。

こうして『別れる理由』は第31章（『群像』一九七一年四月号）でまた元の時制に戻って行く。つまり一九六八年夏のある日の前田永造家のリビングルームでの、永造と妻京子と彼女の女学校以来の友人（ということは恵子とも友人である）山上絹子の会話に戻って行く。話の基本となるこの時制が最後に登場したのは第16章（一九七〇年一月号）のことである。

そして山上絹子との会話の中で会沢夫妻のことがまた話題に出る。

「前田さんは会沢さんにお会いになったことがないんですってね」

永造は「ええ」といって一息ついた。絹子がどういうつもりでいいだしたにしろこういうふうにいうより仕方がない、というふうに自分を辿り辿りしゃべりはじめた。

「いつも行き違いなんですよ。軽井沢へお邪魔したときは、会沢さんが仕事で東京におられるときだし、ワラビ狩りは会沢さんがめんどくさがっておられるし。今度は一緒に行きたいといっておられるそうだけど、いざとなるとあの方も多忙だし……。それにぼくはゴルフに出かける気もないし。ぼくの学校の教師で案外に会沢さんを知っているのがいるのに」

「いつも行き違いなんです」という一節が意味深である。意味深ではあるがウソではない。前田永造が絹子に向って（さらに妻京子に向って）ウソをつくのはこのあとである。

「恵ちゃんとだってこの人数回しか会ってないんですもの。それに恵ちゃんはあれで昔ふうなんだから。ダンナさまと一緒に写真にうつるのだって顔を赤らめていやがったり、いつもわざと冷淡に別々でしょ」

と京子がいった。

「前田さん、恵子さんは京子さんとご一緒になる前御存知なかったんですものね」

と絹子が、二人の顔を見ずにその中間のテーブルの上あたりに視線を漂わせていった。

「そうなんですよ」

京子のペンの動きを、絹子も永造も眺めはじめた。

続く第32章（一九七一年五月号）も時制は変らない。第10章（一九六九年七月号）の途中でNHKの七時の「ニュース」らしきものが始まり、この章の冒頭に、「京子が八時から始まるチャンネル３の画面を見ながらいった」という一節が登場するから、二年近くの間に基本時制は約一時間しか動いていないわけだ。逆に言えば、この頃から、小説内の基本時制（一九六八年夏）と、その小説初出時のリアルタイムとの時間の差が徐々に開いて行く。

そして第32章のあざやかなフェイドアウトに重なるように、続く第33章で時制はまた過去に戻って行く。

『別れる理由』の随所に『抱擁家族』の影をちらちらとかいま見ることが出来るが、一番その影が色濃くただよっているのはこの第33章から第41章にかけてである。言わば『別れる理由』の第33章〜第41章は『抱擁家族』のリメイクとも言える。『抱擁家族』で主人公の三輪俊介の妻時子がアメリカ人の青年ジョージとあやまちをおかすように、『別れる理由』にもアメリカ人の青年ボッブが登場する。ただしボッブと永造の前妻陽子の姦通の具体は描かれない。第47章に至ってさりげなく、

陽子が会沢の妻の恵子と自分のことを発見したとしていたたって、——そういうことを仄めかしたことはあったが、そうして、陽子と彼との間にある事件が起ったとき、永造は恵子のことを仄めかしたけれども、陽子は名前をきいたりさえしなかった。

とふれられているぐらいである。
陽子とボッブが一番親密な感じで描かれているのは第34章のこのシーンである。

永造は陽子がいい年をして、急に社交ダンスを習いはじめたことを小耳にはさんだが通りすがりにそのビルの看板を見あげたりするくらいだった。ある夜家へ帰って見るとボッブの靴がぬぎすてたままになっており、啓一とボッブと陽子がはしゃいでいて、ボッブと陽子が踊っている最中だった。陽子は、「こう？　こうなの？」と日本語でいいながら、相手も「こう？　こう？」と問い返しながら、二十二、三なのに余裕をもって

指導しているのを見て、その指導され、指導するぐあいに眼を見はったことがあった。

私はここに登場する「靴」のイメージに注目したい。つまり、ボッブの「ぬぎすてたまに」なっている「靴」のイメージに。

出世作といえる「アメリカン・スクール」（一九五四年）以来、「靴」は小島信夫の作品の中で重要な小道具となっている。大げさに言えば、「靴」はアメリカに対する違和を描くさいの小さなシンボルとなっている。

アメリカに対する違和と言ってしまうと、少し言いすぎかもしれない。

小島信夫自身すぐれたアメリカ文学者であるし、彼をモデルとした作中人物も多くの場合、普通の日本人以上にアメリカに対する理解が深い。

にもかかわらず（だからこそ）の、アメリカに対する違和である。

「アメリカン・スクール」の主人公である高校の英語教師の伊佐は、ある日、研修でアメリカン・スクールに向うことになる。

集合場所の県庁前からアメリカン・スクールまでは「たっぷり六粁」の道のりがあった。しかも、当時としては珍らしく「舗装された」道である。

歩きはじめてからしばらくすると、伊佐は、まさに違和感をおぼえはじめる。

伊佐はそのころから、皮靴が自分の足をいためていて、一歩一歩が苦痛であることがわかってきていた。彼はその苦痛のために、この靴をはいてきたことを悔みだし、それはこの見学のためであり、山田のためであり、ひいては外国語を外人のごとく話させられることのためであり、自分がこんな職業についているためだと腹が立った。苦痛はだんだん増してきた。

山田というのは、戦時下には「アメさん」を含む二十人ぐらいの敵兵の「試し斬り」を行ないながら、今や英語をしゃべることに（つまりアメリカに迎合することに）生き甲斐を感じている別の学校の英語教師である。

その山田がアメリカン・スクールに向う伊佐の「隊伍」からの遅れに目をつけた。つまり伊佐の姿が「規律破壊者」に思えた。

「靴ずれなんですよ、あの人」

「靴ずれ？　そんなバカな」

山田はただの「規律破壊者」ではなくて、靴ずれであると聞いて、ただの「規律破壊者」以上に規律破壊者だと思った。そのような幼稚な理由でおくれていることは許せない。そんなふうだとこの男はそのうち便所に行きたいだの、喉が痛いだのといっておくれるかも知れない。第一、その靴は何だ。山田は伊佐の黒い靴がアスファルトの地面をするように歩いてくるのをじっと見ていた。その白く埃をかぶった黒靴が山田をおそれるかのごとく彼の前に寄ってきた時、山田ははじめて声をかけた。

「それはキミの靴ですか（英語）」


伊佐は何度も「靴をぬいで歩こうと思った」。だがそんなことをすれば、「彼の異様な姿は米軍の自動車の中から目について」しまうだろう。

『別れる理由』でボッブの「ぬぎすてたまま」になっている「靴」を、アヽメヽリヽカヽ風の我が家の玄関で眺めた永造の視線の向うに「アメリカン・スクール」の伊佐の思いが重なっていたかもしれない（だいいち、家のウチとソトで靴をぬぐ習慣はアメリカにはないものだ）。

そういう風に注意して読んで見ると、『別れる理由』は、所々で「靴」が印象的に描かれる。

例えば、先に紹介した恵子の家でその夫の会沢とハチ合わせしそうになってしまう第30章のこういうシーン。

「永造は廊下でぐずぐずしていた。恵子が隠しておいた場所から靴を取り出して裏口の土間に置いたとき、そこにさっき脱ぎすてたばかりの、彼より総体に見て一まわり大きい靴があった。その靴をもっとわきへのけて永造のを据えた。

会沢と永造の靴は実は同じメーカーのものだった。

恵子と京子と永造がワラビ狩りに行った時に恵子が話してくれた終戦直後の体験談は紹介した。つまり、お腹に子供のいた恵子が、疎開先から東京に戻る途中で、「トンネルの中を兵隊さんに手をとって貰って真暗な道を、とっておきのハイ・ヒールの靴をぬいで歩いた話」を。

第31章（すなわち時制がまた戻る章）で、ふたたびそのことが話題に出る。そして永造の妻京子が、こんなことを口にする。

「……主人の今はいている二足の靴は、恵ちゃんに教わって行った新宿の靴屋で買ったのよ。あそこには会沢さんの足型があって、恵ちゃんが出かけていってその時々のイタリヤ製の靴なんか買ってくるのよ。先だって主人といって足型をとって貰って二足買ったわ。イタリヤ製といっても型や革が向うのもので、作るのはこっちだからはきいいというのよ。はいているうちに足にぴったりくっついてきてだんだんぐあいがよくなるらしいのよ。……」

「はいているうちに足にぴったりくっついてきて……」という一節が何やらエロティックであるが、今はそちらの方向に深入りしない。ただし、エロティックといえば、この小説にはまた、こういう「靴」も登場する。

　アメリカの留学中の思い出話を永造が先妻の陽子や家政婦の「さとの」(この家政婦は『抱擁家族』の「みちよ」同様、『別れる理由』の第33章から第41章までの重要な狂言廻しとなっている)たち相手に語って聞かせる第33章で、「さとの」が永造に向って、こういう発言をする。

「でもダンナさま、どの農家かの奥さまの靴が風呂場においてあるのを見て胸をときめかしたとありましたよ。二の腕にソバカスのあるイタリヤ系の女だったとか妹がいってましたわよ」

「さとの」の妹は日本に住むアメリカ人の男と暮らしている。その彼女が、永造のそういう文章を何かで目にしていたらしいのだ。

たしかにそういう記事を書いた事実を永造は認めるが、あまりそのことだけを強調されても困ると彼は言う。

ただし永造は、こんな言葉を口にする。

「ほんとに夫婦そろって靴をぬいで、男のは無骨な靴で、女のは何といったって優しくて細くて、外人のは細長いからね。そうして、ハダシで寝室へ行く。これは楽園だというふうに思ったことは事実だね。あれは学ぶべきだね、ベッドといって、ああいうふうに少し高いところに寝るところがあるのも健康的でいい」

実は「さとの」と陽子と永造は、その前に、こういう生々しい会話を交していた。「さとの」の妹のことが話題にのぼったあとでのやり取りである。

「気持が悪いと思わなかったのかしら」

「何がですか、奥さま」

「妹さんや、ほかの女の人たちは、アメリカ人のことをさ」

「そんなことおっしゃると、奥さま、笑われますわ」

さとのは、それから永造の方を向いた。

「ダンナさまなんか、向うへ行ってらっしゃって、あっちの女の人のことどう思いました。やっぱり気持悪いと思いました?」

「それはどうかな」

「経験ないとはいわせませんよ、ねえ、奥さま。一月や二月の旅行じゃありませんもの。第一男の方は女なしではいられないでしょう」

そのあとですぐに、
　その家政婦ひとりが立っているのを額のあたりで感じた。永造は妻の表情を見た。

という意味不明の情景描写（逆に言えばきわめて小島信夫らしい情景描写）がはさまれたのち、永造は、こう答える。

「あの国では普通そういうことはかんたんには出来ないのですよ。とくに日本人はね。どこにいたってぼくはそういうことはしようという気がないし、家内ひとりで、家内と二人がうまく行っていれば一番いいと思うしね。……」

　その「家内ひとりで、家内と二人がうまく行っていれば一番いい」と言う永造は、「家内」相手には不能であり、アメリカに行く一週間前まで恵子と関係を続けていた。しかも彼は恵子と関係を持つことが、妻陽子への愛の回復につながるはずだと信じてもいた。その一方で、アメリカ人を夫に持つことを「気持が悪いと思わなかったのかしら」と口にした陽子は、アメリカ人の青年ボッブと姦通してしまう。

それではここで話をもう一度、ボッブの「靴」へと戻すことにしよう。

# 5

アメリカ人の青年ボッブの「靴」の描かれ方（それが意味するもの）を見てみよう。つまり、第34章の章末の描写に注目してみよう。

ある夜家へ帰って見るとボッブの靴がぬぎすてたままになっており、啓一とボッブと陽子がはしゃいでいて、ボッブと陽子が踊っている最中だった。

陽子というのは、すでに何度も述べているように、永造の今は亡き妻で、彼女は、ボッブと関係を持つことになる（この時すでに二人の間に関係があったかどうかは小説内で描かれていない）。啓一は陽子と永造の息子である。

永造が帰宅しても、三人は最初、気がつかないふりをしていた。「おや、やっているね」と言いながら永造が、その部屋に入っていっても、三人の「軽い笑い」すなわち「はしゃ」ぎぶりはそのまま続き、「誰も彼に挨拶をしなかった」。

永造も、いちおう、ボッブと陽子の「踊っている様子を微笑をうかべて眺めていた」

り、ダンスするボッブの「緑色の眼」のウインクにウインクし返したり、「パパはまだ若いですよ。……ぼくと同じ年に見える」というボッブの冗談に、「自分でもびっくりするくらいうれしそうに笑った」りしたけれど、この情況に対する心の中の違和感はかくせない。

ボッブのぬぎすてられた「靴」はその違和を意味づけるための、とりあえずのこじつけのようにも思える。つまり、なぜ居心地が悪いのか、その理由を自身に納得させるためのの、たまたまの小道具。

「啓一」と永造は優しく声をかけた。このくらい優しければ、誰も文句をいうことは出来ない。

「啓一、ボッブの靴をそろえておきなさい」

「靴？　靴がどうかしたのかい」

啓一は顔をしかめた。

「別にどうもしないね。ちゃんと玄関にあるさ。お父さんの靴をどうのというのじゃない。お父さんのは靴箱にしまってある。ボッブのとお前のだ。お前のは、いつもいっているようにちゃんとしまうか揃えておくんだね」一段と優しくいった。

このやり取りは不思議ではない。永造はボッブの靴だけではなく啓一の靴も問題にしている。つまり、ボッブの「靴」のみを特別視してはいない。しかし、これに続く永造の台詞が、少し（いや、かなり）変である。

「それにボッブは、何といってもお客さんで、一応はお前の友人でもあるが先生ともいうべきものだ。何しろ、そういうわけで、今、お前の家はサービスしたり楽しそうにしているのだからね。これは普通の日本の家よりは賑かすぎる。それが許されるのは、この人がアメリカ人で先生だからだ。だから靴を揃えておきなさい」

「お父さん今すぐかい。かえって悪いよ、途中そんなふうに立って行くのは」

「気にすることはないよ。靴の方が大事なんだよ」

と彼は声をおさえていった。少し陰気にひびきすぎる。それに少し無理をして抑えすぎる。抑えすぎることが外に出ているし、こんなことでは、いつ爆発するかもしれない。

ここに引いた最初の永造の台詞は、きちんと読み進めて行くと、その思考のつながり具合が、奇妙である。

ボッブが「お客さん」であり啓一の「先生」であるから、その靴を揃えておくように、啓一に命令するのは、父親として（この家の家父長として）おかしくはない。ここで口にされる靴は「靴」ではなく、ただの靴であるように見える。

だが、「これは普通の日本の家よりは賑かすぎる」という一節は唐突だ。「普通」でないということは、「異様」であることを意味するが、その「異様」さはボッブという「この人がアメリカ人で先生」であることに由来する。しかし、なぜそれが、「だから靴を揃えておきなさい」という台詞を引き出すのだろう。ここで永造の口にする、「だから」とは、何に対する当然性を意味しているのだろう。

むしろ啓一の躊躇の方こそが当然であるように思える。

そういう啓一に対して、永造は、「声をおさえて」、つまり凄みをきかせながら、「靴の方が大事なんだよ」と言う。この「方」というのは何に対する「方」なのだろうか。ごく単純に考えれば、ボッブに対する気がねであろう。だがなぜ永造は、それ以上に、「靴の方」にこだわるのだろう。

ぬぎすてられたままになっているボッブの「靴」に永造は、何を見たのだろう。何を幻視したのだろう。

続く第35、36章でもボッブの「靴」は重要なオブジェとして描かれる。特に35章（この章は他の章に比べて短かい。単行本版で正味七頁ほどしかない。けれどとても読みごたえがある）は「靴」そのものがテーマとも言える章だ。

ボッブや陽子、啓一たちとのダンスに少し付き合った永造は、大学の授業の予習のために自分の書斎に引き上げる。一時間たっても応接間からのボッブや陽子たちの話声はやまない。それ以上に気になるのは玄関の状態だ。頭の中で、「自分がかがみこんで玄関をのぞこうとしていることに気がついた」りしている。

そして、小さな怒りが泡立っているのを知ると、書物の文字に眼を走らせながら、抑えようとした。

このあとの永造の微妙な心の動きの描写が素晴らしい。

靴が片づけてあると思うと、すうっとその泡は消えた。そのうち、ひょっとしてまだあのままになっていると思うと、怒りがこみあげてきた。それを何とかやりすごした。しかしまたしばらくすると泡立ってきた。はじめから少しも引いてはいなかったことが分った。小さい部屋に充満してはち切れそうになった。遠く離れているはずなのに、応接間の笑い声はかなりハッキリときこえていた。書斎は不十分とはいえ防音装置が施してあったのに。けっきょく一時間のあいだ靴の場面のことばかり考えていた。

そして永造は心の中で、このような言葉を自問自答していたのである。「もし、あのままになっていたら、どうしよう。許すべからざることだ。もし、そのようなことがあるとしたら。そして殆んどそのままになっているにきまっている！（以下略）」。なぜ永造がこれほどまでに「靴」にこだわるのか、その正確な理由はわからなくとも、読者は、いつの間にか、こういう永造に感情移入している。

だから、永造の、次のような行動に対しても読者は自然に同化できる。

永造は書斎を出て行った。彼は靴がそのままになっていることを信じていたし、そのことを願いさえしていた。「乞い願わくは」彼はトイレに行くような恰好をして、玄関へ向った。「乞い願わくは、あのままであってくれるように」と彼はつぶやいていた。それでなかったら、おじゃんになってしまう。今まで書斎にいた一時間がムダになる。それだけだろうか。

玄関に行くと「靴」は、やはりそのままになっていた。つまり、「彼が外出先きから戻ってきたときに見かけたのと全く同じ、そのままになっていた」。我が家の侵入者であるその若い青年の、不意の侵入を「そのまま」あらわしているかのようだ。「見事なものだ。寸分違わぬ、そのままだからだ」と永造は思った。ここで読者は、前田永造が、会沢恵子の夫に秘密で、会沢の家で関係を持った時の永造のこのような感慨（第25章）を改めて思い出してもらいたい。

二度の行為をすると、それこそほんとうに親しくなってしまった。家のタタミのシミも壁のよごれも、石ケンのにおいも自分がつけたことがあるような、彼女の身体に何年もふれてきて、そこまで導いてきたような気持になった。そして恵子より一足さきに暗くなった往来へ出たとき、まだ見たこともない夫よりも、その家の主人であるような気がし、多少の気づまりから解放されてうきうきしていた。

まして永造の家への侵入者のボッブはアメリカ人である。つまり、二重の意味での侵入者でもある。

玄関でしゃがんで啓一とボッブの「靴」を「正しい位置に直した」あとで、永造は、こんな内省を行なう。

……そなえつけの下駄箱も、彼がしゃがみやがて腰をあげて溜息をついている廊下も、なまなかの努力によって出来ているのではない。何といっても陽子と彼との協力によって出来たものであって、ただそこを踏んだり歩いたりするだけの他人には分らぬことなのだ。まして二十歳をちょっと過ぎただけの他国の豊かな資源に恵まれた、只取りみたいなアメリカ大陸に育った青年たちにどうして分るものか。そしてその祖先は海賊じゃないか。いや、ボッブはあの小柄な、息子より小さく彼よりほんの少し背の高いばかりの青年は、海賊でないかもしれない。それにしたところで、同じことだ。どうしてこの家の下の土地の値打ちが、彼らの田舎町の土地とは比較にならぬほど高価なものであることが、実感として分ろうか。それが分らぬものが、どうしてこの永造という男や、陽子のことが分ろうか。……

　そして永造は、さらに大胆な行動に出る。ボッブや陽子たちがはしゃいでいる応接間の近くのキッチンに「わざわざ」寄って、「冷蔵庫を音を立ててあけて」、明日の朝食のために陽子がとっておいたはずの牛乳を取り出し、それを飲みほしてしまった。しかもその空きビンを、「すぐに眼につく冷蔵庫の上へのせて」おいた。当時の（この章の時制である一九六〇年代前半の）牛乳が今よりもずっとシンボリックな飲み物であったことに注意してもらいたい。言わば永造は陽子の大切にしていた牛乳を飲みほすことによって、アメリカを、すなわちボッブを飲みほそうとしたのである。さらにシンボリックなことを言えば、牛乳の持つハイカラな白さは、このあと話題に出るメルヴィルの『白鯨』から導かれるアメリカの「白さ（ホワイトネス）」とも重なって見える。

だから永造は、書斎に戻ったあとで、「靴」や「牛乳」を、「『リア王』の中のリア王が放り出された大ゲサな自然のことや、実存主義者の、たとえばサルトルの『嘔吐』の中にあるようなことや、メルヴィルの『白鯨』の中の云いまわし」といった大きな哲学的な問題と結び付けて考える。

『白鯨』のことを思いながら、彼は、こう自問自答する。

お前の国やお前の国の先祖の中の優秀な連中が書きのこしたものを、こっちは理解しているのに、お前なんかはただダンスをやって見せている。さよう、お前たちアメリカ人が開拓にきた頃、どんな粗朴なダンスをやっていたか、知っているのか。カドリールというやつ。あんなものは今からしてみれば粗朴なものだ。ところで、お前さんは、ウイナーになるとケーキをもらうあのダンスにつきもののケーキのことを知っているかね。……それから、あの、彼には太い腕をしたヒゲ面の白人の男が奴隷を踊らせて酒をのんでいる宴会の場面がうかんできた。ああいうものなら、どこにだってある。中国にも日本にも、どこにだって。

その内に永造は、また、「靴」や「牛乳」のことに思いが動いていった。しかも自分の内なる声の強い響きを伴って（次の引用に、その前の自問自答とは異なって、カギつまり

「 」があることに注意してもらいたい)。

「もしまったく気がつかないとしたら、何にもならないことになる。今、靴の位置を直したことが、それから牛乳をのんだことが何にもならないばかりじゃない。それ以前のこと、それから毎日々々のこと、そういうことがみんな何にもならないことになってしまうじゃないか」

こういう永造の連想は奇妙である。しかし奇妙であるがゆえのリアリティも持っている。そしてさらに奇妙で大げさなのは、これに続く、こういう言葉である。

「どうして間違えてしまったのだろう。靴はあのままにしておくべきだったのだ。それをどうして直しに出かけたのだろう。彼らが靴を永造が直したということに気がついたとして、そのとき彼らは果して反省したり、永造が思いあぐねていたことに同情したり、申訳ないと思ったり、彼のところへ詫びにきたりするだろうか。今後は心がけを改めたりするとでもいうのであろうか。それよりもし彼女が息子やボッブと『ふん、お父さんが直したらしいわ』といったりして、それにボッブがこたえて、『パパ、靴の直し役ね。ボーイさんね』などと調子を合わせてこたえたりしたとしたら、どういうことになるのだろうか。長い間の過去の日本の歴史をまったく無視し、家族や家庭の中にある先人たちの築いてきた智恵を外国の若僧にふみにじられるようなことになったとしたら。しかし、その可能性の方がどう見ても強いのではないか。そういう連中だからこそ、靴のことが気にかかり、直しに行ったのではないか」

そして、もう一度「靴」を「あのまま」に戻すために玄関に向った所で第35章が終わり、続く第36章は意外な展開を見せる。永造は妻陽子の「ハッピーの状態をこわさないようにしよう」と心に決め（つまり彼女の「ハッピネス」のために）、先に彼がピカピカにみがいたボッブの「靴」を持って、皆の前でお道化て、それを使って手品を見せる。ただし陽子は最初寝ていて、永造のお道化振りに気がつかない。しかも、目覚めたあとでもあまり変化はない。

陽子は部屋に戻ってきた永造に気がついてからも彼がいないと同じだという恰好をしていた。靴がもちこまれていることも気がついていないようだった。両脚を組み今日も派手なブラウスを着て昂然としていた。

前回も述べたように、『別れる理由』の第33章から、この34、35、36章、そしてそれに続く37～41章は言わば『抱擁家族』のリメイクとも言える作品になっている。ネガとポジである。ということは、言い換えれば、『抱擁家族』の逆側から、同じテーマを、覗いて見た作品である。

だから、『抱擁家族』ではほのかにしか言及されることのなかった主人公と人妻との不倫関係が詳しく描かれているし（逆に、『抱擁家族』では詳しく問題にされていた彼の妻とアメリカ人青年との不倫はここでは「ほのか」にしか言及されていない）、だからこその、自分の妻への不能が重要なテーマとなっている。

そのことを当時の読者は、どの程度認識していたのだろうか。つまり、のちに読者が三人しかいないと作者が自嘲することになる『別れる理由』を、少なくともこの段階まで、リアルタイムで読んでいた読者はどれくらいいたのだろうか。

当り前の話であるが、作品というものは、読者（それも例えば担当編集者といった当事者性を持った読者だけではなく純粋読者）がいてこそ初めて、作品として存在する。読者の読みがあって初めて作品の意味が生まれる。

この時期の「別れる理由」が『抱擁家族』とネガ、ポジの関係にあることを読者はどの程度承知していたのだろう。いわゆる文壇内の読者に限定してみても。

例えば一九六九年十二月から一九七八年十一月まで「毎日新聞」で文芸時評を行なっていた（「別れる理由」が『群像』に連載されていたのは一九六八年十月号から一九八一年

三月号まで）江藤淳は、『別れる理由』について論じた『自由と禁忌』（河出書房新社一九八四年）で、

　時評家というものは、原則として全篇が完結し、そのコピーがドサリと掲載誌の編集部から送られて来るまでは、連載小説を読まない。ときどき覗いて見ることはあっても、毎月発表されるおびただしい数の小説（と限ったことはない）を前にして応接に暇《いとま》がないために、連載小説に関しては、終ったときにまとめて読むという便法を講ぜざるを得ないのである。

と述べ、実際、『別れる理由』が全三巻の単行本になってから通読し、『別れる理由』の第I巻と『抱擁家族』を、とても大ざっぱに比較し、『別れる理由』を批判した。

　しかし考えて見れば、これは、少し不自然な行為ではないか。リアルタイムで生成されて行く作品と時評家の、このような関係は、実は、きわめて戦後的な（すなわち江藤淳がひどく嫌った所のフォニーな）あり方ではないか。戦前の文芸ジャーナリズムは、もっとリアルに、すなわち同時代的に、作品に対応していた。もちろん戦後の職業時評家は、そういうペースで作品につき合って行くのが、普通の仕事で、そのペースを守らなければプロとして原稿料をかせいで行けないだろう。だが、それこそまさしくフォニーだ（誤解し

てほしくないのは、ここで私が単純にフォニーを批判しているわけでないことだ。要するに江藤淳にはフォニーであることのリアリティの自覚が足りない)。まして『別れる理由』は完結までに十二年半もの時を必要とした作品であり、その時の長さそのものが大きな問題となるのだから。

つまり私が言いたいのは、「この時期」から、作家は(少なくとも純文学の作家は)、読者(それは批評家や作家仲間を含む)の顔がまったく見えなくなってきたのではないかということである。

そういう手ごたえのない中で、にもかかわらず、創作という天職を実践する作家活動を簡単にフォニーと切り捨てることが出来るだろうか。

ここで私が口にした「この時期」とは、例えば、「別れる理由」の「その四十一」が『群像』に掲載された一九七二年二月(号)の頃である。

この同じ号に小島信夫と安岡章太郎の対談「『私』から自由になり得るか」(副題は「作者と人物の位置をめぐって」)が載っていて、その対談での小島信夫の発言がきわめて示唆的なのである。

『群像』で連載中だった「別れる理由」に対して安岡章太郎はこう述べている。

ぼくは今後の小説はいかにあるべきかということが常に最終のあれでしてね。(笑)

ぼくは小島さんのあれを書いたあとの「群像」に連載しているやつ、あれはほとんど読んでないんだよ。だけどことによるとそれはやっぱり非常に書きにくいんじゃないかという気もするんだな。別に小島さん自分のこととしてお話しになることは全くないけど、「抱擁家族」というものまできて、そのあとどういうふうに続けていくか。これはやっぱりものすごくむずかしいと思うんだ。

ここで安岡章太郎が口にしている三つの「あれ」について説明しておけば、もちろん、二つめの「あれ」は「抱擁家族」であり、三つめの「あれ」は「別れる理由」であり、そして一つめの「あれ」はテーマとか関心事とかいった意味だろう。歴史の大きな転換期だった一九七〇年前後は、小説（文学）の世界もその例外ではなく、「小説の未来」などといった問題がよく論議された。欧米を中心に〝作者の死〟だとか〝小説の終焉〟だとかいったフレーズが口にされた。ロラン・バルトの評論「作者の死」が一九六八年、アメリカの作家ロナルド・スケニックの小説集『小説の死』が一九六九年である。だからこそ、当時、前時代的な物語性を持ったラテン・アメリカ文学の新しさが小説再生の起爆剤として魅力的なものに映ったのである。

話が少し横道にそれてしまった。安岡章太郎の発言の続きを聴こう。

「抱擁家族」、もちろんあれもむずかしい小説で、やさしい小説では絶対ないけども、あれはある一つの事件がありまして、降りかかった災難を、主人公に近い男が叙述しているという形であって、それならば妻の不貞なら不貞というものの意味は特にはっきり自覚して書くとかいう必要はないわけなんだ。自分は降りかかったもんだから許容せざるを得ないということだけを納得すればそれでいいわけなんだな。いっちまえば、抱擁することは可能なんですよ。

ところが、あれはやっぱりそれだけじゃ問題が片づかないと思うんだよ。ぼくは決して小説家はものを片づけるために小説を書くわけじゃないと思うけど、たとえばドストエフスキーの「永遠の良人」というもの、それからドストエフスキーの伝記があるでしょう。あれはぼくは小林秀雄さんのものとか、ちょっとくらい読んだことがあるけど、まさにあれは反対の立場から書いているね。これはおもしろいと思うんだな。普通なら書きやすいということからいっても、また書きたいということからいっても、あれは当然裏切られる夫の側から書くでしょう。どうしてあれをひっくり返して、しかもあれはものすごくきれいにいっていますよ。あれは実にドストエフスキーという人自身が抱擁しているな。つまり、自分を裏切った男も、妻ももちろん非常に抱擁しているね。

「ほとんど読んでないんだ」と言うものの、安岡章太郎は、正しく、「別れる理由」を

「別れる理由」を、「抱擁家族」の一種のヴァリアントとして理解している。だがその理解は、かえって、無理解へと通じる。そして中途半端な理解は、へ の単純化を伴っている。そして中途半端な理解は、かえって、無理解へと通じる。

このあとの二人の会話は、かみ合っているようで、実は、ほとんどかみ合っていない。

**小島**　あなたのいっていることはわかったけどね。

**安岡**　そうなんだよ。

**小島**　ぼくはドストエフスキーの小説のおもしろさというのはそこだと思うんですよ。それが逆から書いているということは、なぜ逆に書くかというと、やっぱり逆に書かなければ、つまり、いわゆる自然主義的になるんですよ、どんなに書いたって。

**安岡**　いや、それは逆にしたって自然主義だよ。

**小島**　しかしそれは一つ屈折があるわけですよ。それはそういう言い方をしなくてもいいけどね。

**安岡**　そうじゃなくて、「永遠の良人」の最後、あれはいってみればモーパッサン的ニヒリズムじゃないか。あれをもしニヒリズムだとすれば、やっぱり自然主義的なニヒリズムだな。

ここで小島信夫が口にしている「自然主義的」というのは、この対談の前半部の小島信夫の発言中のこのような箇所と呼応している。

作者が自分の生活の中からつかんできた、こういうことを小説の中ではいいたいというようなものがあって、それは思想である。しかしその思想は、作者に非常に近い人間が同じようなことをそこでするというものではないということがあるんじゃないですか。

「作者が自分の生活の中からつかんできた」、「いいたい」ことを小説という形で表現するのが、自然主義の（自然主義リアリズムの）手法の一つである。言わば思想――例えばニヒリズムという思想――の表現としての小説。小島信夫はそういう小説のあり方に疑問を持っている（ここで小島信夫の東大での卒業論文の対象が非自然主義的文学すなわち風俗小説の元祖ともいえるイギリスの作家サッカレイであったことを思い出してもらいたい）。

小説が何らかの思想を表現するものであったとしても、それは作者という強固な主体の単一の物の見方によって描かれるのではなく、描かれて行く場面や人物の、その描かれる言葉の並び方ごとにそれが、ほんのある瞬間、意味として立ち上ってくるのではないか。言わばポリフォニーとしての小説。ドストエフスキーの「永遠の良人」をモーパッサン的ニヒリズム（自然主義的ニヒリズム）と述べる安岡章太郎は、ドストエフスキーというポリフォニックな作家（©ミハイル・バフチン）のことをあまりにもモノローグ的にとらえているのではないか。だから小島信夫は、「抱擁家族」を安岡章太郎の「ガラスの靴」と比較しながら、こう語る。

これは昔からいっているけど、日本の小説の場合よくいわれるいろんな問題ありますね。その問題はきまっているけれども、一口にいってみると、あなたが「ガラスの靴」を書いたのとぼくの「抱擁家族」というのはいってみれば同じことなんですよ。あの場合の主人公というものは、普通からいうと相当何か言い分があるようなところが何となくあるわけです。そこの部分ですよ。そこの部分がやっぱりあのような自然に近い仕組みになっているわけです。つまり、作者に近い人間のほうを主にして書く書き方をしている、そういう方法をとらしているわけです。ところが、あれをようくようくきわめていくと、いろんな問題になっていくわけです。そのときには逆のほうから見ることによって書いたほうがかえって出てくるかもしれない。

しかもそれは、単純に逆の形で書くわけではない（その意味で、私が何度も、「抱擁家族」と「別れる理由」をネガとポジの関係にあると述べてきたのは、実は、不正確である)。次に引く小島信夫と安岡章太郎のやり取りに目を通してもらいたい。

**小島**　よくよく考えてみれば、きみのいう程単純な形ではないが、きみがいうようなところもある。今日のこの対談にしても、きみとぼくとでは話のもって行き方が違う。ぼくは最後の一歩でしかハッキリいわない。そのときには、先方に相当世話もかけている。それはそうとしまして、結局、私にどこか近いところのある人間を主人公にしている場合、こういう話をするのは不謹慎のそしりを免れないかもしれませんが、ぼくがいま書いている「別れる理由」というのは、それを書いているわけですよ。つまり、向こうへ行く話のほうも書いております。それが今度かなり入っているわけです。ただ、いまいったように「永遠の良人」のように逆な形でそのもので書くんじゃなくて、両方並行させるようにして書いているんです。そこはありふれているといえばありふれているけども、よそへ行って男が姦通しますでしょう、そうすると自分の家と同じ感じがしてくるわけです。自分の家を裏側から見ているような感じになる。そういうことを書いているわけです。あなたよくわかってくれると思うけども、そういう感情はぼくらの中にある。あなたよく無精とかなまけ者とかいうことばでいうけれども、人の家へ入ったって自分の家におるような、そういうことを書いているんですよ。そうであるとすれば、自分の家へ人が入ってきたところでどういうことになるか、そういうことな

んですよ。そういうことの組み合わせを書いているんです。だからわかってはいます、あなたのおっしゃること。(笑)

**安岡**　よくわかってないな、この人は。(笑)ぼくは自分の話でいえば、ある時代以後はどうやって時代を見ていいかわからなくなった。別のことばでいえば、自分の手本にする小説が、つまりパターンがなくなっちゃった。確かにこれはいわゆる未来学者とか、経済通とかいう人がよくいっているけど、あるいは外国人もいっているらしいけど、日本人は今後人跡未踏の全く歴史に例のないようなところをひとりで歩いていかなきゃならぬ、これは文学にも完全に移ってるんだな。

二人の「(笑)」は共に苦笑であるだろうけれど、安岡章太郎には小島信夫のこの苦笑の重みが全然伝わっていない。小島信夫はまさに、このあと、「別れる理由」と共に、「人跡未踏の全く歴史に例のないようなところをひとりで歩いて」行くことになる。

しかも彼は、(作家でありながら)自らでその足取りについて説明しなければならない。この対談の最後で、小島信夫は、こう語っている。

しかし、生きているこの姿というものが小説にならなければ、おかしいともいえる。だからぼくは自分が何であるか書いているうちに分るように小説を運ばせている。分らなければ分らないことに意味がある、というわけ。それには長い方がいい。

## 6

『別れる理由』は第42章でまた最初の時制に戻る。つまり前田永造の家のリビングルームでの、永造と妻京子と彼女の女学校以来の友人である山上絹子との会話の場面に。

絹子の前にブランディをもってきて、グラスについでやっていた。いつのまにかチビチビなめはじめているのを時々永造と京子は盗み見していた。

「この頃やたらに混血の歌手が登場するわね」

と絹子がテレビを見ながらいった。

「おかしな外人というのもいるわよ。きれいなことはきれいね」

「エキゾチックでいいでしょう」

と京子がゴムの木の葉や根元に眼をやりながらいった。

「気の毒といった方がいいかもしれませんよ」

と永造は、立ちあがって、少しヴォリュームを下げて、

「このくらいでいいでしょう」

といって戻ってきた。

すでに述べたようにこの時制は一九六八年夏の終わりのある日の夕方（夜）である。『群像』に「別れる理由」の第一回目（「町」の第十回目）が載ったのは一九六八年十月号だから、その時点でのリアルタイムである。

だから、第42章の、今引用した箇所に続くこういう部分を目にした私はちょっと混乱してしまう。

「何とかリンダという混血がいたけど、あれどうしたかしら、舌足らずで」
「困っちゃうな、というのでしょう」
「あなたが知っているとかいっていたのは、あの娘《こ》だったかしらねえ」
「あら、前田さん、お安くないわ」
「あの娘《こ》じゃないのですよ。あの娘《こ》ほど美人じゃないが、家に来ていた家政婦の親類にいて歌手になったのですよ」

普通に単行本で『別れる理由』に目を通した読者なら、この箇所に特別の注意を与えずに、すっと読み過してしまうかもしれない。

しかし私はそういう点に細かい読者である。しかも、今私は、時どき雑誌初出に戻って「別れる理由」(『別れる理由』)を通読している。

山本リンダのデビュー曲『こまっちゃうナ』がヒットし、そのフレーズが流行語となったのは一九六六年九月のことである。

だからその二年後の一九六八年夏に、そのことをあのように回想するのは筋が通っている。

しかしこの第42章、つまり「別れる理由」(その四十二)が『群像』に掲載されたのは一九七二年三月号(ちょうど連合赤軍事件が世を騒がそうとしていた頃)のことなのである。

一九七二年といえば山本リンダが「どうにもとまらない」でカムバック、ヒットを飛ばした年だ。正確には、「どうにもとまらない」は三月(号)よりあとの登場であるが、一九七二年という年の「何とかリンダ」は、もはや「こまっちゃうナ」の山本リンダではなく、「どうにもとまらない」の山本リンダとしてイメージされるはずである。さらに、この点が微妙だが、一九六六年当時には「混血」は「気の毒」な存在であって、その「気の毒」性はまだ一九六八年ぐらいまでは引きずられているかもしれないが(その種の「気の毒」な「混血」歌手の代表に、私は、山本リンダではなく青山ミチを見る)、一九七二年はその「気の毒」性はかなり薄まっていたように思える。「混血」であることをポジティブに売り出した女性四人組のグループ、その名もゴールデン・ハーフがデビューしたのは確か一九七一年のことだと思う。それなのに『群像』一九七二年三月号でとらえられた「混血」(アメリカとの一つの関係性)はいまだ一九五〇～六〇年代的な視線だった。つまり戦後を引きずっていた。一九六八年の視線であるのなら納得が行くのだが。

話をもう一度、第42章冒頭の、テレビを眺めている三人の「視線」に戻せば、山上絹子は前田永造と京子に向って、こう語りかける。

「こんなにひどいのは日本だけでしょ」

永造も京子も何かほかのことを考えているように返事をしなかった。絹子が自分で続けた。

「戦争に勝っているときは勝った、勝った、と大騒ぎだし、負けると、みんなザンゲしはじめるしさ、今はテレビでしょ。テレビがあおるのよ。学生運動の幹部もテレビにうつることを期待してるわよ。何といったって大へんなもんだわよ。猿渡さんだってテレビに出ると、確かな頼りがいのある人にも見えるし、恵子さんのとこの息子さんだってテレビにフィギュアのスケートしているところうつってたら、知っているというのが誇らしくなるもの。そういうもんよ。山上の姉妹会社じゃ、テレビ宣伝にアイノコ使い出したのよ。合板建築材料の方は日本ふうのモデルさんだけど、チョコレートの宣伝はアイノコですものね」

ここで語られている「学生運動」とは明らかに一九六八年当時の「学生運動」のことである。そして先に述べたように、この『別れる理由』の第42章が『群像』に掲載された一九七二年三月（号）には、すでに「学生運動」は終焉を迎え、その最後の徒花とも言うべき連合赤軍事件が起こり、テレビの前のたくさんの視聴者たちの目をくぎづけにした。

そして時代はこののち、徐々に、そのヴィヴィッドな動きを止め、静止して行く（静止しているように見えて行く）。

一九六八年十月にリアルタイムの時制で始まった「別れる理由」も、一九七二年三月のこの頃、小説内の基本時制と現実のリアルタイムの時が乖離して行くに従い、このあと、まるで現実の時の停滞に重なるように、小説の基本時制を失なって行く。

山上絹子はどうやら第46章の途中で帰宅したらしく、第47章で永造と京子の前田夫妻は寝室のベッドで寝ている。

一人の女が自分の寝具の中へ入ってきて横になった。こちらの方を見ないで、伏眼がちにそのまま仰向けから寝返りをうって背中を向けた。こちらはその円い背中に手をかけた。不意に女がふりむいた。それは感激といったぐあいだった。女はそういう動作にふさわしいことになっていた。

そのあと二人は抱き合った。熱のこもった割には手ごたえがなくかぼそく、ただのくりかえしで、それはそれでいいのだ、と女がうなずいた。

女は男のところへ行ってきたのだ、といった。そういったのは、抱き合う前だったかもしれない。たとえいったのが抱き合った後であったにしても、こちらは気がついていたのだから、どうせ同じことだという気分だった。

男とは誰であるのか、さっぱり分らなかった。分る必要もないという感じで、その感じのなかに何かしら、ぎっしりとつまっているものがあった。泣き出したいばかりにぎっしりつまっているものに、確かに感激していた。

これがその章の冒頭部であるが、ただし、ここに登場する「女」は京子ではない。永造の死に別れた先妻陽子である。しかも「男」は、「永造だ、というような確たるものではない」。つまり、永造の夢の中の出来事である。そして、「泣き出したい」とあるように、実際、永造は「泣きじゃくり」をはじめてしまい、眼がさめる。

永造は自分の泣きじゃくりが隣りのベッドに寝ている京子にきこえやしないか、とだんだんと眼をあける用意にかかった。もう泣くのはやめたはずなのに、赤ん坊のすすり泣くような声がきこえた。永造は妻の京子のベッドを見た。

「京子、どうしたのだ」

と永造は声をかけた。

京子はベッドの中でフトンに埋もれており、わずかに見えている額のあたりが動いていた。

京子も夢を見ていたのだ。しかも、やはり、夢の中の出来事に涙を流していたのだ。まるで合わせ鏡のように。そしてこの「合わせ鏡」的（あるいは「入れ子」的）構造は、『別れる理由』のこののちの展開で、とても重要な意味を持つ。だから、この部分は、そのさりげない予告篇ともなっている。

夢で涙を流している京子に永造は優しくふるまう。

永造は自分のベッドからおりると、重心を失って倒れかかるのをとめながら立ち直ると、

「京子」

とゆさぶった。

「それは夢だよ、眼をさました方がいいよ」

永造はあわてていた。夢の中で京子はうなずいているが、そのおぼつかない表情からすると、彼の声も中の人物とダブっているに違いあるまい。永造はそこで声をかけるのをやめて、ただゆさぶってみた。京子はもう夢を見ない、現実に返って、眠りつづけているのだ、ということを示すように、眼をつぶったままゆっくりうなずいて、何か安心したような寝息を立ててまた眠りに入った。

とても美しい場面である。だが永造は、京子のその「安心」を裏切るかのように、いやその「安心」に反応したからこそ、京子の友人である会沢恵子と自分が、京子と知り合う前に、関係を持っていた過去を思い出す。「つまり恵子と長いつきあいであるという秘密を京子が知ったとき、京子は自殺をするかもしれない」。

そしてまた、あらためて、この年の五月に三人で出かけた「ワラビ狩り」の記憶を反芻する。ゆっくりと味わうように。二段組の単行本版で四頁分も（読者はぜひまたこの部分を『ハッピネス』の「ワラビ狩り」と読み比べてもらいたい）。

「会沢さんもいっしょに山へおいでになるといいのに、と京子がいっていましたよ」

「ここで変な欲望おこさないでちょうだいよ、何しろ私はわざと変てこな恰好をしてきたんだから、そんなことはないと思うけど」

「まさか、それこそ心配御無用ですよ」永造は草いきれの中で笑った。「それにしてもお尻が滑りそうで居心地悪いよ、これは」

「丘の向うからひょっと京子さん顔を出さぬとも限らぬから。それより私って、あなたの前の奥方が部屋の中へひょっと顔を出しそうに思うことあったわよ、亡くなったあと。葬式に行ったのがいけなかったのかな」

（中略）

「だって私は、永ちゃんが、実は私のことは、心から好きであったことは忘れないもの」

「忘れないのは、ぼくのことじゃないことぐらい、こっちは忘れないよ」

「ああ、うれしい。永ちゃん、それおぼえていてくれたの」

永造はトンネルの話をもち出そうとしたが、思いとどまった。

「恵子は友だちだっていうんでしょう。身体のかんけいまでなした友だちというわけでしょう」

永造は笑いだした。

「私の家で会沢のルスに話をするときの方が、永ちゃん、魅力があったわ」

永造は立ちあがった。恵子も立ちあがった。そして、

「もう直ぐそっちへ行くと京子さんにいうといいわ」

といった。

「ようよ」

永造はいった。

第47章と共に、『別れる理由』の単行本の第I巻が終わる。つまり、ここまでで全体の三分の一というわけである。『群像』初出で言えば一九七二年八月号までである。ここで当時の世相に触れておけば、沖縄が本土に復帰したのが一九七二年五月、田中角栄が首相に就任したのが同年七月、日中の国交が回復したのが九月のことである。

そして、先にも述べたように、このあと、『別れる理由』は、小説内で垂直的に流れる基本時制を失なう。

『自由と禁忌』で江藤淳は、こう書いている。

現在の永造がそのなかで生きている、あの時の停止した空間とはいったい何なのだろうか？　何故永造にとって、時は停ったのだろうか？

それは、一つには時代そのものの所為かも知れない。つまり、単に永造にとってのみならず、誰にとっても今、戦後日本の時が停止しているからかも知れない。だが、もとより時代の時が動いていようが、停止していようが、そのことにかかわりなく人の時が、停らなければならぬ瞬間がある。それが死にほかならないとすれば、時が停止したのは、あるいは永遠のなかをなんらかの死が横切って行ったためかも知れない。
（中略）
だが、それなら何故、作者はこの小説の時を停止させ、いかに共時的空間の構築をめざしているとはいえ、延々四十七章をついやして、僅かに五、六時間の日常的時間を覆うにすぎないというような書き方を選んだのだろうか？　要するに、何故『別れる理由』は、これほど長くならなければならないのか？　それは、とりも直さず、作者その人のなかで今、時が停止しているからではないか。

「それは、一つには時代そのものの所為かも知れない」と、この作品と時代との関係を適確にとらえているものの、ここで江藤淳は、『別れる理由』の小説内での時間の「停止」を批判する。実は、「（中略）」部分で江藤淳はこう言っていた。

しかし、時代の時と人生の時のほかに、もう一つ明らかに小説の時というものがある。われわれはしばしば、小説というものは作者が書いているものだということを忘れる。ことに、長大な小説の世界に没入しているときそうである。だが、それにもかかわらず、小説の世界も、したがって小説の時も、作者によって、そして作者のみによって決定されている。そうであれば、『別れる理由』という小説の時は、何によってより先に、ほかならぬ作者小島信夫氏によって停止させられている、といわなければならない。

江藤淳は、その小説内の時の「停止」の理由を、作者である小島信夫が何らかの「禁忌」に出会ったからだと見なす。つまり「禁忌」を回避することによって小説内の時が空転して行った、と。そして、この場合の江藤淳の言う「禁忌」とは、「人倫の大本」への「抵触」、すなわち姦通をはじめとする性の奔放のことである。

だがこれはあまりにも単純な見解ではないか。だいいち、「長大な小説の世界に没入している」と作者の姿を忘れてしまう、という小説観は必ずしもすべての長篇小説にあてはまる小説の定義ではない。それはあまりにもナイーブな小説観である。

『別れる理由』の連載が『群像』ではじまっていった一九七〇年前後は、従来の道徳(人倫)では単純に価値判断することの出来ない「性」の問題が一つのテーマとして浮上し、しかも作家は、作品の黒子の地位に安住することなく、自己批評的かつメタフィクショナルな作家的自意識を持たなければ、本質的な作品をつくりあげることは不可能になっていった。

さらに、何度も述べるように、この頃から、時代の時の動きが停滞しはじめていった。

純文学作家であるならば、その時の停滞をも作品化しなければならない。しかもさりげな、、、く現代的な手法で。

停滞と述べたが、『別れる理由』の小説内の時間が本格的に停滞するのは第Ⅱ巻の四分の一ぐらいを過ぎた第59章からで、第47章に続く第48章では、物語は、少し唐突な転換を行なう（もちろんこの唐突は、あとで効果をおよぼす）。

「はやくいらっしゃいよ、先生」

さとの妹の悦子が、どうして、そのように気易く自分に物がいえるのかしら。永造はいまいましく思った。（どうして、この女はこう大柄なんだろう）

「どこか、きめてちょうだいよ」

「このあたりに適当なところが二、三軒はあるはずだがな」

永造は喫茶店のあり場所のことをいっているようでもあり、連れこみ宿のことをいっているようでもあった。二種類のうち、どちらの一つを選ぶかは、あなたの意志次第です、悦子さん、といいたい気持が彼にはあった。

時制は特定されていないが、かつて、今は亡き先妻陽子が健在だった頃の出来事らしい。

「さとの」、というのは彼らの家に働きに来ている家政婦で、彼女の妹悦子は、ワシントンというアメリカ人の愛人《オンリー》である。

英米文学者でありながら夫婦問題評論家としても知られていた永造は、時どき、金銭上の理由もあって、その種の講演会の講師を引き受けていた。

その日会場に来ていた悦子と、講演が終わったあと、どこかで休むことにした。永造は悦子の肉体にとても興味を持っていて、彼女もまんざらではないはずだと見込んでいるのだが、彼女の本心が読み切れず、結局、二人は、あまり気のきかない喫茶店に入る。

「さあ、悦子さん少し楽しくいきましょう。若い二人ということにして一つスマイルといきましょう。一つフンイキを作ろうじゃありませんか。何にしますか。コーヒーか、ミルク・セーキか、それとも野暮くさくジュースといくか。ミルク・セーキですね、あなたは。そうなさい」

そして続く第49章、さらに第50章の途中まで二人の会話（および永造の妄想）で物語が進み、永造は一人、仕事でカンヅメになっているホテルに戻って行く。注目してもらいたいのは、ここに引いた永造の台詞のように、『別れる理由』は、このあたりから、それまでにも増して、かなりコミカルなトーン（七〇年代的フレーズを使えば「道化的」なトーン）をおびてくることだ。

第51章でまた時制が変わる。ただし、その冒頭部で、

永造と京子の二人は、夜中家の外に出た。永造は如何様にしてもきしる音を立てるところの鉄柵をあけると、京子が車のエンジンをかけてバックさせるのを待っていた。永造はこれから病院へ助からぬ患者を見舞いに行くか、ひきとりに行くような気分だと思った。

とあるから、ひょっとしてこれは、第47章から続くこの小説の最初の基本時制かもしれない（だとしたら、『別れる理由』が最終的に時制を失ない停止するのは、このエピソードが終了する第53章・初出は『群像』一九七三年二月号に至ってということになる）。

永造と京子の二人が向った先は、京子の前の夫伊丹の家である。京子がその家に残した小学生の息子康彦がたびたび家出を繰り返し、そのことの相談をするために出かけたのだ。相談には伊丹の新しい妻百合子も加わり、その会話の途中で、彼らの共通の友人古山が伊丹の家をいきなり訪れる。この古山がまた道化的な人物で、彼の登場によって、深刻だった場面の空気が一変する。

「足音は一つのようだ」

と永造はいった。

「どうして古山さんよ、あれは」

と伊丹が顔を赤くしながらいった。

「京子、お前だな、呼んだのは」

「誰でもいいわよ」

と百合子がいったとき、古山が呼鈴をならし、やがて笑いながら入ってきた。この童顔にこんな皺が多かったのか、と永造はおどろいた。

「ここを通りかかったら、アカリがついているし客があるようだから、ちょっとぼくもと思ってね」

と古山は笑い顔をつづけた。


第54章で時制が、また、過去へとさかのぼる。「永造はこの数年来、時にまとまった仕事をするときには学校の研究室に泊りこむことがあった」と書きはじめられ、「その春はキャンパスの中が静かでヘルメットをかぶった学生の姿がなかった」と続いて行くが、「その春」がいつの春のことであったかは特定されない。ただし、「キャンパスの中が静かで」あったわけだから、学生運動が激しくなる一九六八年以前のようだ（そうなると、この章の時制が続く第55章の中心エピソードと少し矛盾する）。

大学の研究室に泊り込んでいた、このある春の日曜日の朝に、永造は、こんな独白を行なう。少し長くなるが、この長篇小説の核となる部分だから、その全文を引用したい。

「もう悲劇というものはないのだ。いくらも事件として悲劇的事件はある。航空機の墜落。戦争。病死。若い者の死。ヨーロッパへ出かけて行って淪落の道を辿る女。出稼ぎの家の留守を守る母。公害。授業料の値上。（ほんとに金に困っているのか一般は。お前たちの父兄は？　これだけはいわぬようにしないと、おとなしい学生も虎になる。困っているのは教師のようなものに限られるのじゃないのか。いくらも税金の脱れ道はあるのじゃないのか）そういうものはいくらあってももう悲劇というものは、芝居の悲劇というものは存在しなくなった。だいたいシェークスピアの頃で終ってしまったのだ。それや日本は違う。日本の近松はあれは悲劇じゃないからな。あれはあの世で結ばれるというものだからな。この説はもう一般化してしまっている。われわれの死は英雄の死じゃないからな。英雄というものはいないからな。パロディとしてしかないからな。だからわれわれは何もケジメというものがなくていいというところが、大いに必要なのだが、ケジメを時々はみ出して交流しなければならない。悲劇と喜劇が混り合うようにだ。二度結婚するということもいいことなのだ。ほかの男と交ることもいけないといい切ってしまうにはあたらないのだ。それは苦しいさ。つらいさ。それとこれとは、次元の違う問題なのだ。

よその男を夫とした女。よその女を女房にしていた男。よその両親から出来た子供。そういうものと暮してこそはじめて、今の時代にふさわしい気分というものが湧いてくるものだ。この考えをもったら、もう恐しいものは何もないようになるかもしれないのだ」

江藤淳の言う「人倫の大本」にかかわる問題である。実際江藤淳は、『自由と禁忌』で、『別れる理由』のこの永造の独白を引用したのち、こう批判している。

ここで永造が到達した、「ケジメを時々はみ出して交流しなければならない」という思想は、「ほかの男と交ることもいけないといい切ってしまうにはあたらな」ず、要するに人倫は時代とともに変化する、という思想にほかならない。

「この考えをもったら、もう恐しいものは何もないようになるかもしれない」。つまり人倫には絶対的なものは何一つ存在せず、小説が自由になるにつれて、人倫の窮屈さもまたその分だけ緩和され得るものなのかも知れない。もとより人倫の変化は、当然「苦し」さと「つらさ」さを伴っている。しかし、何らの代償を支払うことなしに、どうして「今の時代にふさわしい気分」を味うことができるだろうか？

代償とはリアルということである。人倫もリアルだ。つまり、この永造の見解は（しかしそれをそのまま小島信夫の見解として単純に重ね合わせることが出来るだろうか）フォニーであると江藤淳は批判する。

だが、先の永造の独白を、もう一度よく眺め返してみれば、はたして永造は、「人倫は時代とともに変化する」などと口にしているのだろうか。

永造は言う。もはや悲劇というものは存在しなくなってしまったと（この考えは、江藤淳も高く評価していたアメリカの批評家ジョージ・スタイナーの『悲劇の死』に通じるものだ）。

悲劇が存在しないならば、純粋な喜劇も成り立たない。つまり、「悲劇と喜劇が混り合う」中からしか、もはや真実は生まれ得ない。これはとても人倫（道徳）的な見解である。そしてこのような道徳を永造は、自らの体で学んだ。他人の妻と関係を持つことは喜劇であり、自分の妻が他人（しかもアメリカ人の青年）と関係を持ったのは悲劇である。その悲劇性と喜劇性は簡単に価値が転倒する。

人倫が時代とともに変化したのではなく、変化した時代の中で人倫のリアリティがとても見えにくくなって行く。そのことを小島信夫は逃げることなく直視し、前田永造という複雑でコミカルな、言わば現代の「英雄」（この場合の「英雄」とは例えば小島信夫が強く意識していた同時代のアメリカ作家ソール・ベローの小説中のコミカルな主人公たちが「英雄」であるのと同義である）を作品中で自由自在に動かして行く。『別れる理由』がこの点で江藤淳の眼にフォニーにうつろうと、そのフォニーを描き切ることこそが、逆に、リアル（人倫）をさぐり当てることになるかもしれない。もちろん、それは、あくまで「かもしれない」という可能性に過ぎないのだが。そして小説こそは、他の表現分野にも増して、その可能性を表現するために、雑だからこそ懐の深いメディアであるはずだ。

話を『別れる理由』の進行に戻せば、研究室をあとにして、日曜日の朝、近くに散歩に出かけた永造は、第55章の冒頭で、懐しい人に再会する。

そこにクラクションを鳴らして停っている一台の車があった。小さいまとまった顔がソフトな微笑を浮べながら、永造が気がつくのを待っていた。エネルギーをムダに使わないようにしていると思った。

「ああ、ミスター・ワシントン」

と永造は自分でも意外なほど大きな声を出して近よって行った。

「お久しぶりです」

ミスター・ワシントンというのは悦子のパトロンで、悦子の姉の「さとの」が以前（先妻陽子が生きていた頃）、永造の家の家政婦だった。『別れる理由』の第I巻に収められている第38、39章で永造たちの家族がワシントンと悦子の住む家を訪れたエピソードが描かれている。

久しぶりで永造に再会したワシントンは、予定を変更して、永造にある誘いをかける。

「実は今から教会へ行くところだったが、ボウリングに行くことにするかな。日曜でも朝は空いているよ。したことある？」

「ボウリング？」

些細なことであるが、ワシントンのこの言葉を目にして私は、また少し混乱してしまう。先にも述べたように、このエピソードの時制は、たぶん、一九六八年より前のある春の日曜日のことだと思う。

ワシントンは言う。「日曜で
も、
、朝は空いているよ」、と。いわゆるボウリングブームが起きたのは一九七一年のことである。すると、「その春はキャンパスの中が静かでヘルメットをかぶった学生の姿がなかった」という「その春」とは、学生運動が下火になった一九七一年の春のことなのだろうか。つまりこのエピソードは、小説の最初の基本時制よりあとの出来事なのだろうか。

いずれにせよ、二人は、ワシントンの車に乗って、東京の郊外にあるボウリング場に向う。

ボウリングの大衆化というディテイルにこだわってしまうと、第55章から第58章は、小説の基本時制（一九六八年夏）と作品発表時すなわち『群像』初出時（一九七三年四月号～七月号）との間で、決定不可能な、奇妙な時間軸に置かれることになるが、それでも、まだ小説内のリアリズムはたもたれている。つまり、ストーリーでこの小説の話を追うことができる。

# 7

ワシントンは建物の中に入ると、指を立てて説明をはじめた。

「あそこで靴を借りる。私は二十八。きみはそうだな、二十五か二十六だな。いい、いい。私が小銭をもっている」

自動販売機のボックスの前へ永造を連れて行った。

「コーラもジュースも販売機がある。アメリカとそっくりだ。賞品が積んである。今に上手になれば、これが貰える。私も貰いたい。その釣のコインを入れてくれたまえ」

ワシントンがぼんやりつっ立っている永造を促した。永造はワシントンの動きをじっと見ていながら相手が何もかもみんなするのではないかというふうに思いちがえていた。あわてて彼はいわれるままにコインを穴に入れた。

「それがあなたの分だ」

二人はカウンターで靴を受取った。

ワシントンの口にした「アメリカとそっくりだ」という言葉を見逃してはならない。「アメリカとそっくり」であっても、ここはけっして「アメリカ」ではない。アメリカに留学経験のある永造は、日本が「アメリカとそっくり」になって行けば行くほど、むしろ、本当の「アメリカ」との差異の方が気になってしまうはずだ。

ワシントンの指導を受けて前田永造は初めてボウリングのレーンに立つ。

まずワシントンからゲームを始める。「ワシントンはゆっくりと前かがみになってアプローチを進んで行くと球を転がした。球は途中からそれてすみの三本を倒しただけだった」。続く第二投目でも、「球は捲くように二つのピンを倒しただけで、あとはそっくり残ってしまった」。

そして永造の番だ。「無心に無心に！　肩の力を抜いて」というワシントンの声がうしろから聞こえてくる。

永造はいわれた通り床の上を見た。当っても当らなくともどっちでもいい。少くともどっちでもいいという恰好をしていよう。ワシントンのいう通り床の上に矢印を見て球を転がすというより差し出した。球は真直ぐ進んで行った。

永造の投げたその「ゆるい」球は、しかし、ポケットをとらえ、ピンが九本倒れた。

しばらく球の状態をかがんで眺めていたが、永造は笑いをおさえ切れず、

「あなたのいう通りにすると、当りますね」

といいながら戻ってきた。

「日本がアメリカを負かした！」

とワシントンが叫んだ。

「ミスター・マエダ、あなたは全くのタヌキだな」

永造は笑ってはいけないと思いながら笑い続けた。

そんな永造に対してワシントンは、「この一本をうまくはねられたら、どうしよう。……それをとられたら、私は何もかも捨ててアメリカへ帰ってしまいたい。もう私は教えない、勝手にやりたまえ、きみひとりで」と嘆きつつ、二投目のアプローチに立った永造

に、「身体が左右に揺れないように」だとか「右から三つめの矢印。ほかのことを考えるな」だとかアドバイスも忘れない。

そのアドバイスに従って永造は矢印しか見ずに、ゆっくりと球を出した。球は途中で意外な曲り方をした。「それは小さい曲り方だったが、驚くべきものだった」。そして球は、「ピンの横をすり抜けるようにして通る拍子にかすかな、かすかな呟きのような音を洩らしてピンに触れ」、「考えこみながら、こちらを眺めているような恰好をしたピンは、とうとう何かそれ以上ガマンできかねるといったふうに横になった」。つまり永造は、初めてのボウリングでアメリカ人の指導者ワシントンのアドバイスに従って見事スペアを取ったのである。

ワシントンの声がきこえた。永造はしばらくふりむかずもう跡かたもない球の行方を見送るように腰をかがめていた。一回ごとにこうしてかがみこんでいるのは、みっともないことだ、と思いながら。笑いがこみあげてくるのがどうしようもなかった。かがみこんでいるのは、ひとり喜んでいるのをワシントンに見られないようにしているのだ、と思った。だが、どうしても、笑いはとまらないので、

「やあ、おかげさまで、教わった通りにしたら……」

といいながら振り返って歩き出した。

するとその時、「一番すみのレーンに見なれた人影がチラつくのに気がついた」。永造の家族だった。つまり、妻京子と息子啓一と娘光子の三人だった。

ボウリングというアメリカ的なレジャーを、父親（家父長）抜きの家族で楽しむことは、シンボリックな意味ではとても非アメリカ的な行為だ。ただし京子は永造の後妻で啓一や光子とは血がつながっていない。言わば人為的な家族である。その人為性の中で、アメリカ的家族レジャーを楽しむことは、かえって、アメリカ的な娯楽ということで、構造的にすっきりしていると言えば言える。

「我がワイフがぼくの子供らにサービスをしている」

永造は微笑をうかべて、ワシントンにいった。

初めてやるボウリングの成果に気をよくしたので、心がうきうきしているのだ。

「三人きょうだいのようじゃないか。お前さんは、やったな」

とワシントンは永造の尻を叩いた。そうして彼の肩越しに京子たちを見ていた。少くとも永造はワシントンが自分の妻の京子を観察していると思った。そして一層うきうきしてきた。

こうやって第56章が始まるのだが、彼らはまだ「一番すみのレーン」の永造の家族たちの姿を眺めているだけで、家族たちも彼らの存在に気づいてはいないから、合流することはない。ただし、それを機に、だんだんと、永造の連想はエロティック（というよりセクシュアル）なものへと移って行く。

例えば永造は、かつて恵子との「アイビキ」によく利用した青山のボウリング場近くの「温泉マーク」のことを思い出したりする（「ゴロゴロと大きな音が追っかけるようにきこえてきた」）し、講演会のあとで、会に参加していた悦子（ワシントンの内妻）をくどきそこねたことを、今さらのように反省する。

あの悦子は今何をしている？ 今、悦子に誘いかけたら、どうだろう。止めておこう。京子は敏感に嗅ぎつける。あのときも悦子という女そのものにはほとんど興味はなかったのだ。今だって同じことだ。それがあのときどうしても踏み切れなかった理由なのだ。そのことに、あの女は気がついていた。……しかし惜しいことをした。何しろまわりには、あのとき中年の女がとりまいていたのだから。悦子は選ばれた女になろうという気があった。それをみたしてやれなかったのは、ぐあいが悪い。そういう意味ではだな、ほんとに惜しかったのだ。あの女が欲しいことは少しもないが、とにかくそれとは関係なく惜しいことをした。あの身体つきでは薄い味わいの女に決っているが、彼女にひかれてムリヤリに思いを果したことにして、あとで賞めてやればよかったのだ。

さらに永造はワシントンの「腹の中」にも思いをめぐらし、そのワシントンの「腹の中」で語られる「マエダさん」の姿も登場する。つまり、リアリスティックな描写を保ちながら、『別れる理由』は、このあたりから、幾つもの意識が錯綜し始める。

もちろん、それ以前にも、この小説の中で、同時に幾つもの意識が描かれることがあった。しかしそれは、錯綜というより、むしろ、並置だった。逆に言えば、このあたりから、『別れる理由』は、意識の並置よりも意識の錯綜の度合いが強まってくる。対女性関係に限っても、永造は、この章で、妻京子、今は亡き前妻陽子、そして恵子、悦子の四人に対して意識をめぐらせ、時に混乱して行く。

第57章でもボウリング場のシーンが続き、第一ゲームが終わった所で（百二十点を取ったものの永造はワシントンに「三マークとちょっと」の差で敗れる）、向う側のレーンにいる京子たちに合図を送り、彼女たちに合流する。

そして、そちらの方に向う時、永造とワシントンはとても微妙な会話を交わす。二人は、永造のかつての妻陽子が亡くなる直前、永造たちが新築したアメリカ風の家にボッブが遊びに来てくれたことを話題にするのだが。「陽子さんも生きていれば、ここで笑ってボウリングをやれるのになあ。美しくなったといっていたよ。優しくて前田さん思いで亡くならなければ若返って、きみ達も幸せになるし、ほんとによかったがね、ミスター・マエダ」と永造にワシントンが言ったあと……。

不意に永造の耳に口をよせてきた。

「ボウリングのボールがピンを倒す程度のことだ」

といって離れた。ワシントンはもう一度口をよせてきた。永造はこちらへ歩いてくる京子にこちらから先きに近づいて行くのが穏当なのだが、と思いながら、ワシントンの口に耳を傾けていた。

「この方は点数が出るが、あっ、ち、ちの方は何も分りやしない。まったく無点のこともあるからね」

「第一倒れたかどうかも分りやしない」

と永造はうなずきながらいった。

「その点ボウリングは一番だ」

ボウリングとのたとえは何だか変だ、と永造は思ったが調子を合せていた。

「悦子も私もこの頃大人になってね。それにあれは痩せただろう。身体もやわらかくなってね。そうすると私の方も悦子で十分なのだよ」

まるで永造の心の中を見すかしているかのような台詞だが、このあと、この小説は、こういう風に（「眼を円くした」という二重の意味をひめたフレーズに注目してもらいたい）、絶妙な流れで続いて行く。

眼を円くした永造は、やはり京子の方を向いていて、ワシントンをひっぱりながら二、三歩前進し、

「びっくりしたろう。こっちもびっくりしたよ」

と京子にいった。それからワシントンの手をとって紹介した。ワシントンは片ことの日本語で、

「私はここへ度々来ているが、奥さんとお会いするのは初めてですね。何度も来ていますか」

「私？　さあ、主人に叱られますから。主人には内緒ですから」

「ぼくも内緒だ」

と永造は笑った。

そして皆でボウリング場のグリルに向かい会話をはずませ、「ワシントンさん、ぼくはボツボツ帰ります。仕事を残してきていますから。みんなゆっくりして行ったら……」と

いう永造の台詞と共に第57章が閉じて行く。

ボウリング場から大学の研究室に戻り、さらに大学近くの多摩川土堤を散歩する第58章は、『別れる理由』の中で一つの大きな転換への導入となる——つまりリアリズムからそれを越えるリアルへの結節点となる——章であるが、その第58章は、こんな風に書き始められる。

永造はボウリング場の外に出て、もう一度大きなピンが屋根にたっているその建物をふりかえった。その中へ思いがけず彼がワシントンに連れこまれて自分の家族に出あった。家族はまだワシントンと茶をのんで話をしているはずである。彼は、はずである、とある種の感慨をもって、そう思った。

大学に戻り、守衛とちょっとしたやり取りをしている時、永造は、自分の大学での授業のことを思い出す。そこで語られるシェイクスピアについての永造の見解を読者は読み逃してはいけない（そのことについてはあとでまた詳しく触れる）。

研究室を出て永造は、多摩川土堤に向うバスに乗り、車中でのサラリーマンらしき二人の男の家族話に耳を傾けたのち、橋の手前でバスを降り、「車の往来の少い橋の上の、中し訳だけみたいな歩道を歩きだした」。永井荷風の頻繁な川岸歩きという行為に荷風の母親恋慕の心理を読み取ったのは紀田順一郎（『永井荷風』〈リブロポート一九九〇年〉）だが、ここでの永造の橋歩きにも、その種の心理が反映されている。橋を渡りながら、永造は、京子が前夫伊丹の元に残した康彦少年のことを思っている。

母親が結婚したと知っているとなれば、母親の相手のことも考えるであろう。それがこの私なのだ。この私があの子のことを心に秘めて今、そちらの方向に歩いているのだ。そういうつながりが、この空間の中に糸で結ばれたようにあるというわけだ。どんな男だと私のことを考えているのであろう。自分の父のような男を想像しているだろうか。それとも彼がぶらついている近所界隈の店の主人や、風呂屋のカマ焚きや、ガレージの男のようなものを想像しているだろうか。誰かを当てはめているに違いない。「私ですよ」といってやりたい！　どうしてこんな気持になり、心が浮き立つのだろうか。いや「私ですよ」というだけではなくて……永造は橋を渡って、堤防の上を見渡した。子供達の姿があれば、見とどけに近よって見るつもりになっていた。

橋を渡り切ると、「群れをなして」遊んでいる五、六人の子供たちの姿が見えた。けれど康彦なら一人でいるに違いない。それに、「あれはみんな屈托がなさすぎる」。子供たちはどうやら土筆《つくし》をとっているらしい。もしあの中に康彦がいたらどう思うだろう。

子供のとき土筆をとったことと、親のいない記憶とが一緒になって将来あの子供の中で想い出を作るかもしれない。ぼくは土筆をとりながら、お母さん、あなたのことを考えていました、……と。ぼくを子供として育てる気持がなくなったということを、ぼくが知ったときのことが分りますか。人間というものは慣れっこになるものですが、最初に発見したときの気持というものは、それは中々のものですよ。

そして永造は、また、例の〝ワラビ狩り〟のことを思い出したりもする。多摩川の橋渡りという行為は、こういう連想を永造に引き起したけれど、さらに、それ（向う岸に渡ること）は、時間性の踏み越え、つまり現実的な時間から超現実的な時間への橋渡りでもあった。

続く第59章は、このように場面が転換する。

どうも夢くさいぞ、と永造は思った。自分の家に、ワシントンと悦子が来ていた。それに出版社の男だ。女たちもブランディのグラスを時々口へ運んだ。出版社の男が京子にいった。

最初は普通の会話が続いて行くのだが、その内、出版社の男が一種の司会者となって、あるゲームをはじめる。つまり、永造とワシントンが、そして京子と悦子が、入れ替って、それぞれの人間を演じる。

「ねえ、あなた」

と京子が立ちあがると悦子のドタドタと歩く恰好をマネて永造のそばに寄ってきた。

「前田夫妻やこんなおせっかいな男は放っといてさ。二階へあがって早く寝ましょうよ。私って、あなたがタバコを吸うの、ほんとはとても好きなのよ」

京子は急に乱暴な調子で、ワシントンの口からパイプを抜きとると、永造の口へ挿しこんだ。

「今夜は随分とエロチックだね。老いの身体に鞭うつか」

と永造はワシントンのつもりでいった。

「ぼくは勿論ワシントンさんですよ。私はお前が外へ行って若い日本人と何かしでかしたことがあっても、みんな許してきたよ」

「だから私はあなたが好きなのよ」

と京子が悦子のふりをした。

こういうやり取りの中で、第60章がはじまる頃には、京子はさらに陽子へとなり、誰かがシーツを持ち出し襖にさげ、出版社の男が「小型映写機とフィルムを大きなフロシキ包みに入れて持って」きて、ブルー・フィルムの上映が始まろうとする。しかし出版社の男は別人かもしれない。ただ「背中の様子」が出版社の男のようなのだ。シーツを運んできた「誰」かは女だ。しかも、「胸を出して子供に乳をふくませ」ている「日本式」の女だ。そしてこの場所はどこなのだろう。「ここは料亭だな。それとも博物館か、家の中か。家の中とすれば何処なのだ。今にはっきり分る。実に直ぐ分る。三分。三十秒」。

『別れる理由』の通読を試みるたいていの読者が、振り切られてしまうことになる大きなポイントが、たぶん、このあたりの部分だろう。

そして『別れる理由』は、このあと、夢のような世界の中で、一見、出たとこ勝負のような展開をみせる。出たとこ勝負というのは無計画ということである。

しかし、ジャクソン・ポロックのアクションペインティングがきちんと計画されたものであったように、小島信夫の『別れる理由』のこのあとの展開も計画されたものだった（と私は思う）。

「別れる理由」の「その五十九」が『群像』に載ったのは一九七三年八月号。そして「その六十」が載ったのは一九七三年九月号（ちなみにこの号から「町」というタイトルが消える。つまり前号の「その五十九」までは「町（第六十八回）」というタイトルが並記されていた）。

一九七三年八月号までの『群像』の「編集人」は徳島高義。そして九月号からは大村彦次郎に代わる。

小説誌（『小説現代』）出身の大村彦次郎が文芸誌の編集長に就任したことは当時大きな話題になった。東京新聞の「大波小波」にも取り上げられた（これはかなり異例のことだと思う）。

数ヵ月前（つまり今年の夏＊編集部註）、私は、大村氏からちょっとしたエピソードを聞いた。私は大村氏が『群像』の編集長であったことを知っていたものの、その時まで、大村氏が、「別れる理由」のこんな大転換点での編集長であったことに気がつかないでいた。ただ大村氏が編集長に在任中にも「別れる理由」は延々と連載を続けていたはずだ、ぐらいに思っていた。

私との会話で、『別れる理由』が話題となった時、大村氏は、こんな話をしてくれた。

編集長に決まってすぐ大村氏は神楽坂の喫茶店で小島信夫と会った。昼間にその店に入って、出たのは閉店間近かだったという。街が暮れようとしても、小島信夫は、延々と何時間も「別れる理由」について語りつづけたという（その時のテープが記録されていたなら！）。周知のように小島信夫は鋭い批評眼を持った作家である。

何時間もの話の中で、小島信夫は、すでに発表した部分のこと以上に、これからの「別れる理由」の展開について熱心に論じたという。

自分の計画中の作品については語ってはいけない、そのアウラが消えてしまうから、と言ったのはあのヴァルター・ベンヤミンであるが、むしろ、自分の進行中の作品の「これから」を誰かに語ることによってそのイメージを明瞭にして行くタイプの人もいる。つまり、出たとこ勝負とは逆のタイプ。小島信夫は、たぶん、そのタイプの作家なのであろう。

『別れる理由』のその途方もない長さを人はよく話題にする。なぜここまでの長さが必要であったかを。

しかし、それは、小島信夫にとって、確かに必要であったのだ。ソール・ベローと佐伯彰一との座談会「小説はどこへ行くか」で小島信夫は、こんな言葉を口にしている。

……いまから十五年、二十年ぐらい前、終戦後のころには、何か自分の書きたいもの、自分の言いたいことが非常にはっきりしていたけれども、そういうものがだんだんぼやけて来て、つかまえどころがなくなってきているということがあると思うんです。そしてこれは必ずしも日本人だけ、ぼくだけの心の状態ではないと思います。ですから、そういうものをどういうふうに表現したらいいかということは、ある意味では非常に時間をかけて書けばおのずからはっきりしてくるかもしれない。それ相応な表現方法がわかるかもしれない。

この座談会が載ったのは『群像』一九七二年七月号であるが、それから一年後には、小島信夫は、「それ相応な表現方法」をつかんでいたはずだ。第59章以降（特に第60章の中途以降）の「別れる理由」の混沌とした展開が計画的であったことの一例を挙げよう。先に私は、第60章のブルー・フィルムの上映が始まる直前の部分を引用した。つまり、「……実に直ぐ分る。三分。三十秒」という箇所を。この部分は、さらに、こういう超現実的な（しかしリアルな）やり取りに続いて行く。

「あら！」

と女がいったような気がした。もう始ったのだな。「あら！」またいった。子供が口にくわえた乳首をはなした。それみろ。子供が画面を見ている。テレビを見るように見ている。今にスウィッチをさぐるつもりで、そばへ這いよって行くだろうよ。

「えーと、これはよりすぐりの物《ぶつ》でしてね。警視庁から内緒で借りてきましたので、そんじょそこいらにあるものとはワケが違いまして」

と口上をいう。バナナ売りのように机を叩いている。竹のヘラだ。変な恰好をしている。何だか男性の象徴のように見える。本人は気がついているのか、いないのか。グニャグニャしているところを見ると、ビニール製の物であろうか。

「気がつきましたか、女性愛用の品物です。特別製の物でまあロバ並みですな」

「ロバ並み？」

「シェークスピアを思出してごらんなさい。先生、あの訳注は、正直いってあんまり感心しませんでしたね」

「シェークスピア」という固有名詞はもちろん、「ロバ」という言葉にも——つまりこの言葉が象徴し内包している幾つもの意味について——意識をめぐらしてもらいたい。

ところで、『別れる理由』第59章冒頭の前田永造の「どうも夢くさいぞ」という言葉をとらえて、江藤淳は、『自由と禁忌』で、こう書いている。

『別れる理由』の世界は、第五十九章にいたって、にわかに一種の幻想の世界、正確にいえば「夢くさい」世界に転位される。

それは、もとより永造が浸っている幻想にほかならないが、彼は少くとも第百十五章までそれから覚めない。連載の期間でいえば、実に五十六ヶ月間、四年八ヶ月のあいだ幻想に浸りつづけているという計算になる。

（中略）主人公をこの「夢くさい」世界に移すことによって、作者は小説の世界をどのように変質させたのだろうか？　また、そのことに、いかなる必然性が認められるか。つまり、第五十九章以後、作者はいったいなにをしようとしているのだろうか？

　江藤淳が、夢の世界ではなく、「夢くさい」世界であると述べていることに注意してもらいたい。実際、江藤淳は、「『夢くさい』世界とは、夢の世界と同じものなのだろうか」と述べたあと、『別れる理由』の第59章以降の言語空間を、夏目漱石の『夢十夜』の「第三夜」のそれと比較して、こう語る（傍点は原文）。

　夢は、もしそれが本当の夢であるならば、いつも鮮明で否認しがたいリアリティを持っている。そして、そのリアリティは、いつも夢の自由さよりは不自由さに起因する。夢の世界とは、時空の制約から解放されているはずなのに、つねに不思議に不自由な世界である。

　その証拠に、『夢十夜』の「自分」は、いくら薄気味悪く思っても、背に負っている子供を「打遣《うっち》やる」ことができない。そのあいだに、子供は次第に重さを加え、しかも「今に重くなるよ」と、さらに重さが加わることを予言さえする。漱石は、この一節で、夢の不自由なリアリティの重味を、巧みにとらえているように思われる。

　それは、とりもなおさず漱石が、夢のなかでのみ言葉と発語者とのあいだに形成されるあるのっぴきならない関係を、正確にとらえているからにちがいない。

「発語者」というタームを使用しているように、江藤淳は、このあと、「個人的な言葉《パロール》」と「社会的な言葉《ラング》」というソシュール言語学のタームを使って、『夢十夜』の夢の世界と『別れる理由』の「夢くさい」世界を比較して、『別れる理由』を、こう批判する。

> その意味で、この世界は、人生よりは舞台に似ており、そこで発語される言葉は、社会的諸制度《アンスティテューシオン・ソシアール》の底に潜むものを暗示するよりは、錯乱した個人の果てしない一人芝居のせりふに近づく、というべきかも知れない。この「夢くさい」世界は、はじめから終りまで永造の意識の世界を一歩も出ようとしないからである。だが、この世界の獲得できるリアリティとはいかなるものか？　そんなリアリティが、果して存在できるのだろうか？

しかしなぜ江藤淳は、ここで、あえて、わざわざ夏目漱石の『夢十夜』の「第三夜」を持ち出して、『別れる理由』の「夢くさい」世界のフォニーを批判しようとしたのだろう。私にはそれは、ためにする批判にしか思えない。

ただし、ここで江藤淳が、「この世界は、人生よりは舞台に似ており」と述べているのは、さすがは江藤淳と言える文学的感応力だ。
カルデロンやシェイクスピアを持ち出すまでもなく、「この世が舞台」という文学の言語空間だってあり得るはずだ。いや、持ち出すまでもなくではなく、第58章の途中で前田永造は、幻の学生たちに向って、こんな架空講義を行なう。

シェークスピアを現代の若者が面白いと感じるように話せないわけではないのだ。ああ、きみ達に話したヤーン・コットなどはそれだ。しかし私が話してきたことと根本的にまあ違わないね。違うって？　まあキツいことをいうなよ。人間というものが不条理な存在であるのは、生きているときばかりではない。死んでからもそうなのだ、というのがコットの説だということはいっただろう。そんなことはきみ達も今の世の中に生きていて覚悟しておかなくっちゃならないことさ。急に世の中が変って、ホイホイと生きていけると思ったら大まちがいなのだ。

そう。『別れる理由』の第59章以降の「夢くさい」世界と比較されるべきなのは、夏目漱石ではなくシェイクスピア、しかも「われらの同時代人」（ヤン・コット）としてのシェイクスピアなのである。

＊編集部註　今年とは二〇〇二年。

Ⅲ

# 8

だいぶ間があいてしまった。前回の原稿が『群像』に載ったのが二〇〇二年十二月号だから、つまり、四ヵ月も間があいてしまった。

これは単に私の個人的な問題である。

この連載一回分の枚数は四百字詰原稿用紙約三十枚分だが、普段のその分量の原稿執筆に比べて、この連載は、とても時間がかかる。

といっても、それは、正確に述べれば、分量の問題ではない。『別れる理由』という小説の世界に入って行く時間と、原稿執筆後、その世界から意識を覚醒させるための時間が、かなりかかるのである。『別れる理由』は、その作品世界を流れる時間がある。そしてまたその作品が執筆され『群像』に連載されていった時間がある。最初は重なっていったその二つの時間が、やがて、乖離して行く。しかもそれは、時代や風俗や文化情況が大きく変っていった一九六〇年代七〇年代をすっぽりとカバーしている。つまり、「時間」そのものがこの作品の大きな主題である。そういう「時間」に参入し、そして脱出して行くのはひどく骨の折れる作業だ。原稿執筆後一日二日はその世界から気持ちを振り払うことが出来ない。だから他の別の原稿を書けない。

日々の締め切り仕事に追われていると、なかなか、その作業の時間がとれない。しかもいったん、毎月連載していたペースから脱落すると、そのペースを元に戻すことは出来ない。だいいち、読者が三人しかいないと言われていた『別れる理由』についての、そのまた評論なんて、どこに読者がいるのだろう、という本質的な疑問もわいてくる。

それから、ちょうど私の連載の中断と時を同じくして、二〇〇三年一月号から、『群像』は大幅なモデル・チェンジをした。創刊六十年近い伝統の中で、今までで一番大きなリニュアルなのではないか。もちろん、例えば表紙はその時代時代で変化があった。しかし、本文のレイアウトは創刊以来殆ど変化がなかった。

その変化のなさが私は好きだった。つまり、いわゆる『群像』らしさが私は嫌いではなかった（それにしてもなぜ、巻末の「創作合評」を廃止してしまったのだろう。そして何だかよくわけのわからない、批評家と実作者とのコラボレートのコーナーが出来てしまったのだろう）。そういう『群像』の一つの伝統の中で、私は、その誌面になじませながら、この連載「『別れる理由』が気になって」をはじめたつもりだ。

つまり、私は、『群像』の誌面のリニュアルを支持しない。

二〇〇三年一月号に載る予定だった「『別れる理由』が気になって」を休載してしまったのは偶然であるが、リニュアルと共に、私は、自分の連載の居場所を失なった気がした。

だから、それを機に、いっそこの連載を中絶させてしまおうかという気にもなった。

その気持ちを思いとどまらせたのは、『新潮』二〇〇三年一月号に載った小島信夫の短篇「青ミドロ」の中の、こういう一節によってである。

そのうち、坪内さんは呆れて、小説散策を放棄してしまうかも分らないが、私は続くあいだ、おずおずと、ページを拡げ、恥かしさに逃げ出す用意もして、斜めにのぞくことでしょう。

ゴウマン覚悟でいうならば、私は小説のために歌をうたっているということになるのでしょうか。もちろん、坪内さんは、書きつづけているうちに、その時々の状勢が、作者を動かして行くという人物が動いて行くというふうにいわれようとしているかに見えます。

やがて実名の人物何人かが俊介の前に、小説の外から侵入してくるのは、なぜなのか、どうしてその侵入は許されるのか。私は坪内さんが待遠しい、という思いもあります。

このまま連載を中断してしまったら、小島さんから、そして何人いるかわからないがこの連載の読者から、私は、「呆れて、小説散策を放棄して」しまったと誤解されかねない。それに、小島信夫が「小説のために歌をうたっている」のと同様、ゴウマン覚悟でいえば、いま批評家として生きている私は、私自身のために、この批評（連載）を書き続けている。この先に何が発見出来るかわからないものの（いや、その発見に向って）。

ということで、「『別れる理由』が気になって」を再開する。

前回述べたように、『別れる理由』は、第59章以降から、主人公前田永造の「夢くさい」世界が始まる。

江藤淳は、『自由と禁忌』で、夏目漱石の『夢十夜』と比較して、その「夢くさい」世界のリアリティの希薄を激しく批判する。つまり、江藤淳に言わせれば、『別れる理由』の第59章以降は一種のフォニーであるわけだ。

しかし江藤淳は、なぜわざわざ漱石の『夢十夜』と『別れる理由』の第59章以下を比較する必要があったのだろうか。夢をテーマとした文学作品は古今東西無数にあるのだから、その比較はかなり恣意的なものであると言わざるを得ない。

しかも、古今東西無数にありながら、その内の一つの作品について、他ならぬ『別れる理由』の「夢くさい」世界の中で言及されていたのである。なぜその作品との比較を試みなかったのだろうか。

『別れる理由』の第60章で、こんな声が聞こえてくる。

「先生がよくいっていたじゃありませんか。あの『真夏の夜の夢』のロバの話。先生の得意なのは、もう一つ、マクベス夫人とデスデモナさんでしょう。それにことによったら、アンナさん。本の読み過ぎじゃないのかな」ノドをやられているのだ。とうとうノドへ来たのだ。これからの苦しみは、ひとりで堪えねばならない。しかしもう一度、「本の読み過ぎだって？」学生の声で男がいっている。いや、学生かな。そうじゃない。化けた。

「女としてみるということはだな」

おれの声は少しも出ないのだ。

また、「真夏の夜の夢」か。また「マクベス」か、また……学生にロバの話、したかな。いくら何でも女生徒もいる教室では口にはしなかったはずだ。そのくらいの慎しみは教師の常識なのだ。

そう、『別れる理由』の第59章以降と比較されるべき作品とはシェイクスピアの『真夏の夜の夢』なのである。

同じ章、単行本版で言えば三頁前（第Ⅱ巻の百二十六頁）に、実は、こういうやり取りが登場していた（相手は、「夢くさい」世界のブルー・フィルム上映会の司会者）。

「気がつきましたか、女性愛用の品物です。特別製の物でまあロバ並みですな」
「ロバ並み？」
「シェークスピアを思出してごらんなさい。先生、あの訳注は、正直いってあんまり感心しませんでしたね」

かなりエロティックというか、もっと下品にセクシュアルなやり取りである。『別れる理由』の第59章以下の「夢くさい」世界は、それまで以上に、そのものずばりセックス、性が主題として、一種の哲学的さらには喜劇的な幻想美を帯びて描かれて行く。そして、ひと言書き添えておけば、カウンター・カルチュアーとして、人間の下半身の問題が一つのテーマとして浮上してくるのも、この小説世界の主要な舞台である一九七〇年前後の特徴である。

『別れる理由』と『真夏の夜の夢』を比較して論じる前に、ここで、『真夏の夜の夢』のストーリーおよび人物設定について改めて簡単に触れておきたい。

舞台はアセンズ（アテネ）である。

アセンズの大公シーシアスとアマゾン族の女王ヒポリタの結婚の儀が間近に迫っている。その式ではアセンズの職人たちの余興の芝居が予定されている（題目はロミオとジュリエットの原型のような芝居）。同じ頃、アセンズの恋する二組のカップルがいる。恋するといっても、デメトリアスはかつての恋人だったヘレナを裏切って、ライサンダー同様、ハーミアに恋している。つまり、ハーミアはライサンダーとデメトリアスから愛されているのだが、彼女の心はライサンダーにある。

この三組の恋人たちと、もう一組、妖精の王オーベロンと妖精の女王タイターニアのカップルも登場する。

妖精といっても、この二人は、かなり人間的な、つまり生々しい感情を持っている。特に性に対して。

この芝居の狂言廻しである妖精パック（ロビン・グッドフェロー）はこんな台詞を口にする（訳文は新潮文庫版の福田恆存訳による）。

妖精の王オーベロン様が、今夜、ここでお酒盛をなさるのだって。女王様は姿を見せないようにしたほうがいいと思うな。このごろ、王様はとても機嫌が悪くて怒りっぽいのだよ。そら、女王様のお小姓にかわいい子がいるだろう、インドの王様から盗んで来た子で。あんなきれいな子供は女王様も始めてなのさ。オーベロン様はそれが羨《うらや》ましくてたまらないのだ。森を駆けめぐるときの供頭《ともがしら》にしたいとおっしゃったのだけれど、女王様はどうしても手放したがらない、その子に花の冠を作ってやったりして、まるで舐《な》めるようなかわいがりようなのだって。

妖精の女王タイターニアが「インドの王様から盗んで来た子」を「まるで舐《な》めるよう」にかわいがるのはちょっとエロティックだが、その子供をオーベロンがひどく欲しがっているのはさらにエロティックだ。しかしここは素直に文脈を読みとろう。すると、オーベロンのその子供への執着は、『別れる理由』の第58章で、主人公の前田永造の今の妻京子が前夫伊丹の元に残した一人息子康彦に対して見せた永造の執着を思い起こさせる。永造が実は内に秘めた嫉妬心の強い人間であるように、オーベロンも、妖精の王でありながら、とても嫉妬心が強い。しかも彼は、その嫉妬心を複雑な形で表現する。というより、オーベロンとタイターニアは、これから結婚しようというアセンズの大公シーシアスとアマゾンの女王ヒポリタを間にはさんで複雑な関係にある。まるで『別れる理由』の登場人物たちのような。

だから二人は、こんな会話を交わす。

**タイターニア**　それなら、あたしはあなたの奥方というわけ。でも、知っています、あなたはこの妖精の国をそっと脱けだし、羊飼いのコリンに化けて、一日中、麦笛を吹きならしたり、恋歌をうたったり、あの浮気な田舎娘のフィリダをものにしようと夢中になっておいででした。いえ、どうしてここへ帰っていらしたのです、あのインドの遠い山の果てから？　決っている、あの思いあがったアマゾン女を、あなたのいいひと、狩装束の女丈夫を、シーシアスとめあわすために違いない。その二人の新床《にいどこ》に喜びと栄えをもたらすために、帰っていらしたのだ。

**オーベロン**　恥ずかしくないのか、タイターニア、あのヒポリタの信頼を、そんなふうにあてこすったりして？　お前とシーシアスとのこと、もうこっちには筒抜けだ、それを知らぬお前でもあるまいに。あの男が無理じいに妻にしていたペリグーナを棄《す》てたのも、お前があれを星明りの夜、ひそかにおびきよせたからではなかったか？　そればかりではない、シーシアスに美しいイーグリーズとの誓いを破らせたのもお前ではなかったか？　いや、アリアドニとの誓いも、アンタイアパとの誓いも、そうして破らせたではないか？

そんなタイターニアにお灸をすえるため、そして「インドの王様から盗んで来た」子供を自分の物にするために、オーベロンは一計を案じる。

それは妖精パックに命じて、「浮気草」の汁（つまり恋の薬）を、とってこさせたのだ。その汁を「眠っているまぶたのうえに塗っておくと、男であれ女であれ、すっかり恋心にとりつかれ、目が醒《さ》めて最初に見た相手に夢中になってしまう」。だから、「タイターニアが寝るときをうかがって、それをまぶたに一たらし」すれば、彼女は、「目が醒めて、一番最初に見るものを――その相手が獅子《しし》であろうと、熊であろうと、狼《おおかみ》、野牛、なんでもござれ、おせっかいのえて公の尻まで――夢中になって追いまわ」してしまうのだ。

森の中で大勢の妖精たちにかこまれて眠っているタイターニアのまぶたの上にオーベロンが「浮気草」の汁を見事ぬりつけてしばらくすると、その近くでアセンズの職人たちの婚礼芝居の稽古が始まる。

「ピラマスとシスビー」という喜劇（狂言）の主役のピラマス役（言わばロミオ役）を演じることになったのはニック・ボトムという冴えない機屋《はたや》である。

森の繁みの中で台詞の練習をしていたボトムを、秘かに稽古を見ていた妖精パックがいたずら心を起してロバに変身させてしまう。仲間たちは、ボトムのその姿を見て驚き、皆逃げ出してしまう。

その時、その騒ぎをきいて眼が覚めてしまったタイターニアが、ボトムと出会う。そしてタイターニアは、ボトムに、こんな言葉を口にする。「……そのお姿に見とれるばかり。あなたの美の力が、激しくあたしの胸をゆさぶり、一目みただけで、愛の言葉を、その誓いを、口に出さずにはいられない」。

すなわちこれが、先に引用した、『別れる理由』の第60章で語られる「あの『真夏の夜の夢』のロバの話」の始まりである。

「浮気草」によってタイターニアが夢の世界へ連れ去られたように、ロバに変身させられたボトムも夢の世界の住人となる。いやそれは夢ではなく、「夢くさい」世界かもしれない。

その「ボトムの夢」を、『道化と笏杖《しゃくじょう》』（晶文社一九八三年）のウィリアム・ウィルフォードは、フール（道化）と結びつけて、こう書いていた（高山宏訳）。

我々はボトムの夢を知りたく思う。我々自身その夢を見たいとも思う。夢のヌミノーゼ性のために彼の中には、ちょうどランボーが憧れたような五感の全面的錯乱（共感覚）にも似た効果が惹き起こされ、その中に、或いはその彼方に何があったのか、彼はついに我々に語ることができないのである。自分はその夢を見たと告げることで彼が目ざめさせた希望もろとも、ボトムの夢は文字通り底《ボトム》へと沈んで行ってしまうのだ。しかし多分その夢は過去、現在いつも存在し、彼を惑乱し、歪めるヌミノーゼ的な事件として、彼を既知の世界の境界へと永劫に縛りつけるのであって、そして多分その夢は、社会的制外者としてフールが身に帯びた隠された財宝なのである。聖パウロやエラスムスによればひとりフールにのみ手の届く超越的価値を、意識の辺境地帯で、フールは目にし、耳にしたのだろう。しかし如何せん、それを我々に伝える手だてを彼は持たないのだ。

そのボトムの見た夢を、しかもそれだけでなくタイターニアの見た夢も、その二つを錯綜させながら、小説という形式で描いたら一体どのような途方もないものになってしまうだろう。文字通り、その夢の意識の底《ボトム》まで下って描いていったなら。

ウィリアム・ウィルフォードの『道化と笏杖』の原著が出版されたのは一九六九年のことであるが、『別れる理由』の連載開始から間もないその頃は、道化（フール）が一つの重要な主題として現代（同時代）に浮上して来た時期でもある。そのような視点の中で、シェイクスピアの諸作品に対する読み直しが盛んに行なわれた。つまり、「われらの同時代人」としてのシェイクスピアである。

『別れる理由』の第58章で、主人公の大学教師前田永造は、学生たちに向って、こんな架空の講義を行なう。

シェークスピアを習ったって、どうせ学生の頃はほんとうには分りもしないし、面白くもないものだ。その経験者が誰あろう、この私さ。いいや、そうではない、私たちの頃は教え方が悪かったのだな。

シェークスピアを現代の若者が面白いと感じるように話せないわけではないのだ。あ、きみ達に話したヤーン・コットなどはそれだ。しかし私が話してきたことと根本的にまあ違わないね。違うって？　まあキツいことをいうなよ。人間というものが不条理な存在であるのは、生きているときばかりではない。死んでからもそうなのだ、というのがコットの説だということはいっただろう。そんなことはきみ達も今の世の中に生きていて覚悟しておかなくっちゃならないことさ。

道化の問題と並らんで、先にも述べたように、性もまた一つの問題として当時、浮上して来る。

『シェイクスピアはわれらの同時代人』（白水社一九六八年）に収められた『真夏の夜の夢』論（「ティターニアとろばの頭」）で、ヤン・コットは、こう述べている（喜志哲雄・蜂谷昭雄訳）。

ボトムはやがてろばの姿に変えられる。だがこの悪夢に満ちた夏の夜においては、ろばは通常の場合のように愚鈍さを象徴するのではない。古代からルネサンスまで、ろばという動物は、たとえばアプレイウスの『黄金のろば』の挿話が示すように、最も強い性的能力をもっていると信じられていたのであり、あらゆる四足獣の中で、いちばん長くいちばん堅い男根をもっていると考えられていたのだった。

これに続く「同時代」的かつ少し（いや、かなり）差別的な（そしてだからこそある種の感情を刺激する）一節を小島信夫はたぶん見逃さなかっただろう。

ティターニアはおそらく非常に背の高い、胸の薄い、金髪の娘で、長い手足をしているのではないだろうか。私はかつてパリのアルプ街やユシェット街で、色白のスカンディナヴィア系の娘が、まっ黒な顔のニグロに、しっかりつかまって歩いているのを、よく見かけたことがある。ティターニアはきっとああいう女なのだろう。

ホレ薬をぬられたティターニア（タイターニア）とロバに変身したボトムが出会うシーンはコミカルである。だがそれはただの喜劇とは違うとヤン・コットは言う（あとでまた詳しく触れることになるコットの別の『真夏の夜の夢』論「ボトム変容」（高山宏訳『シェイクスピア・カーニヴァル』（平凡社一九八九年）に収録）で彼は、それを「悲喜劇《トラジコメディ》」

と名付けているが、「悲喜劇」という名称はまた、「悲劇と喜劇が混り合う」（第54章）と永造が口にするこの『別れる理由』にもふさわしい）。

もしもこの場面についてユーモアを云々することができるとすれば、それはただこの言葉の英語の意味においてであり、それはどちらかというと《黒いユーモア》、スウィフトのユーモアがしばしばそうなるような、残酷で猥雑なものであろう。

細くたおやかで叙情的なティターニアが、動物の愛を求める。パックとオーベロンは姿を変えられたボトムを怪物と呼ぶ。弱々しくやさしいティターニアが、この怪物をほとんど力ずくで、まるで暴行を加えるようにベッドへ引っぱって行くのだ。これこそ彼女が求め、夢みていた恋人なのである。ただ彼女はそのことをけっして認めたがらなかった――たとえ自らの胸の中でも。だが眠りは彼女を心理的抑圧から解放する。

つまり、「もはや美醜の別はなく、ただ溺愛と解放があるだけの性の暗黒界を、ティターニアは、この劇の登場人物の誰よりも深く、きわめ尽くすのである」。だから、この「ティターニアとろばとのラヴ・シーンは、現実的であって同時に非現実的に、魅力的でありながら同時に不快に、見えなければならない」とヤン・コットは言う。

それではまた、『別れる理由』の中の「夢くさい」世界に戻ることにしよう。

第60章で、ブルー・フィルム上映会の司会者（しかしどうやら彼は出版社の男であるらしい）に『真夏の夜の夢』のロバの話を持ち出された永造は、彼にうながされる形で、昔兵隊時代によく耳にしたロバの啼声のことを思い出す。ただし、思い出しているといっても、実際にそのことを話題に持ち出すのは男の方だ。

「先生は、兵隊のとき、よくロバの啼声をきいたというじゃないですか、つっかかったような声なんでしょう」

おれのノドのことを知ってやがるな。

「ロバの啼声がきこえると、城壁の上を動哨していて淋しかったというじゃありませんか。ロバが雄か雌を求めていたんでしょう」

ここから先、この章（第60章）の終わりまでの二頁は、たった二頁であるけれど、永造の意識や過去の思い出、そしてどうやら目の前で上映されているブルー・フィルムのシーンからのインスピレーションなどが司会者の男の台詞と交差して部分引用すると意味が正確には伝わらない（この章のあと、ますます、そういうシーンと意識と思い出と登場人物たち――しかもしばしば変身する――の言葉の交差が煩雑になって行く）。つまり、上手く手際よく紹介することが出来ない（『自由と禁忌』の江藤淳は、たぶんこのあたりですでにこの「夢くさい」世界への丁寧な読みを放棄してしまったのではないか）。

例えば、こんな感じで。


「ロバの声」

「そうロバの声」

「先生は、行軍のとき、よくロバの男性の象徴がすばらしく伸びるのを眺めていたのでしょう」

「四川省の渤海湾に近いところは暑いね。山東省だって？　いや四川省だ。どうしたってそうでなくてはならんのだ。水が乏しいところだったから中央アジアだったかな。地面から塩がふくし、身体からも塩が出て、軍衣袴が真白になるね。何しろ塩山という市があるからね。いつだってロバはいっしょだ。ロバがいなくては行軍は出来んからね。ロバは行李を運ぶのだ」


ひょっとしたら神様がロバに、あの愚かな運び屋のロバに地上最大の幸福をあたえたのではないのか。ロバはどんな顔していた？　あいつらはいつも尻尾でアブを追っていただけだ。

文章のひとつひとつは普通だ。とてもリアリスティックでわかりやすい文章である。しかしその文章のつながり具合が異様だ。いわゆるリアリスティックな意味を逸している。つまりノンセンスである。この章が載っている『群像』（一九七三年九月号）で初めてこの小説に出会った読者は、度胆を抜かれただろう。いや、度胆を抜かれるようなシュールな文章ではない。だからこそ、かえって、混乱におちいったことだろう。

そしてまた、突然、「六人掛け腰掛けというのは、どこにでもあるものだな」という奇妙な一節が登場し、こんな風に続いて行く。

腰掛けの上に寝ころがっているのは自分だ。堅い堅い。背筋がのびて身体にいい。行軍中であるとするともう直ぐ歩き出さねばならない。それがどうだ。あのロバは尻尾でアブを追い払いながら、眼をあけたり閉じたり、そして口の中で何か呟いている。

「どうしたって、おれの勝ちさ」

ロバの器官が実に大きくて長くて地面に届いている。このことを男はいっているが、こっちはほかならぬボウリングのことを考えているのだ。

実にうまく行くのだ。天下一品にうまく行くのだ。はじめてやって、あんなぐあいにうまく行くというのは、素質があるということになる。

「男」というのは、もちろん（いや、たぶん）、司会者の男のことであろうが、「実にうまく行くのだ」というのは、以前ワシントンと行なったボウリングでワシントン相手に善戦し、彼に「タヌキ」と言わせたそのことを意味している。しかもこのフレーズには、ボウリング場でのやり取りを描いた第56章の、

「ストライクは続けなくては意味がない。いつも、ストライクか、ミスター・マエダ？　ムラがあると効果がうすくなるよ。これは性生活にもいいのだよ。性生活だけでもよくいけば、人生はたいていのことは納まるのだからな。少し板一枚右から行くのだな。きみは、あれだな悦子流だな」

というワシントンの言葉にあったように、セクシュアルな意味が込められている（これらの伏線はワシントンの愛人である悦子との「夢くさい」性交のシーンが続く第68章でいきてくる）。

だから当然、先の文章に続いてワシントンの声が聞こえてくる。私が「ママ」と書いた受けカギ（」）とそれに続く文脈や意識の流れの異様さ（逆に言えばポリフォニックなリアルさ）にぜひ注目してもらいたい。

「ミスター・マエダはソフトで饅頭式だが、とても正確だな」おや、六人掛けベンチから立ち上った。「あなた、それが一番いいことなんだよ《ママ》」先祖代々いい血が流れているのだと思うよ。きみ、子供のとき、八倍といわれたのじゃないのかなあ。つまり平生は小さいが、さあという時には随分大きくなって相手を驚かし喜ばすということだがね。きみは子供の時分、占師にいわれたんじゃないのかね」

デタラメいっている。全然論理的でないし、事実と全く違うが、非常に当っているような気もする。

そしてこのあと、「口の中でサクランボの柄を結ぶこと」に関するワシントンとのエロティックな会話を交わしたあと、『別れる理由』の第60章は、「やつは口をこっちに近づけてくる」という一文で結ばれる。

# 9

前回も述べたように、『別れる理由』の第60章は、「口の中でサクランボの柄を結ぶこと」を実演しようとするワシントンの口が前田永造のもとに近づいて来る所で閉じられる。

「こう、こうする。とても簡単。ほら、サクランボがある。あなた、ほんとは何でも出来る。ユラ、ユラ、とやったぐあいに、こうして力を入れずに実をころがして。いいか、こう舌を……舌が大事」

やつは口をこっちに近づけてくる。

その近づいてきたワシントンの口がどうなるのだろうと思って続く第61章に進むと、まったく展開が変っている（ただしこの、口の中の「サクランボの柄」のエピソードはのちにまた、第71章の末尾で登場してくる。つまり、一見、思いつきの出たとこ勝負のように進みながら、『別れる理由』には、作者の、全体を見る目が張りめぐらされている。そこがこの大長篇小説の一筋縄では行かない所である）。

第61章はこういう風に始まる。

「ええと、それでは女性の性的反応について一つ演説をいたしましょう」そこにいる女どもや、ワシントンや、司会者であるはずの出版社の男を前にして、永造は一つ咳払いをした。

「灩蓄を傾けて！」と野次る声が起った。永造は自分で拍手してみせた。

ブルー・フィルムの上映会だったはずであるが、どうやら状況が変っているらしい。以前述べたように、英米文学の大学教授である前田永造は、女性相手の人生相談や講演者としてもそれなりの著名人だった。

だから永造は、ワシントンや司会者、そして「女ども」を相手に「佐藤総理の口調を真似て」（この第61章が『群像』一九七三年十月号に載った頃の総理大臣はすでに田中角栄だったのだが）、「女性の性的反応について」の演説をはじめる。

たとえばこんな内容の。

……分泌液はバルトリン腺から出ます。これは十五分ないし一時間豊富に出続けるものです。個人差と相手次第と日によって違います。全部平等で同じだと思ったら大まちがいです。これは大事なことです。

さて、興奮状態については、四つの基準があります。飽和、卒倒、すすり泣き、中止を余儀なくされるものです。宜しいですか。四つですよ。ノートしといて下さい。この四つが全部一人の女性の中で起ることも、なくはありません。

そして前田永造は、その四つについて具体的な説明を行なったのち、「男性性器の大きさは女性にとってサシテ、モンダイデハアリマセン」と、男性機能にも触れ、このような結論を口にする。

……要するによく自慢する男がいますが、あれは自慢するに当らぬということであります。いったい女性が喜ぶ、喜ぶといいますが、女性が楽しむのは、自分で自分の身体のことを楽しむのであって、したがって男性はただの道具にすぎないのでありまして、私が公表したこの女性の反応のうち、どの分類に属する女性の場合もですね、男性の力というよりは、女性自身の中にある特徴によって、自分がひとりで楽しんでいるわけであります。

それに対して聴衆である「女ども」はこういうポリフォニックな言葉を口にし、永造もその感想に対応して行く。

「前田先生って奉仕家だね」

「ホントカシラ、スキヨ、スキ、スキ」

「ホントカシラとは、何がですか。ウェル、ウェル、OK、OK」

「そのような御意見には、いささかも動じるものではありませんのでして、今も申しましたる通り、男性は正に、象徴に過ぎないのですな。それにあなた方、私は女性の味方でありますが、勿論男性は単なる象徴的身分に甘んじるという意味で味方をするのですが、……第一、皆さん、あれでございますよ」

「万歳！　正真正銘のフェミニスト！　私は前田先生のファンだわ」

「こんなに拘わる人、あるかしら」

「ほんとうによく分るような気がするわ」

「そこでですよ、愚かなロバ野郎が最高に喜んでいるかどうか。喜ぶ力を神様からあたえられているかどうか」

「待ってました、前田さん」

と掛声があったと永造は思った。

　ここでまた改めてロバが登場する。そしてこの「ロバ野郎」は、永造がアメリカに留学中に南部のアトランタであった「ある黒人」、すなわち「黒ちゃん」の性的イメージと結びついている。前回も引用したように、ヤン・コットは、『シェイクスピアはわれらの同時代人』に収められた「ティターニアとろばの頭」という評論で、『真夏の夜の夢』の中でロバに変身したニック・ボトムと関係を持つティターニア（タイターニア）について、「私はかつてパリのアルプ街やユシェット街で、色白のスカンディナヴィア系の娘が、まっ黒な顔のニグロに、しっかりつかまって歩いているのを、よく見かけたことがある。ティターニアはきっとああいう女なのだろう」と書いた。今振り返るとこれはかなり差別的な視線であるが、『ぼく自身のための広告』に収められたノーマン・メイラーの有名なエッセイ「ホワイト・ニグロ」を引き合いに出すまでもなく、黒人男性に対するこういう見解は同時代的（一九六〇年代的）にはかなりリアルな表現だったのだろう。そして小島信夫は、間違いなく、ヤン・コットのこの評論に目を通し、この一節を記憶に留めていたと思う。

　永造がアトランタで会った黒人の話をし始めると、いつの間にか司会者の男が黒人に変身している。

「ぼくら黒人が白人の女を喜ばせる力をもっているとしてもですね」

司会者の出版社の男が黒人に化けてしゃべっている。こいつの顔もこっちに負けずに大写しになっているな。永造は一歩二歩後ずさりした。

「それはぼくらの天からあたえられた能力でしてね。それをとやかくいうことはおかしいじゃありませんか」

「なるほど、なるほど。その通り、その通り」と永造は声をあげた。

永造が、ロバと黒人とを結びつけて演説したことは「女ども」の強い関心をひいたようだった。

ロバと較べたところは上出来だった。口から出任せにいったのだが、あれはうまく行った。演説は成功しつつある。

だから永造は、その黒人（いつの間にかアームストロングという名前がついている）にむかって、「アームストロングさんに、女性の視線は向けられっぱなしじゃないですか」と語ったりする。アームストロング――この名前は当時、黒人ミュージシャンのルイ・アームストロングよりもむしろ月に初めて着陸したアポロ十一号の白人のアームストロング船長のことを想起させたはずだ——は自分がロバと同一視されることに不満である。

「ぼくらをロバだと思っている。軽蔑し恐れている。何もかもくつがえってしまうからだ。女性が、スバラシイわというと、女性もロバ並みになってしまうとこういうわけだ」

「だが、そこを楽しまなくっちゃあ、それが今夜の目的なんだからさ」

「アームストロングさん頑張って」

「野党の諸君のように気楽に無責任にくつがえすなんていわれては、困りますな」

と永造は首相の口調でいっていた。

実は今、私はここでちょっとした省略をした。『別れる理由』は第60章以降、次々と登場人物やその時の語り手が別の人物へと変身して行く。変身というよりも、さらに正確に述べれば、変容して行く。

アームストロングは、いったんまた元の司会者に戻り、さらに再びアームストロングに変容する。その部分を私は今、省略した。

ところで、「変容」という言葉を、私は、ヤン・コットの、「ティターニアとろばの頭」に続く優れた『真夏の夜の夢』論である「ボトム変容」から借用してきた。

「ボトム変容」でヤン・コットは、こう言う（ボトムというのは、もちろん、『真夏の夜の夢』の中でロバに変容させられてしまう機織りのニック・ボトムのことである）。

シェイクスピアにおいて「変容」とは欲望の突然の発見の謂《いい》に他ならない。まず二組の若い恋人たちが「変容」させられる。「わたし、ハーミアではないの？　あなたはライサンダーではないの？」（三幕二場二七三行）。ボトムの変身は森の中で起きた一連のできごとのダメ押しというべきものにすぎない。この「夜の掟《おきて》」（三幕二場五行）は、ボトムが再び人間の姿に戻るやいなや露霜のごとく消えていく。

そしてその「二組の若い恋人たち」の一人、ヘレナの「恋は目で見ず、心で見るものなのね」（一幕一場二三四行）という台詞について、ヤン・コットは、こう言う。

ヘレナの独白を口にするのは若い女優か、エリザベス朝の劇場でそうであったように、女役を演じる一人の少年俳優かである。独白をするのは、たしかにこの俳優の声である。しかし、かといってその登場人物《キャラクター》の声ではない、というかそれのみの声ではないのだ。愛をめぐるある多声《ポリフォニック》な議論《ディスコース》の一部分なのである。

「多声（ポリフォニック）な」という言葉はもちろんミハイル・バフチーンからの転用である。実際、ヤン・コットは、この「ボトム変容」で、バフチーンの『ドストエフスキー詩学の諸問題』から、次の一節を引いている。

面白まじめ《セリオ・ルーデレ》な諸ジャンルは伝説にもとづいているわけでも、伝説によって自らの姿を明らかにするわけでもない。意識して経験と自由な想像力にもとづこうとするのであり、それらは伝説に対してはほとんどいつも非常に批判的な関係にたち、時には暴露者の皮肉な性質を帯びる。……それらは文体の統一を峻拒する。……物語中の調子《トーン》の多様性、そして高いものと低いもの、まじめなものと滑稽なものの混淆《こんこう》がそれらには典型的に見られる。パロディ味をきかせて再構成された引用を縦横に駆使する。こうしたジャンルのいくつかにおいては散文と韻文が錯綜し、生きた方言や俗語が用いられ、作者のつけるさまざまな仮面が横行する。

ここに登場する「面白まじめ《セリオ・ルーデレ》」というタームを憶えておいてほしい。前号で紹介した、（やはり「ボトム変容」に登場する）「悲喜劇《トラジコメディ》」というタームと共に、この『別れる理由』を分析する際に有効なタームであると思うから。

話を元に戻せば、私が省略した部分、つまりアームストロングがまた元の司会者に戻った部分で、彼は、こんな司会進行の台詞を口にする。

「皆さん期待してあげて下さい。そもそもこれは、これから乱交が始まるに当っての演説ですから、それを忘れないで下さい。前田さんは、だから、大へんな熱の入れようなんです。それにしても自分の奥さんが自分と違う相手となさるのに寛大ですね。ところでその前にどうです。前田さんの演説の趣旨にのっとって、ここにおいでの女性の分類をしたら」

つまり、会場で、これから乱交パーティーが(一種のカーニバルが)始まろうとしているのである(ただしその詳細はほとんど描かれることがない)。

私は今ここで、「乱交パーティー」を「一種のカーニバル」という言葉に置き換えたけれど、ここでの「カーニバル」という言葉にも、もちろん、ミハイル・バフチーン的(そしてヤン・コット的)意味が込められている。「ボトム変容」でヤン・コットは、こう言う。

農神祭《サートゥルナーリア》から中世、ルネッサンスのカーニヴァルや祝祭まで通して、人間精神の高尚英邁《えいまい》な性質は片はしから――バフチーンが説得力豊かに示してくれたように――(特に排泄、放尿、性交、出産といった「下層原理」に力点が置かれた）肉体的諸機能に取って代られる。カーニヴァル的知においてはそれらこそが生命力の精髄《エッセンス》である。生命の持続を保証してくれるものだからだ。

ここで改めて確認しておきたいのは、「別れる理由」の連載が『群像』で始まったのは一九六八年十月号からということである。

一九六八年というのは特別の年だった。

その年は例えば、バフチーンが英語圏で初めて知られ（ラブレー論の英訳刊行によって）、ヤン・コットの『シェイクスピアはわれらの同時代人』の邦訳（白水社）が刊行され、さらには山口昌男の衝撃的な論考「失われた世界の復権」が登場した、そういう年である。

その事実を踏まえて、高山宏は、『シェイクスピア・カーニヴァル』の「訳者あとがき」で、こう書いている。

話は大袈裟になるが、要するにいろいろな相なり層が多重に重なり合ってできているのがわれわれの「現実」であるとするなら、それをできるだけ線的《リニアー》に単純化しようとしてきたのが「近代」という名の文化である。六〇年代末、いわゆる対抗文化の運動は、

「近代」のそうした単純化では「現実」がもはや見えてこないことを言う運動であった。「現実」はもっと多重、多元的なものである。猥雑かもしれないが、こちらの方がわれわれの「現実」には近い感じがする。というので、「現実の多元性」（山口昌男）を言う祝祭論、道化論、トリックスター論が象徴人類学から文学研究までを一貫して流行した。コットの『シェイクスピアはわれらの同時代人』はそうした動向に棹《さお》さす一著であり、その続刊と目《もく》して差支えない本書『シェイクスピア・カーニヴァル』、ことに「フォースタス博士のふたつの地獄」と「ボトム変容」の二篇は、バフチーンのカーニヴァル論を巧みに援用しながら祝祭論・道化論をさらに竿頭《かんとう》一歩進めていく。ちなみにバフチーンのラブレー論、ドストエフスキー論また、六〇年代対抗文化の源泉となった記念碑的批評だが、それぞれ六八、七三年に英訳が出ている。

つまり『別れる理由』はそういう時代との「同時代」性を持った尖端的な作品であるのだ。しかも、小島信夫は、例えばその勉強振りをすぐに作品に反映させる大江健三郎や安部公房らと違って老獪だから、それを明らさまに見せつけない。文章もごく普通の散文である。だから、ごく普通にその意味をたどって行こうとすると、いつの間にか、多重的そして多元的な意味の迷宮にさ迷い込んで行くことになる。だがその迷宮感覚はけっして不快なものではない。そこにこそ一つの、小説を読む喜びがある。

『別れる理由』は、「六〇年代対抗文化」がさりげなく、しかしとても強く仕込まれた作品である。それゆえ、対抗文化的なものに嫌悪を示した江藤淳がこの作品を激しく否定したのも当然である（その意味で、『別れる理由』の第59章以下の精密な読みを放棄してしまった彼は自分の文学観に誠実な批評家であったと言える。つまり本物の批評家であったと言える）。

『別れる理由』の第54章で前田永造は、「もう悲劇というものはないのだ」という台詞を口にする。これから存在するのは「悲劇と喜劇が混り合うよう」な悲喜劇である、と。要するに、「近代」という「線的」な時代が終わってしまったのだ。そういう認識が前田永造には、いや小島信夫にはある。

「悲喜劇」は、先にも述べたように、「面白まじめ」という言葉に結び付く。

「ボトム変容」でヤン・コットは、こう述べている。

　面白まじめ《セリオ・ルーデレ》においては敬虔だの敬神だのは嘲弄と別個には存在しない。まじめは嘲りであり、嘲りはまじめである。
　面白まじめ《セリオ・ルーデレ》における記号交換は、民衆的儀礼やカーニヴァルの行列において見られる、底への、低きものへの、卑猥なるものへの変容《トランスレイション》と格下げと全く同じである。

ここに登場する「底」、ボトムという言葉には、もちろん、ロバという獣に変容させられたニック・ボトムのボトムという言葉が含まれている。

知的伝統と解釈コードの双方において、「頂」と「底」、理性の上と下の間の図像と記号の交換が起こる。洞窟の外にある「上」なる言葉《ロゴス》が唯一の真理であり「下」はただの曖昧な影にすぎない「プラトン的解釈」においては、頂の記号はあくまで底の記号を究極的に試すものとしてある。だから「俗なるヴィーナス（Venus vulgaris）」も「天上のヴィーナス（Venus celestis）」を反映し、予感させる以上のものではないのだ。ところが面白まじめ《セリオ・ルーデレ》においては頂などただ単に「神話《ミュートス》」であるにすぎず、底こそが人間の条件なのである。底の記号、底のエンブレムが頂の記号、頂のエンブレムに、地に足のついた確証を与える。天上のヴィーナスこそ逆に「獣の愛《アモーレ・ベスチアーレ》」――馴致されていない欲動《リビドー》――の投影されたもの、その神話的イメージというにすぎないのである。

話を再び『別れる理由』のカーニバル的な展開に戻そう。司会者→アームストロング→司会者→アームストロング、さらに会沢（アームストロング?）と変容したのち（この会沢・アームストロングから永造は、「ロバはお前じゃないか」と言われたりする）、また司会者に戻って、第61章は、このように閉じられる。

「アームストロングさん早く下手から退場。直ちに司会者となって上手から登場。早変り、早変り」

という声がしたように思った。事実そのようになった。司会者は、汗をふきながら、

「ああ忙しい」

といって現われた。

「前田さん、これからですよ」

「心得ているさ」

「しかし、実に愉快ですね」

「勿論大いに愉快さあね」

と永造はいった。それから、

「まさにディオニソス的狂宴ですな」

ディオニソス的狂宴が描かれるはずの第62章はこのように始まる。

「ここで、一つ整理をいたしましょう」

と司会者が汗を大きなタオルでツルリとふいていった。さっき黒人だったが舞台の上

手から登場してくるとまた元の司会者に早変りしてしまった。

それに対して永造が、そんな「整理」よりも、「女性は乱交をしたがっているのだから、早くその方にとりかかった方がいいかもしれない」とちゃちゃを入れる。その永造の台詞のあとのさりげない一行（すっと読んだら見逃しかねない一行）がまた意表をついている。

永造はそこにいる外人であることは間違いない男と女たちを指さした。

もちろん、乱交パーティーの参加者たちを指さしたわけであるが、「外人であることは間違いない」という、ちょっともってまわった、しかし正確なフレーズの奇妙な味わい。この描写は、事実ではなく認識を表わしている。そして江藤淳なら、こういう曖昧な表現をフォニーと言って批判しただろう。だが私は、この表現をリアルだと思う。司会者や永造同様、パーティーの参加者たちも、時に様ざまなものに「変容」して行く。

司会者と永造のやり取りの最中、「どなたか御入来ですな。あの鼻は会沢だな」という声が聞こえてくる。

その声に乗ってパペットが放り出された。

「私、会沢。おそくなりました。只今到着しました。御承知のようにストライキがありまして電車が遅れましてそれで家へ戻って車に乗って駈けつけてきました。私の代りを前田さんにやっていただきました。うまく話が出来るかどうか分りませんが、何しろ私は不調法でございまして、まったくどうも。私は子供らをきびしくしつけていますし、号令を下さずとも、大体家内もかゆいところに手が届くあんばいにやってくれますし、お蔭さまで家庭円満で……（以下略）」

会沢というのは、もちろん、かつての永造の浮気相手である会沢恵子の夫である。

その会沢がパペットに変容して舞台に登場して来た。パペット会沢は、今引用した箇所にもあったように、自分こそが本来の講演者であったと言い、つまり前田永造は単なる代役であると言い、実際、前田が講演で語った内容を諳んじてみせる。その様子に永造はイラ立ち、司会者から、「シットしないで、前田さん。前田さんははげしくシットしている」と突っ込まれたりする（司会者は客観的な事実を述べているだけだが、永造のこの「シット」には、当然、性的な意味が強く含まれている）。

「男なんてものは道具だということもいいましたか」

「いった、いった」

と永造はつい夢中になった。

「いった？　しかし同じ道具といってもロバはああいう巨大なものを持っているということは、いわないだろうな」

「きいた、きいた。二番煎じ！」

「それじゃ、シェークスピアの『真冬の夜の夢』の中のロバと妃の……」

「真冬でなくて、真夏だ」

第62章は基本的に、パペット会沢と前田永造とのやり取りで終始する（その途中で、いよいよ何かが始まるらしく、ワルツの音が聞こえてきたりする）。

見落してならないのはこういう一節である。


足で蹴る恰好をした。永造の眼が足へ行った。その足が自分のより一まわり大きい会沢の足にしては少し小さいなあ、と永造は思った。これはどういうわけだ。おれの足だ。おれの足をした、会沢がはじめている（引用者注――「女性性感のリズムに関する」「本邦初公開」の講演をパペット会沢がはじめたという意味）。笑っていてやろう。驚くことはない。ここまで来たら馴れ合いだ。急にあのことをいい出したっていくらもいいのがれが出来る。

「あのこと」というのは、先にも述べたように、会沢の妻恵子と自分との関係のことである（そのことを会沢は知っているはずがないのだが）。前田永造と恵子は旅館やホテルだけではなく恵子の（つまり会沢の）自宅でもよく関係を持った。ある時、突然会沢が帰宅し、恵子が会沢を風呂場に誘導している間に、余裕を持って永造がその家をあとにしていったことがある（第30章）。風呂から聞こえてくる水のひびく音を耳にしつつ、永造は、恵子に向って、「ひょっとして、会沢さんは知っているのじゃないだろうか」などという言葉も口にするのだが。

永造は廊下でぐずぐずしていた。恵子が隠しておいた場所から靴を取り出して裏口の土間に置いたとき、そこにさっき脱ぎすてたばかりの、彼より総体に見て一まわり大きい靴があった。その靴をもっとわきへのけて永造のを据えた。

古風なワルツの音が別のワルツの音に変わり、第62章は終わる。

そして第63章は、こう始まる。

不意に騒がしい音楽がきこえ出した。部屋の隅のところにバンドがいると見える。永造は置いてきぼりを食うのをおそれるように、既にみんなが前の人影の肩に両手をつかまって踊っているのに加わった。

「私は医者ですよ」

と前の男がふりむいて話しかけた。

「久しぶりですね、前田さん。すっかり御無沙汰しています」

その男はガンで亡くなった永造の先妻陽子の最期を看取った医者だった。二人の間にはかつて、陽子の死をめぐって、ちょっと気まずい出来事があったようだ。

ダンスを踊りながら、二人は、さらに、様ざまな会話を交して行く（この章は、二人のやり取りだけで進行し、何の変容も行なわれないから、それまでの章に比べて読み進めるのが楽である。しかし意味がたどりやすいかというとそうでもない。二人の会話の向こうにある事実を透視しなければならない）。前田永造に向って医者は、例えば、永造のおかげで息子が志望校に合格出来たことや、前田の妻陽子が入院中に前田が世話になった「看護婦が夜の生活までいっしょにしてくれるような錯覚に陥りますからね。しかし、前田さんの場合は、錯覚じゃなくて、どうもあなたは好かれていたらしいな」などという話をする。

## 10

気がつくと今回で連載第十回である。

ということは、私はすでに、『別れる理由』について、四百字詰め原稿用紙で三百枚近くの原稿を書いていることになる（毎回約三十枚で、第一回目だけはその倍ぐらいの分量があったから）。

最初の予定では、それぐらいの枚数があれば、完結のめどが立っているはずだった。

『別れる理由』を、とりあえず、一度通読（それは走り読みに近い通読ではあったが）した私は、この作品が、大きく分けて、三つのパートで構成されていると考えた。

まず第一部は第1章から第58章まで。それはすでに見たような、時に時制の目まぐるしい転換はあるものの、基本的に、普通の小説言語で物語が進んで行く。

第二部は、前田永造の「夢くさい」世界が始まる第59章から、登場人物が様ざまに「変容」して、ギリシア古典劇を思わせるコロス（合唱団）が登場し（第75章）、永造が「馬」（ガリバーの「馬」からさらにはアキレスの「馬」）に変容する第94章（単行本版で言えば第Ⅱ巻の四百十二頁）を経て、そのエピソードが終了する第116章（第Ⅲ巻百三十五頁）まで。

そして第三部は、それ以降、終り（第150章）までの、前田永造のもとに作者である小島信夫や彼の知り合いである実在の文学者たち（藤枝静男や柄谷行人や大庭みな子や『『月山』の作者」たち）が登場するメタフィクショナルな部分（『別れる理由』といえば、一般に、この部分のイメージを思い出す人が多い）である。

単純に百枚ずつなら、三掛ける百の三百枚で完結する。しかし最初はエンジンをあたためるのに時間がかかるから、第一部は百五十枚ぐらい必要だろう。それでも、三百枚あれば、最後の第三部に進めていたはずである。

それなのに今だに第二部の途中、ようやく第63章が終った所である。

実は私は、私としては珍らしいことであるが、今回ここまで原稿用紙を六〜七枚無駄にした。少し書いては書き直し、それでも自分の意に満たず、結局、また最初から書き始めている。

つまり、私は、今、この連載を書きあぐんでいる。

それは私の単なる怠惰や構想力の欠如によるものではない。

もっと本質的なものである。

先にも書いたように、この連載の一回の分量は三十枚である。毎回そのことを自覚しながら書き始める。だから、いつの間にか、その枚数を意識しながら、毎回の構想（もちろん、時には出たとこ勝負でありながら）を考える。

しかしこれはどこか不自然な行為ではないだろうか。特に、表現対象がはっきりしている批評文の場合。

小説の場合だったら、かまわないかもしれない（もちろんこれは小説をおとしめた言い方ではない。批評と小説という表現ジャンルの違いの中で本質的に生まれてくる問題である）。

例えば、毎月の文芸誌に三十枚の連載小説（まさに『群像』に連載中の「別れる理由」がそうだった）を書いている作家がいるとしよう。締め切りの直前まで書くべき内容が思い浮かばない。ただ三十枚という枚数だけが決まっている。

そして彼（彼女）は書き始める。すると、本来的な作家なら、あるイメージをつかんだだけで、言葉が言葉をつむぎ出し、きちんと三十枚という器を、完成された言葉で満たすことが出来るだろう（もちろん、批評文の場合でも、言葉が言葉をつむぎ出すことはある。しかし批評は、その対象からあまりに飛躍することは出来ない。しかも私は、例えば小林秀雄のように、「対象をダシに己れを語る」タイプの批評家ではない）。

他ならぬ『別れる理由』だって、もちろんすでに何度か述べたように綿密な構想に基づいた作品ではあるが、時にそのような瞬発力によって一回分の分量が満たされたと思われる回がある。

だが、繰り返しになるが、批評の場合はそうは行かない。枚数通りにきちんと合わせることは難しい（今までその枚数をちゃんと合わせてきたのは、私の、一種の職人気質と貧乏性のせいである）。

枚数通りに書けないというのは、構想力の欠如によってではない。

その逆の場合もある。

例えば今回、私は、『別れる理由』の第64章から、コロスが登場する第75章までについて触れようと思っている。その部分はすでに三度ぐらい目を通しているが、今回また改めて再読した。

そして私は悩んでしまったのである。

つまり、この部分について三十枚もの文章が書けるかどうか。

つまらなかったわけではない。

相変らず、いやそれまでにも増して、面白く読めた。

しかし、私は、この部分について言うべき言葉を特別に持たないのである。というよりも、私は、この部分についてあてはまる言葉を、前回そして前々回すでに述べた。だから、その繰り返しになってしまう。

正確に言えば、一ヵ所だけ、強く指摘しておきたいポイントがある。けれどその一ヵ所だけでは三十枚分は埋まらない。

ということで、何枚で終わってしまうかわからないが、取り取えず始めて見る。

言うべき言葉を持たないということは、要するに、この第64章から第75章までは、『別れる理由』の中で、きわめてわかりやすく（少なくとも今までこの私の連載評論を読んできた読者には）展開して行くのだ。

前回述べたように、第63章の終わりで、前田永造は、（乱交）パーティー会場で、ある医者（どうやら彼は永造の前妻陽子の最期を看取った医者であるらしい）とダンスを踊りながら、スキをついて彼のポケットから「白い粉」を、すなわち「ホレ薬」を盗み取る。

そして第64章は、

もうしめたものだ。白い粉もせしめた。あいつのポケットから盗んだことの悩みと後悔も、とにかくコントロールすることが出来た。それにここに現われた司会者が……永造は廻れ右をした。この司会者がほかならぬ、さっきまでの医者であったのだ。

という永造の内省で始まり、基本的に、パーティー会場での永造とその司会者のやり取りで展開する（その途中で例の道化役たる「パペット会沢」が再び乱入する）。

続く第65章は、「さっきからパペットが暴れまわっているので、取りおさえるのに司会者はじめ、みんなが（誰だろう）大わらわである」というのがその書き出しであるように、パーティー会場の主役は「パペット会沢」に握られ、彼の言葉と共に会場内の様ざまな人びとの声がポリフォニックに聞こえてくる。

物語が少し動くのは第66章からである。いきなり永造が女形になっている。

つまりこの章は、このように始まる。

女形に扮した永造がシナを作って舞台（?）に駈けのぼった。そのとき三段ある階段の二つめで躓いた。もう一度舞台の上で躓き、ふりむいてコケティッシュに笑った。どうしてもそうしたくて仕方がなかった。

前回そして前々回に指摘したように、第59章以降の、前田永造の「夢くさい世界」のその「夢」は、江藤淳が『自由と禁忌』で指摘している夏目漱石の『夢十夜』ではなく、シェイクスピアの『真夏の夜の夢』と比較されるべきものであるが、その類似性がいよいよここで明らかになる。

つまり永造は、ここで、ただの女形ではなく、もちろん『真夏の夜の夢』のタイターニアに「変容」したのである。ロバに「変容」したのは観客の一人だ（あえて、『別れる理由』の中で固有名を背負った男の誰でもない）。

豆の花、蜘蛛の巣、蛾の精がうたいながらロバに近よった。ロバが長々と、やり切れない声をはりあげていなないた。タイターニアの女形になった永造は眼をつぶって横になり、じっとうかがっていた。クスリのききめはどうかな。

タイターニアとロバとの行為を眺めながら、妖精たちが「一人々々歌い、残りのものが合の手を入れ」、その妖精たちの声によって場面が語られて行く。そしてその声はやがて合唱へと変って行く（この合唱が、第75章以降の、本格的な、すなわちギリシア古典劇的な合唱の伏線となっている）。

ここで見逃してならないのは、この合唱が、時にきわめてシリアスなことを口にしていることだ。

「もう悲劇というものはないのだ」（第54章）と永造が内省していたように、この『別れる理由』では、死や性という人生の重要事が、そのままストレートにシリアスに語られることはない。どこか戯画化されている。江藤淳にフォニーと批判されようとも、この『別れる理由』が作品化されて行った一九六〇年代終わり、そして七〇年代、八〇年代初めに、そのようなシリアスで青くさい言葉を直接、作品中の具体的な登場人物の口から語らせてしまったらちょっと浮いてしまっただろう。

しかし、コロス（合唱）ならそれが出来る。そしてそういうコロスの声として聞こえてくるシリアスな言葉は、小説中の人物が口にした場合よりもかえって重みが増す。

例えば、こういう合唱。

さめろ、さめろ、さめろ、

さめるのが運命であるならば。

「私はこのまま。私は、私の妻ではない」

男が女を夢みる。

女が男を夢みる。

それはなるほど甘美なもの。

これほど都合のいいことはない。

何故なら、これなら破れることはない。

これなら、十分に充たされる。

だが、それは許されぬ。女になった男は、

女であることには堪えられぬ。

男になった女は女に呼びかけられる。

人は相手になり切れるものではない。

変身は一時のものだ。それでなければ、

死ぬのだ、元へ戻る前に。
化粧をし、飾り立てた女も、
風呂へ入るときとベッドに入るときと死ぬときは、
この世に来たときのように、
裸になるのだから。

実際この合唱の声によって、タイターニアと性交の形の四十八手をすべてためそうとしていたロバは、「三十五手まできて」気持ちをそがれてしまう（この「三十五手」という数はまたあとで別の場面で繰り返されることになるだろう）。

そして、タイターニアに「変容」した永造とロバがこのような行為をおこなっている時、いつの間にか二人は虫へとさらに「変容」している（第67章）。しかもそれをパーティー会場の人が観察している。

「人間に似た虫とロバに似た虫とも見えるな」
「いったい、この虫けらがだよ、不敵にも性生活を行っているとしてだよ」
と、一人がのぞきこんでいる。ほかの者もマネをしてのぞきこんでいる。
「新種のようだね」

「それほどのことはない」

このあたりの転換は目まぐるしいが、その目まぐるしさは、ここまで『別れる理由』にきちんと付き合ってきた読者なら、それほど異和感を覚えないだろう。

こういうシュールな転換よりも、むしろこのあとの、すなわち第67章後半の（単行本版で言えば第Ⅱ巻の二百七頁からの）リアルな場面切り換えの方が、読者の意表をつくだろう。

虫に「変容」したタイターニア・永造を眺めながら、人びとは、こんな会話を交わす。

「何だ、こいつ！　この女」と指さした。

「階段にのぼるとき、ひょっとしたら躓いたんじゃないか。そうだ、そんな気がする。それがおかしい。躓くなんて、只事ではない。よく芝居で観客の眼をひきつけるために、最初に先ず躓いてみせる喜劇役者がいるが、この女、たしかに躓いた。そう書いてある。自分が気がつかぬだけのことだ。躓いた階段をしらべてみよう」

「ハイ、虫眼鏡」

先に引いた第66章の冒頭に、タイターニア・永造が、階段を駈けのぼろうとした時に、

「三段ある階段の二つめで躓いた」とあったことを思い出してほしい。だから、ここでの「階段」のエピソードは当然そのことをふまえている。

そして彼らは「階段」に関する（女性と「階段」の関係についての）考察をはじめる。

「女が階段をのぼるとき！」

「ここに書いてある。フロイト氏は、性欲の満足が得られない、ということに解釈している」

「そんなこと、誰だって知っていることだ」

そのやり取りが、いつの間にか、このようにスライドして行く。

永造は悦子を追っかけて階段をのぼるとプラットフォームに出た。

悦子が階段をのぼるとき、一段々々と裏側を見せて、脚は動く度にいった。

「どうして、まわりの女の手前を気にした」

「意気地なし！」

「どうして私を連れて行かない」

悦子というのは、あのワシントンの内妻である悦子である。つまりここで時制が第49章の頃に戻る。

すでに紹介したように、あの章では、女性向けの講演を終えた永造が、その講演を見に来ていた悦子と共に会場をあとにして行く様子が描かれる。そして、永造は、悦子と関係を持ちたいと心の中で思っているのだが、うまく踏み出すことが出来ず、結局、何事もなく別れる（だから、そのあとでワシントンとボウリングを一緒に行なった時、ワシントンが口にするストライクだとかスペアだとかいったボウリング用語がとてもセクシュアルなものに聞こえ、ワシントンと悦子の関係に嫉妬する）。

ところで、今私は、ここで時制が第49章の頃に戻ると述べた。

しかしそれは、ただ戻るのではなく、リセットされている。新たな記憶にリセットされている。

つまり、ここで（すなわち第67章の終わりから第68章、69章にかけて）、永造は、当初の念願通り、悦子と関係を持つことになる。

第67章の最後の部分を引いておこう。

「しかもぼくはロバのように逞しい。にも拘らず、あなたの立場になってよくサービスし、しかも只のサービスだけではなく、自分も楽しみます、いや、自分が楽しむことであなたを楽しませます。理想の世界です。

悦子さん、大丈夫？　やがて三十五手めです。四十手めです。いずれ、さあ、というときにオーソドックスに戻ります。任せておいて下さい」

じゃまになる声がきこえて、どうもうまく行かなくなった。さっきから、

「パペットは、前田永造です、前田永造です！」

「ヘナヘナ永造です！」

という声がしていた。

指摘するまでもなく、先にタイターニアとなってロバから三十五手をためされていた永造は、ここで、他ならぬその「ロバ」のように逞しくなって、悦子を相手に三十五手をためし、さらに四十手を数えた時に、「じゃまになる声」がきこえてくる。

しかし、そのあと、「いそいでホレグスリを一服」のんだので、第68章、69章でも、悦子とのベッド（連れ込み旅館の蒲団）での場面が続く。永造は、性や男と女に関する止むことない饒舌を口にし、しばしば悦子から、「黙ってて」と言われながら。

例えば、

「……ほんとの楽しみというものは、自分が生きているのか、これでいいのか、これで

生きているアカシがたつのか、ということを納得することなのだ。楽しみなんてものは、ほんとはどうでも宜しいのだ。楽しいからこういうことをする？　ほんとにそうかね？　いや、あなたはそんな気でいると、幸福なんてものからは縁遠い人間になってしまう……」

であるとか、

「……何といわれようと、ぼくはほかのことでは手を抜くことは度々あるが、人間の心理のことと、それからこの行為については完全主義者であるし、それを誇りにもしている……」

といった饒舌を。

そして、見逃して（いや聞き逃して）ならないのは、「彼女と自分の身体との中間に自分がいた。時々それが意地悪をしかけてきた」（傍点は原文）という永造の内省と、この言い間違えである。

「……つまり、その、いさかいにも色々あるのでね。早い話がロバート君に——いやワシントンさんに、ミスター・マエダに冷えているところを暖めて貰ったということが判れば、これはいさかいが起きずにはすまない。こういうときには、男というものは、じっと考えこむものですよ」

永造は、悦子の夫ワシントンのことをロバートと言い間違える。単純な音の響きとして「ロバート」は「ロバ」を思い起させる。つまり、『真夏の夜の夢』に登場する性（男性性）の象徴であり、タイターニアと「不倫」関係を持つ「ロバ」と（他ならぬ永造自身、ここで悦子相手に「ロバ」の役割を演じているわけだが）。そして、この「ロバート」という言い間違えには、さらにもう一つ、よりリアリスティックな意味が込められている。

悦子との関係の回想（記憶のリセット）をきっかけに、『別れる理由』は、このあと、第70章以降、過去の出来事が、それ以前の章に比べればスタティックな筆致で描かれて行く。

第70章の場面は、どこかの「治療所の待合室」で、その部屋を中心に、永造をはじめとする待合人たちが、ガンにきく玄米食を話題に会話を交わし、第71章では、その話題の途中で、ふと目にした少女の「短靴」をきっかけに、永造は、アメリカ留学の頃のことを思い出し、第72章は、その時に、日本に残した先妻陽子から留学中の永造のもとに届いた手紙が（永造の解説入りで）紹介され、さらに陽子との夫婦生活が回想される。

続く第73章は、また、このように転換する。

「前田さん、いらっしゃい」

小柄な漢方医の笹山は、一目で永造を頭のてっぺんから爪先きまで見た。

「今日は前田さんに、体験談をお願いするのをみんな楽しみにしています」

「おそれいりました」

身体のかしいでいるのを見たな、と永造は思った。

会場も聴衆も、そして時制も明らかではないが、どうやら永造は、笹山という漢方医の依頼で講演を行なおうとしているらしい。

そして、ここまで『別れる理由』に付き合って来た読者なら、それが普通の講演でないことがわかるはずだ。

実際、この章の終わりの方で、永造は、聴衆に向って、「伊丹さん、会沢さん、ぼくの仲間の皆さん」と口にし、第74章の開始と共に「会沢パペット」が乱入する。

例によって「会沢パペット」はお道化《どけ》たことを次々口にするのだが、聞き逃してならないのは、こういうやり取りである。

「あたしと前田さんとは一心同体。マラ兄弟」

「なあるほど」

「ボッブさんはどこ？　あなたのマラ兄弟」

「ハアーイ、ココ、ボッブはここよ」

　と声がきこえる。

「みんな兄弟！　みんな仲間！」

　と永造は声をあげる。

　すでに何度も述べたように、ボッブというのは、永造の今は亡き先妻陽子の不倫相手だったアメリカ人青年の名前である。だから、永造の「マラ兄弟」であり、永造はまた会沢の妻恵子と関係を持っていたから、「みんな兄弟！」と声をあげたわけである。

ところで、ボッブというのは、名前といっても愛称であって、正式名ではない。

第75章は、このように始まる。

「わたし、アメリカ人の Robert です」

　という声がした。パペットがしゃべっているようにきこえた。しかしそれは、永造が自分に足払いをかけたに違いない、パペット会沢を追いかけて蹴たおしてやろうといきり立っていたからだ。

わたしは日本人とアメリカ人の中間のような感じで、辿々しいような、そうでないようなところがあった。「ロバート」ははっきり普通の日本人では出来ないアメリカ人そのものの発音である。

「愛称ボッブです」

ここで、先の悦子との寝床で口にした永造の言い間違えの強い意味がいよいよ明らかになる。

『真夏の夜の夢』の「ロバ」を連想させる「ロバート」の愛称は「ボッブ」であり、その「ボッブ」は、まさに『真夏の夜の夢』よろしく、タイターニア・陽子と関係を結んだ。しかし永造はそれを一方的に断罪しない。だからこそ彼は、時にタイターニアに「変容」し、自らも「ロバ」と関係を結ぼうとした。

ここまでで原稿用紙二十四枚分だが、きりが良いので、約束通り、今回は、ここで筆を終える。

## 11

そうやって第75章まで来たわけであるが（『別れる理由』は全150章だから、ここまでで全体のちょうど半分である）、前回も述べたように、このあと第94章から話の構成が大きく転換するから、第75章〜第93章で一つのフォーマットを持っている。

今回はその部分について触れることにしたい。

しかしそれがなかなか厄介な作業なのである。

厄介といっても、それは、読解が難しいということではない。

ここまで『別れる理由』に附き合ってこられた読者なら、第75章以下の章も、さほど苦労なく読み進めることが出来るだろう（もちろん、その苦労は程度問題なのだが）。

しかし、苦労なく読み進めながら、その瞬間瞬間の文脈的な意味を読み取って行くと、その文脈的な意味が、この『別れる理由』という大長篇の全体構造の中で、どのような位置にあるのかちょっと分らなくなって来る。すでに描いた世界の繰り返しにも思えたりする。

それは、すでに紹介した部分の場合にもあてはまるのだが、この第75章以下は、特に第

82章以下は、その感を強く持たせる。はっきり言って、『別れる理由』のこのあたりの部分は、作者が疲弊している感じがする。物語的には方向を見失っている気もする。しかし、その疲弊感や方向の見失い方が、実はまったく無意味ではなく、いかにも小島信夫ならではの凄みがあり、実際、この折り返し点（？）があるからこそ、後半部の、読みごたえにあふれたメタフィクショナルな展開が生まれるのであるが。

いずれにせよ、とりあえず、小説の流れに即して見て行こう。

前回の終りで述べたように、第75章は、かつて前田永造の先妻陽子と不倫関係にあったアメリカ人の青年ロバート（愛称ボッブ）が永造の講演会（漢方医笹山の依頼による講演会で、それはまたその前から続く乱交パーティーの場でもあるらしい）に現われた所から始まる。

「わたし、ここにいる、わけあります。その前に皆さん、シェーク・ハンドします、笹山さん、叱らないで下さい。私のこわい人。センセイです、ハイ」

永造はボッブがいることはここへ来たときから知っていた。

「前田さん、コンニチハです。シェーク・ハンド」

「久しぶりです」

「ヤア、前田サン、オヒサシブリ」

　とオをつけて手をつよく握りあった。それからどちらともなく肩を抱き合った。

　そして永造とボッブ、笹山、さらにはパペットが会話を重ねて行く。しばらくすると、ボッブの表情が変り、「ワタシイマ、トテモ肩こりはじめました。憎んだり怒ったりすると、タチマチネ。……」という彼の台詞に対して、「肩もみの名人」を自称する永造が、彼の肩をもんであげようと言った。

　永造は笑いながらほんとうにボッブに近づいた。そしてその肩をもみはじめた。逆ではないか、自分がもまれるのが本当ではないか、と思ったが……えーいかまうものか。するとその手をはねのけて、

「ドウイタシマシテ。ボクヤリマス」

　とボッブが永造の後へまわって、永造の肩に手をのせた。笹山の声がする。

　永造はボッブの肩のもみぐあいを点検した。そしてほどほどであるので、彼は陽子のこと、したがって自分とのことについて、ひょっとしたら、ほんとにゼロというぐあいにまったくなし、最初から何もなかった。あったにしても、ただ風が埃を吹きあげただけ、いや、それさえもなかった、あそこの家に世話になった。ベッドに寝たかな?

それもどうだか、といったぐあいに忘れてしまっているのではないか、と思った。彼が自分とシェーク・ハンドをしたのも、ただ文字通り久闊を叙するためのことに過ぎないのだったかもしれない。永造は一つの衝動をかんじた。

さらに永造とボッブと笹山の会話が続き、その内、「女たち」の合唱の声が聞こえはじめ(この合唱の声は、このあと、さらに「女形の永造」や「男」や「若い女」らの声が加わり、第79章まで、重要な狂言廻しとなる)、第75章が終わる。

例えば、

東西、東西、教訓劇のはじまり、
男を病気にするのは女のせいだ、といわんばかり
平均寿命が短いからといって
私たちのせいだといわんばかり、それや
戦争はきらいさ、女ですもの、だけど
戦争がなくなってから、わが国の男たちは
いったい男かしら、子供もうめないし
戦争はせず、日曜日や夜はテレビを見て

ゴロゴロしている。

という「女たち」の合唱と共に。

江藤淳は、『自由と禁忌』で、この合唱を引いたのち、こう書いていた。

と女たちの合唱が歌うとき、この歌は、またしても「夢くさい」世界を発生させたアメリカの存在を暗示している。

かくして、小説が死にかけたとき、作者は歌に活路を求めた。永造がアキレウスの愛馬クサントスに変身するのも、別段異った理由のためではない。

そして江藤淳はこのあとその「アキレスの馬」について分析して行くのだが、私がこの江藤淳の文章を引いたのは、「アメリカの存在を暗示している」といういかにも江藤淳らしい、しかしちょっとありきたりな一節を紹介するためではなく、ここで江藤淳の『別れる理由』論が一気に、「アキレスの馬」が登場する章に、すなわち第75章から第92章に、飛んでしまうことを指摘しておきたかったのである。

「別れる理由」の第75章が『群像』に載ったのは一九七四年十二月号（それは花田清輝の追悼号だった）、そして第92章が載ったのは七六年五月号（村上龍が「限りなく透明に近いブルー」で群像新人賞を受賞する一号前）のことである。

たぶん『別れる理由』に関してもっとも紙幅をついやした論考は江藤淳の『自由と禁忌』である。そして江藤淳はインタビュー集『離脱と回帰と』（日本文芸社一九八九年）の中で、「あれは野間賞をとったんだけれど、まともに読んでいる人はほとんどいないかのように、私には見うけられたから、これは意地になって全部読んでやろうと思って、一行残らず読んだ」であるとか、「僕はあれを読み通したことがある、おそらくあまり多くない読者の一人ですからね」であるとか、語っていた。その江藤淳が、『別れる理由』の第76章（一九七五年一月号）から第91章（一九七六年四月号）に至る部分はまったく無視してしまった。

『別れる理由』のこの部分が『群像』に載った頃、江藤淳は、「毎日新聞」で文芸時評を担当していた（彼は一九七八年いっぱいでその職を辞すことになるから、その最後の頃といえる）。

前にも述べたように『自由と禁忌』で江藤淳は、こう書いている。

私の「文芸時評」は、『別れる理由』の第十六章が「群像」に掲載された月からはじまり、その第百二十三章が載った月に終ったということになる。

このような次第で、時評がはじまったときにはすでに連載中であり、時評を終えたときにもまだつづいていたために、私は当然この長大な小説の熱心な読者ではなかった。
時評家というものは、原則として全篇が完結し、そのコピーがドサリと掲載誌の編集部から送られて来るまでは、連載小説を読まない。ときどき覗いて見ることはあっても、毎月発表されるおびただしい数の小説（と限ったことはない）を前にして応接に暇《いとま》がないために、連載小説に関しては、終ったときにまとめて読むという便法を講ぜざるを得ないのである。

これは当り前と言えば当り前のことであるが、このような職業のルーティン化は不幸なことである。小説がリアルタイムで批評されて行かないことは（特に『別れる理由』のようなとてつもなく長い時間の中で生成されていった作品の場合。しかも、この作品は、たしか小島信夫の回想によれば、単行本化に当って、殆ど手直し、いやそれどころか、読み直しされることがなかったはずだ）。

作品と批評とのリアルタイムでの出会いがないことは、作家にとってだけではなく、実は、批評家にとっても、孤独だ。

何度も書くように『別れる理由』の第75章が『群像』に載ったのは一九七四年十二月号であるが、例えば、江藤淳は、一九七五年二月の文芸時評で、平野謙をはじめとする、臼井吉見、中村光夫、大岡昇平ら、当時の「還暦作家」たちの大攻勢を話題にし、換言すれば、還暦作家攻勢とは、齢還暦を超えたこれらの文学者たちが、なぜかこの時期になっておこないはじめた「青春」返りのことである。

と述べたのち、さらに、こう言う。

これは、ひょっとすると老いそのものの反映なのかも知れない。つまり、六十代という年齢は、現代ではこういう自己表現をおこなうものなのかも知れない。

小島信夫は大正四（一九一五）年二月二十八日生まれであるから、まさに彼もこの時還暦作家の仲間入りしたはずである。

江藤淳の言葉の続きを追って見よう。

そう思って眺めると、昨年から今年にかけてその存在を目立たせた還暦文学者が、どれも批評家か批評家的小説家であるのも、なかなか面白いことのように思われる。これらの人々には、なんらかのかたちで語るに足る「青春」がある。だが、今日の中年文学者が還暦に達したとき、果たして彼らに語るに足る「青春」があるだろうか？

「青春」どころではなく、すでに彼らは少年期の想い出以外に語るべきものを見出しにくくなっているではないか。あたかも敗戦と同時に、中年作家たちの内部の時間は停止してしまったかのようだ。歴史は、六十代の文学者より四十代の文学者に対して、一層苛酷な鎌をふるい、またふるいつつあるようにも思えて来る。

いま振り返ると、これは、江藤淳が、「四十代」文学者としての己れの内面を語った言葉として興味深いが、小島信夫に即してこの言葉を読み解けば、小島信夫はまさに「批評家的小説家」の代表であった。だからこそ彼は、『別れる理由』のようなきわめて批評性に満ちた小説をその頃書きついでいった。しかも、他の六十代作家たちとは違って、まるで四十代作家のように、彼の「内部の時間は停止してしまったかのよう」である。つまり、彼に対して、歴史は、「苛酷な鎌をふるる」う。その苛酷な現実を描いた大作が『別れる理由』である。

だから時に『別れる理由』が退屈に思えても、その退屈のリアリティを否定することは出来ない。そしてもし仮に江藤淳が『別れる理由』をリアルタイムで読みついでいったのなら、その種の文学的感受性に優れた彼は、この作品の真価をもっと正しく評価出来たに違いない。

ためしに、『自由と禁忌』で江藤淳が飛ばしてしまった第76章（一九七五年一月号）から第91章（一九七六年四月号）に至るまでを、江藤淳の文芸時評中の言葉と比較しながら、読み進めてみよう。
第76章は「女たちの合唱」に対する永造の独白が描かれ、続く第77～79章は、殆ど合唱の声（その声は様ざまである）だけで構成される。先にも述べたように、この部分は、小説のほぼ折り返し地点に当り、（そのことを作者がどこまで自覚していたかはわからないものの）これらの合唱は、そこまで続いてきたカーニバレスクでかなり破天荒な作品構成をいったん沈静化させる効果をあげている（もっとも、初出誌でいきなりこれらの章に出会った読者は面くらっただろうけれど）。事実、第80章で、文章は、リアリスティックなものに戻る（もちろん、相変らず、「夢くさい」世界であることに変りはないのであるが）。

永造が、ソファーの上に横になっていると、廊下を近づいてくる足音がした。もし永造の研究室に入ってくるにしても、現実にノックの音をきいてから身体を起してもよい。休みでもないのに授業や会の合間に寝ていたということが分ったとしても、気にすることはない。だが廊下で笑い声がしたとき、またあれかと思った。はじめ、永造はそれが、腹立たしくて、やるせない気持にさせるところの、陽子の笑い声だと思った。似ているが、第一声の最初の一節のところのことで、ここに陽子がいるわけはない。何故かというと、これは、ほかでもない、学校だからだ。

笑い声の主は同僚の教師だった。

永造とその教師は、この小説中の約束事であるかのように、女性論（夫婦論）や現代女子大生気質（特に性に対する彼女らの意識）について語り合って行く。第81章も同様である。何やらまたエロティックなシーンが登場する感じがする。

そして第82章はこう始まる。


「何をいいだすのだろう」

と永造は、女の手や、その手のおかれている股のあたりにチラと視線を送ったあとそう考える。永造はワラビ狩りをしている子供たちの姿が見える丘の手前の公園のベンチに、女教師の野上と腰をかけている。


またもやワラビ狩りの丘が登場する（実はこの「丘」がトルストイの『戦争と平和』の映画に出てくる「ポロジノの戦闘のはじまる前の場面」の特別な「丘」のイメージと重なるものであることは、批評家的な作家小島信夫によって、第118章——単行本版の第Ⅲ巻の途中——で初めて明される）。

「女教師の野上」というのは、前田永造の現在の妻京子が別れた夫の元に残した一人息子康彦の小学校の担任である。彼女が登場するのは第24章（一九七〇年九月号）以来のことであり、その章で、くり返しになるがすでにこういう一節が描かれていた。

彼女が年齢の割には長くて細くなり方も自然で、十人に一人もそういう脚の持主はいないと思っていた。この女を誘惑する気があれば、出来るかもしれない。身体の中にそういう衝動が起きているのに驚いた。これは健康になったせいだ。身体の中で汚れた血の中にきれいな血が活躍している有様が浮んできた。誘惑の気持をこのまま維持しておいた方が身体のために一層いいし、場合によっては……永造はめんどくさいのも承知で、直接眼の前の彼女とは関係なく、その段取りのことも考えそうになった。

その永造の思いが、ワラビ狩りの丘の手前の公園のベンチで現実のものとなりつつある（傍点は原文）。

「この女教師は何をいいだすのだろう」

と永造は考えている。女教師の教師という言葉に特別の意味をもたせたいと彼は思う。そういうふうに思う力のあるのは、自分くらいのものだ。何が起るかということも何といっても、自分だから気がついているのである。それなら何を気がついているということになれば、それはどうでもいい。何も口に出していわなくともいいのだ。

そして永造は、このあと、会沢恵子や、ワシントンの内妻悦子に続いて、この女教師野上とも関係を持つ。

江藤淳は一九七五年四月の文芸時評でこう書いた（傍点は引用者）。

私は、昨年来、必要があってアメリカ人の若い研究者と二人で、有島武郎の『或る女』を精読しつづけているが、この小説を開くたびに感じられるのは、作家にとって小説というものが持っている意味が、有島と現代作家とではいかに変質してしまったか、ということである。一人の女の内面を、力を尽くして描き切り、そこに現れる人間の新しい姿を見ずにはやまない、というような意欲は、絶えて感じられることがない。

野上や恵子や悦子と関係を持ちながら、永造は、彼女たちの「内面」を深く知ることが出来ない。いやそれどころか、彼は、亡き妻陽子や今の妻京子の「内面」も良く知ることが出来ない。

ただし、知ることが出来ないとは言うものの、永造は、それを知ろうとする努力は怠たらない。時には女性へと「変容」したりしながら。
しかも彼は常に、女性に関する内省を、特に彼女たちと肉体的な関係を持っている時に、行なっている。
例えば、このような内省を（傍点は原文）。

よく考えてみると、ほんとうはやりどくだと思っている人は一人もいやしない。やりどくだと思っているのは、そもそもトクだと思っているのは、みんながしないことをしているという秘密の喜びがあるからだが、その喜びは今もいう通り人にいえないようなことを自分たちだけでしているから喜びなのである。そういうものは喜びではすまされないのである。すまされるのとすませるのと、たしかに入りまじって人間の歴史は語られてきた。シェークスピアの中にも二つある。すなわち簡単にいうと悲劇と喜劇とである。あるいは聖書とデカメロンである。人間はいつも道徳的であるわけではないし、道徳は笑われるべきところが必ずつきものである。だが、道徳をなめるわけには行かない。

これは第85章、すなわち『群像』一九七五年十月号に載った言葉であるが、永造のこういう内省は、同じく一九七五年十月の江藤淳の文芸時評中の、

〝反戦〟の歌、〝平和〟の歌、〝原爆反対〟の歌。これら〝時代の歌〟の特徴は、それが〝正しい〟という点にある。しかし、これらの〝正しい〟歌が時代を制圧したとき、文学は滅びる。なぜなら、人が決してつねに正しくはあり得ぬかぎり、つねに〝正しく〟あり得るような立場をとることはかならずなにがしかの偽善を含まざるを得ないからである。

という倫理観と重なり合うのではないか。
そして重なるといえば、『別れる理由』の第90章（一九七六年三月号）に見られる、

ぼくのいうのは、手応えのことなんです。生きている手応えといってもいい。その手応えにもう一つ足りないのだ。伊丹さんのところに康彦くんがいて、その康彦くんがぼくの家の中の京子を遥かに思い描いてうろついているということが、ぼくにとっては、京子に対して、もう一つ手応えを感じられないのだ。それではぼくが落ちつかない。

という言葉と、一九七六年五月の江藤淳の文芸時評の中の、

作家はいかようにも人倫の崩壊を描いてもよい。しかし、人倫の崩壊を哀しむ心情を喪った心から、詩がわき出るはずはない。

という一節とも。

『自由と禁忌』で江藤淳は、そういう「心情」の希薄を理由に『別れる理由』を批判した。

しかし、江藤淳が『自由と禁忌』で飛ばしてしまった第76章から第91章の中にも、最初に私も述べたように物語的にはこのあたりはちょっとダレが感じられるけれど、そういう「心情」が、さり気ない形で、だが確かに描き込まれているのである。

## 12

第75章から時おり合唱の声が聞こえはじめ、第82章から小学校教師（前田永造の今の妻京子が別れた夫の元に残した一人息子康彦の担任）である野上と永造は関係を持っているのだが、野上とそういう性行為を続けている第92章で、それまでしばらくやんでいた合唱の声がまた聞こえてくる。つまり、それまでしばらくリアリスティックに進んでいた物語が、ここで再び、無時間的に、非空間的に、さらには多人称的に飛躍（増殖）しはじめる。

合唱の前に、まず、「そこでアキレスの馬は涙を流した」という声が聞こえ、その声に対して、永造が、「しかし、アキレスの馬が泣いたということのほんとの意味はだね」と答えたのち、こういう合唱が続く。

何故たわいもないことが、たわいもあり、
たわいもあることが、たわいもないか。

何故あることがないことであり、
ないことが、あることとなのか。

何故アキレスの馬が、ほかの馬であってはならぬか、
馬は馬である以上、
アキレスの馬の馬と同じであるか、
なぜ永造さんは泣くか。

永造は馬か、
馬でないか。
いつ馬として泣き、
いつ馬としてあえぐか。

ナゾナゾはすべて、
最初にナゾを思いついたものにこそ
意味があり、
あとはくりかえしに過ぎず、何も

分っちゃいない、人形同然。

つまり、答えは、常に問いの中にこそ。

この合唱の中で特に重要なのは、「永造は馬か、馬でないか」という一節である。

そして、永造は、野上との性交を行ないながらこの合唱を聞きつつ、こういう内省を(さらには会話を)、自分自身と、そして野上と、交わす。

いったい会沢なんて、自分が何をされたか、相手が何を考えているのか、ほんとに考えたことがあるのかね。伊丹だってそうだ。自分に代って考えてもらっている。もらい放しじゃないか。そのくせ、難くせはつける。今が今だって。馬は前田永造のことだとか、永造の家には馬がいただとか、馬は人間だとかいいかねない。あいつらには、動物はみんな同じに見えるし、人間との区別だってつかないのだから。よく男と女の区別が分るというものだ。犬小屋だけでなくて馬小屋があったとでもいうのか、ほんとに。こういう連中は、決して終りを全うすることはできないね。

永造は前の話へもどった。

「口ではいえないような、理想的な実質的な協調の状態に、ぼくたちは、入っているのですよ、野上さん」

と永造はいった。

この永造の台詞に登場する「馬小屋」という言葉を、小島信夫の読者なら、見逃してはならない。

小島信夫の芥川賞受賞作「アメリカン・スクール」(『文學界』一九五四年九月号)の直前の作品(『文藝』同年八月号掲載)に、「馬」と題する奇妙な中篇(というより少し長めの短篇)小説がある。先にも述べたようにこれは一九五四(昭和二十九)年の作品であるが、五十年後の今読み返してみても、かなり奇妙な作品である。文章や作品の構成がリアリスティックであるだけに、よけいにその奇妙さが、きわだっている。

アメリカ文学者の大津栄一郎は、「小島さんとアメリカ小説」という評論(『小島信夫をめぐる文学の現在』に収録)で、こう書いている。

『馬』は『アメリカン・スクール』の直後《ママ》の作品だが、奇妙な、おそらく作者自身にも説明のつかない作品である。

主人公の僕が勤めから帰ってみると、家の増築が始まっている。妻のトキ子の説明では、二階は彼の住む部屋だが、一階は厩舎らしい。やがて工事が進んで、現実化してくる。僕はとうとう頭に来て、棟梁と渡り合おうと屋根に登ろうとするが、電線に触れて地面に落ち、脳病院に入れられる。夕方妻が家からだれかを送り出すところを病室の窓から見るが、翌日妻に訊きただすと、あなたが病院を抜け出して帰ってきたんじゃないのと言われる。退院してみると、厩舎はできあがって、馬が来ている。妻は馬に五郎という名前をつけ、人間のようにかわいがる。僕は嫉妬にかられ、おれこそこの家の主人だということを分からせてやろうと、夜、馬を乗り回す。だが途中で池のなかにふり落され、散々な目にあう。しかし僕はなおも臆せず鞭をふるって馬を乗り回すが、やがて馬は家の前に帰ってしまい、そしてそのとき家から出て来ただれか分らぬ影を追いかけて走り去ってしまう。するとそこに妻が現われて、「私はホントはあなたを愛しているのよ。私のような女がいなければ、あなたはまともになれないの、ねえ分って？」と言う。

そのシュールリアリスティックな味わいはどこか、つげ義春や赤塚不二夫の不条理漫画を思い起させるが、五郎という馬を「人間のようにかわいがる」妻トキ子に対して、主人公の「僕」は、例えばこう思う。

この調子だと、トキ子は五郎が動物であることをよいことにして、明日あたりはベッドまでここに持ちこむのではないだろうか。そうなれば僕が階段のところで通せんぼするように頑張っていたとて何の甲斐があるものか。

僕は頭へ一時に血がのぼるような感じになり、何かどなりそうになるのだったが、僕にはどなることはどうしても出来ない。夫婦でどなり合いをする人は僕は幸福者だと思う。僕はどうしたものか、トキ子にどなりそうになる前にふっとそういう気持が逃げて行ってしまい、それを追いかけようとしても、もうつかまえることは出来ない。

ここにすでに、のちの『抱擁家族』や『別れる理由』につながって行く小島信夫の世界認識が表明されている。五郎をジョージやボッブに置き換えればそのまま『抱擁家族』や『別れる理由』になる。

普通、「ハウス」と「ホーム」は、すなわち「家」として重なり合う。「ハウス」としての「家」を作ることで、「ホーム」としての「家」が築き上げられる。

しかし小島信夫の主人公の場合はそうではない。

戦前の伝統的な「家」とは断絶した戦後日本の「家」。

小島信夫の「家《ホーム》」は常にあやうさをかかえている。そしてそのあやうさは、「家《ハウス》」を作った時に、さらに露呈する。しかもその「家《ハウス》」には、「家《ホーム》」をおかすべき異物がしばしば侵入する。『抱擁家族』の時はその異物はアメリカと特定することが出来たかもしれないが、その続篇たる『別れる理由』では、その異物は、アメリカ的ではあるものの、もっと具体性を失なっている。たしかに異物ではあるものの。

小島信夫は（その主人公は）、そういう異物の実質を、それが不可能だと知りつつも、常につかもうとしている。

それではここで再び、『別れる理由』の本文に戻ろう。

第92章でアキレスの馬が登場し、それに続く第93章から話や、その物語のディスクールがこれまで以上に混乱して行く（話を先廻りして言えば、続く第94章から、永造は、野上との性交を行いながら、突然、「ガリヴァに出てくる、あの馬の国の馬であるところの、フウイヌム」に、さらには他ならぬアキレスの馬に、変身して行ってしまう）。

このあたりから、第115章までが一つの大きなパートを占めているのだが、あとでまた述べるように、『別れる理由』という大長篇小説において、この部分、すなわち第93章から第115章までの読書、それを読み進めて行くことは、一番の難所である。いきなりこの部分のどれかの章に初めて目を通した読者は、それ以前の章から中途に参加した読者以上に、何が何だかさっぱりわからないだろう。

例えば、第93章は、こういう「声」が、二段組みの単行本版にして三頁以上も続いて行く。

**声**、永造さんは、未だにうれしがっているところ、まるで……のよう
**声**、……てなあにさ
**声**、歯をむき出しているものの話
**声**、だって永造さんは、ずっと歯をむき出しにしてるんだもの
**声**、あのときには、感きわまれば
**声**、……って何さ
**声**、女王さまを楽しませたやつさ、森の中で、真夏の暑い夜のさなかに
**声**、こんなふうに

「こんなふうに」というように、この、百五十行近い、まさに多声的《ポリフォニック》な「声」は、どうやら、永造（馬になる直前の永造）と野上の性交の描写でもあるらしい。

そして、これらの「声」が聞え終って、こういう文章が続いて行く。


永造は眠っているどころか、ずっと起きっぱなしで、野上良子にもう一つ別の体位にきりかえるように、彼の方から、自然と身体に物をいわせながら、宇宙遊泳的変換を行っていたといった。

そのためには、これまた筋肉の忍耐と努力と、それから、つまらぬことをしていると

いう徒労感をとびこえる情熱《パトス》を何と必要とするだろう。もちろん体位の変換の度に感じるだけで、その前後の動作においてもそうでないというわけではない。でも、新しい動きの度にそれを感じる。しかし救われるのは、協力ということである。

実は、この『別れる理由』の第93章が掲載された『群像』一九七六年六月号は、特別な号だった。つまりそれは新しい時代の文学の登場を告げる村上龍の「限りなく透明に近いブルー」が第十九回群像新人文学賞を受賞した号だった（しかも一方でその号は武者小路実篤の追悼号でもあった）。

そのことを『群像』創刊五十周年記念の通巻総目次（一九九六年十月号〜十二月号）で知った私は、その時代の雰囲気を体感するために、さらにもう一つ別の目的もあって、早稲田大学中央図書館の雑誌書庫に向った。

その当時、群像新人文学賞の選考委員の一人として、ちょうど小島信夫がいた。

「積極的な清潔さ」と題するその選評を、小島信夫は、こう書きはじめていた。

村上龍氏の小説「限りなく透明に近いブルー」は、読みはじめて、すぐ分ることだが、ほかのどの作品よりも清潔な感じのものだ。何となく私の耳に入った編集氏の感想によると、すごいことになるということのようだった。

「それはどういうことかね、セックスの描写のようなことかね」

というと、

「まあ、そういうことですが、それが」

と言葉を濁した。それ以上のことは別にきく気もなかった。

私はそのとき、この作品だけを残していたので、とにかくゆっくり読んでみよう、といった。

この小島信夫の選評で見逃してはいけないのは、そして今の視点で振り返るとはっとさせられるのは、こういう一節である。

委員の中で、こういう作品はアメリカの作品によくあるものではないか、という意見もあった。私はこれはやっぱり日本的なものだと思った。アメリカ作者の作品は直接間接を問わず、アメリカ風の宗教的な気配があるものだ。これにはそうしたものはない。

ところで、「編集氏」が小島信夫に口にした、「すごいことになる」というのは、例えば、「限りなく透明に近いブルー」の、こういう部分のことを指しているのだろう。

サブローは、ペニスに擦りつけるように足を折り曲げたり、開いて伸ばしたりしながら、自分はソファにもたれてほとんど仰向けになり、レイ子の体を尻を支点にして回転させ始めた。

最初の一回転でレイ子は全身を痙攣させて恐怖を訴えた。目をいっぱいに開き手を耳にあて、恐怖映画の主人公のような悲鳴をあげる。


この回転する性描写を、先に引いた『別れる理由』第93章の（つまり『群像』の同じ号に載った）、宇宙遊泳的性描写と比較してみたい。

当時にあってどちらの方が現代的であったかといえば、それはもちろん「限りなく透明に近いブルー」のそれであろう。しかし、逆にその分、つまりいたずらに現代的であった分、今となっては、その過激な描写は色あせて見える。そしてむしろ、『別れる理由』の性描写の本質性（性という行為のつかみどころのなさ）の方が明らかになっている。

この第93章の末尾で、永造は、

なぜ自分の腹の下の女——といってまず間違いはないが——この腹がよこしまにゆすぶられているのか。

という内省を行うが、『群像』の初出（一九七六年六月号）では、その文章の下に、二分の一広告が載っている。『早稲田文学』の第八次復刊記念特大号「特集　次代の書き手はどこに――」の広告である。

早稲田大学中央図書館の雑誌書庫で『群像』一九七六年六月号を読み進めていた時にこの広告を目にした私は、早速、『早稲田文学』のバックナンバーの並んでいる書棚に行き、その（第八次）復刊号、すなわち一九七六年六月号を手に取った。

すると巻頭に、「小説は変わりつつあるか」という座談会が載っていた。秋山駿を司会者に、出席者は中上健次、岡松和夫、岡田睦、高橋昌男、高橋三千綱、立松和平である。

これは目次順に書き写したのだが、中上健次がトップにすえられているのは、彼がその数ヵ月前に、「岬」で戦後生まれ初の芥川賞受賞作家となっていたからだ（同時受賞が「志賀島」の岡松和夫）。つまり中上健次は話題の新鋭だったのである。

だから彼は、この座談会で、こんな怪気炎をとばしている。

**中上**　だから、オール否定、内向の世代なんてどうでもいいんだよ。
**秋山**　ずばり、オール否定か。

**中上**　一応、からんでもいい。立松は、彼らが覆いかぶさったといっていたが、覆いかぶさったという感じじゃない。しゃらくさいよ。

つまりこの頃、日本文学の世界で、明らかに一つのパラダイムチェンジが起りつつあったのだ（中上健次が戦後生まれ初の芥川賞作家と書いたが、次の芥川賞作家が彼よりさらに六歳若い、一九五二年生まれの村上龍だった）。

その頃、私は高校三年生だったのだが、文学的に奥手だった私も、その前年つまり十七歳ぐらいの時から現代文学というものの存在を知り、時どき、学校の図書館で、『群像』や『文藝』や『新潮』や『文學界』などの文芸誌を開いてみたりした（『海』と『すばる』は私の高校の図書館には置いてなかった気がする）。

そして中上健次や村上龍の登場の新しさを知っていた（知ってはいたものの、その作品を読んでみようとは思わなかった）。

一九六八年十月号から連載の始まった『別れる理由』は、十年近く連載が続いて行く内に、新しい文学の時代に突入していった。つまり、一九六八年に現代文学であった『別れる理由』は、一九七六年にも（さらにその先一九八一年に至るまで）、現代文学でなければならなかった。

ところで、先に私は、『群像』の一九七六年六月号に目を通すためだけではなくて、もう一つ別の目的があって早稲田大学中央図書館に向ったと書いた。

　主人公の前田永造が馬へと変身し、アキレスの馬たる永造やアキレスや他ならぬ永造自身が会話を交わして行く第94章から第115章は、すでに述べたように、この長篇小説の一番の難所である。と言うよりも、展開が単調で、読むのにとても骨の折れる箇所である。

　単行本で言えば第Ⅱ巻の最後の五十頁分と第Ⅲ巻の最初の百三十頁分である。

　今私は、読むのに骨が折れると書いたが、それは正確ではない。

すっと、しかも淡々と読み進むことが出来る。しかし、それまでの章と比べてメリハリにとぼしく、その描かれている内容が、なかなか頭に入ってこないのだ。一つ一つのシーンを、つまりその時空間性を頭の中でうまく思い描くことが出来ないのだ。

　これは、まさに、江藤淳が批判するフォニーだからだろうか。

　この『別れる理由』第94章から第115章に至る部分の江藤淳の分析については次回また改めて紹介しようと思っているが、江藤淳は『自由と禁忌』で、小島信夫がこれらの章でギリシアのスパルタの王メネラオス、彼の妻でトロヤのパリスに奪われたヘレネ、その結果生じたトロヤ戦争に参加したアキレス（アキレウス）やクサントスを登場させることを、神話的原型《アーケタイプ》を導入することを、強く批判している。

　その批判はたぶん当っている。

　しかし完結した時点から、この果しなく長い雑誌連載を振り返って見た時、この第94章から第115章に至る部分は、たとえいかにダルなものだとは言え、それ以前のすなわち第93章（一九七六年六月号）までと、それ以降のすなわち第116章（一九七八年五月号）からのパートをつなげて行くために、確かに必要な接合箇所だったのである。

そしてそのことをリアルに知るためには、単行本でなくて、雑誌初出版に当って、時に他の作品や記事にも目をおよがせながら、順に通読して行く必要があるだろう。たとえそれが退屈なものであったとしても。

なぜならその退屈さはある時代からの生の一つのあり方でもあり、そういう生を描くことも作家の使命であるのだから。

## 13

前回も述べたように、私は、『別れる理由』の第94章から第115章までに至る部分を、単行本版ではなく、雑誌初出版に当って、すなわち『群像』一九七六年七月号から一九七八年四月号までを早稲田大学中央図書館の雑誌バックナンバー書庫で探して、通読していった。

それは『群像』新人賞でいえば村上龍の「限りなく透明に近いブルー」から中沢けいの「海を感じる時」に至る期間である。つまり新しい文学の動きがはじまろうとしつつある時。

そういう時代に、『別れる理由』は停滞する。

その停滞は、同時代的には（それをリアルタイムで読んだ読者には）退屈に感じられただろうが、二十数年後の今、あとから振り返って見ると、とても文学的に（純文学的に）意味あるものの様に思える。

停滞して行く時代に対して、作家小島信夫は、身を以て、その停滞を表現しようとしている。

すでに述べたように、これらのパートで、主人公の前田永造は「馬」に変身している。その「馬」は「永造馬」と呼ばれる馬であるはずなのに、時に、「アキレスの馬」や別の「白い馬」に変身したりもする（しかも、もちろん、「永造馬」と「アキレスの馬」が同時に存在していることもある。それがこのパートの時制や人称、さらには語り手の声などをそれまで以上に複雑でつかまえにくいものにしている）。

いちばん頻繁に繰り返されるのはアキレスとアキレスの馬との会話である。

アキレスは、アキレスの馬に、こんなことを口にする（第102章）。

……問題は解釈のことなのだ。何しろ事実だけはみんなに知れていたことだったからな。愚かしいものばかりで、とても美しいこととは、口が裂けてもいえない。ところがその解釈というのがこれは一筋縄ではいかないときている。……

「解釈」というように、永造が馬に変身したこれらの部分は、ある出来事についての「解釈」が、アキレスとアキレスの馬を中心に、様ざまな人々の声によって、聞こえてくる。その出来事とはトロヤ戦争である。

ギリシアのスパルタの王メネラオスは、彼の妻ヘレネを、トロヤのパリスにうばわれる。その結果トロヤ戦争が起きるのだが、『別れる理由』のこのパートでは、その原因すなわち彼らの三角関係についての「解釈」が延々と、まさに終りなき繰り返しのように、なされて行く。

例えばこのような具合に。

『ある日のこと、メネラオス王はパリスのぬぎすてていた靴を、自分の手でそろえていたのであった』

『メネラオス王のところはサンダルをはいたままで部屋の中へあがってくるのではないのですか』

とアキレスの馬は思わず主人に問うた。

『そんなことはどうでもよい。それにメネラオス王のところは、そういうことになっているのだ。たぶんパリスは、ベッドにのぼるときか、風呂に入るときのほかは、サンダルをぬいであがることがなかったものだから、うっかりしていたのかもしれない。それは若者というものは、鼻を前につき出すことしか念頭にないものだから、自分の足もとのことには気がないものである。パリスのサンダルは、メネラオス家の靴ぬぎ場のところに、オヤツを貰いに子供が走りこんできたときのように一足のサンダルが二人分のもののように離れたまま思い思いの恰好で、パリスの足の形をはっきりと残してそこにあった』

どこかですでに見た光景である。そうメネラオスとヘレネとパリスの三角関係（密通事件）は、この作品の半ばでシェイクスピアの『真夏の夜の夢』の三角関係が借用された時と同様、永造と前妻陽子とボッブとの、あるいは永造と会沢恵子と永造の妻京子との、さらには会沢と恵子と永造との、さらにさらには……との三角関係へと還元されて行く。

江藤淳は『自由と禁忌』で、永造の「馬」への変身の意味するものを、

この場合、おそらく、「馬」の帰属する文化圏が問題にされなければならない。アキレウスの愛馬、クサントスを生み出した西欧文明の文脈のなかでは、「馬」は、神々の乗馬として用いられるときは、稲妻であり、日光や月の光であり、波であり、また風でもあり得るが、悪魔や魔女の乗物として現われるときには、男根を象徴するものとされている。したがって、男と馬との結合は、獣欲を現わすものと考えられ、転じて人間の下半身から生じる欲望、無意識、あるいは夢のなかに現われる自我の変身とも考えられて来たのである。

と指摘したのち（しかしこのようなシンボリズムは、すでに、『真夏の夜の夢』のロバ

の時に描き込まれていた。そのことになぜ江藤淳は気づかなかったのだろう)、さらに、このように述べていた。

しかも、「馬」への変身は、またしても永造の意識の内部に生じた現象の延長にすぎない。その永造が、ほかならぬ「アキレスの馬」にならなければならないのは、一つにはアキレウスの愛馬、クサントスが、人語を発し得る馬とされているためであり、さらには作者が、リアリティを喪ったあの「夢くさい」世界からの脱出の手がかりを、神話的原型《アーケタイプ》の小説への導入に求めているからにちがいない。スパルタの王メネラオスは、その妻ヘレネをトロイのパリスに奪われた。その結果トロイ戦争が起り、アキレウスもクサントスを連れて出陣した。

つまり、「夢くさい」世界に没入し、リアリティを喪ってしまった『別れる理由』の小説世界のリアリティを取り戻すために(しかしそもそも、江藤淳が口にする意味でのリアルな世界など、『別れる理由』で描かれていたことがあっただろうか)作者小島信夫はギリシア(西欧)の神話的原型にたよろうとしたと江藤淳は言う。そしてそれは失敗に終っていると江藤淳は批判する。「その結果小説の言語空間のリアリティは、さらに稀弱化し、解体をつづけざるを得ない」、と言って。

しかし小島信夫は、そのように単純に神話的原型を作品中に導入しようとしたのだろうか。

優れた英文学者でもある小島信夫は、当然、ジェイムズ・ジョイスの『ユリシーズ』やT・S・エリオットの『荒地』のことを熟知していただろう。それらのモダニズムの作品がいかに見事に（しかもぴたっと上手くあてはめて）、神話的原型を作品に導入していたかを。

だがそれはモダニズムの時代であったから可能であったのだ。モダニズム文学の時代にあって、個性を失った近代人は、神話世界の人物と姿を重ね合わせることで、その無個性という個性がきわだたされた。

『別れる理由』は、さらにその半世紀後、すなわちポストモダニズムの時代の作品なのである。ポストモダニズムの時代に、人はもはや、無個性であると嘆く特権をうばわれてしまっている。

そのことに小島信夫は充分自覚的であったはずだ。言わばフォニーであることに。

馬になってしまった永造はこのような内省を行なう（第108章）。

永造は役者として馬になっている、といってもいいくらいなのである。永造は、いななきのあと一つの息を吸いこんで、ついでに、声に出して、何気なくいった。

どんなに自分自身を意識しながら、自分自身を維持し自分自身を忘れたふりをして、馬しかそこにない、といったふりをすることが、むずかしいことであろうか。

〈宇宙とは人間という役者の演じる舞台である〉

したがって本物でないからといって、本物に対して贋物が気をつかったりしなければならないということがあろうか。前田永造は、馬に似せているというよりも、馬になってあげているといった方がいい。

つまり永造は馬になったふり（傍点は原文）をしているのだという。

このふりをしているということが、どんなことであるか、うまく説明してやることが出来たらなあ。

その説明を実践しているのが『別れる理由』であるといえる。

今や、かつてのように、夫は夫の、妻は妻の、父は父の、母は母の、教師は教師の、明確な役柄を持つことは出来ない。皆、そのふりをしなければならない。そしてそのふりは、様ざまに交差して行く。

そのふりの中にあるリアリティを、永造は、いや小島信夫は、説明したい。

しかしそういう複雑なリアリティを説明するためには、とりとめもなく厖大な分量が必要である。
アキレスは、アキレスの馬に、トロヤ戦争が起きた理由を語りながら（と言うよりも、正確に述べれば、アキレスはそれを上手く語ることが出来ないのだが）、このように言う。

いつも重大な話というものは、見かけほど重大でないこともありがちだ。いやその重大でないようなことはよほどタイミングが合わないと話したことにはならないのだ。私の話はてっとり早くすませるべきかもしれない。私もそう望まぬわけがあろうか。ところが、ひとりでに長くなった。私が怠けたから長くなったのか。いいや違う。私の口がどうしてとどこおり、一方お前をじらすことにもなったのだ。私はじっさいは、話したくなかったのだ。馬よ、本当だよ。誰がこんな話したいものか。分るだろう。私だって武将として戦闘や作戦は好むが、文学じみた話は得手ではないのだ。

アキレスには、そういう文学じみた長話に耳をかしてくれる〝きき手〟であるアキレスの馬がいる。
しかし永造には、そしてその作者である小島信夫には、そのような〝きき手〟の存在は、その手ごたえはどのように感じられているのだろう。第110章（一九七七年十一月号）

で、永造は、このような独白を行なう。

もはや、永造は合唱の声など気にせず、自分ひとりで立つ覚悟で続ければよい。きき手はいるはずだが、声はない！　声はなくともいるのである。そこらあたりにいるに決っている！　たとえ、いなくなったとしたって、いたという事実がある以上、いなくなったのは、彼らの勝手なのである。それに永造のこの話に耳を傾けぬものがあり得ようか。ひとりあるということが、何ものかなのだ。なぜか？　本来、人間はひとりっきりなのだから。

永造の話に耳を傾ける（つまり『別れる理由』を途中で放棄することなく読み進めて行く）人間（読者）がたった一人でもいれば（それは例えばこの私である）、『別れる理由』は生きているのである。作品としてたしかに存在してくるのである。

その手ごたえを期待すればこそ、小島信夫は、第114章の冒頭で、こう書く。

前田永造としては、今は自分がしゃべっていないとしても、自分が生み出したアキレスとアキレスの馬とそれから彼にとっては迷惑な存在とはいえなくはない白い馬たちだけが、勝手な行動にうつっているとしても、たいくつをしているということは決してないのであった。というのは、この世に無関係なものなど一つもないからである。永造以外のものが、永造を追い出すようにして、我もの顔にふるまっているということは、彼と深いつながりがある証拠である。

そうやって、『群像』の初出に当って『別れる理由』を読み進めて行くと、第116章に至って、すなわち一九七八年五月号に至って、突然、その内容が変換する（それは偶然なのだろうか、それとも変換させるそのタイミングを小島信夫はずっと狙っていたのだろうか）。

内容というよりも、正確に述べれば、作品構造が変換して行く。

すでに紹介して来たように、『別れる理由』は自己言及的な作品である。主人公かつ話者である前田永造が、その「夢くさい」世界の中で一つの（あるいは複数の）物語を創りはじめ、その物語に前田永造も自己言及的に参入して行く。

しかし、本当の作者たる小島信夫は、その物語には参入していなかった。

ところが、この第116章に至って、小島信夫が登場する。

第116章は、このようにはじまる。

メネラオスというのは、スパルタの王でその妻ヘレンをとられた。ヘレンはトロヤのパリスが奪って行った。奪って行ったというのはまことにおかしないい方だ。いったい「奪う」とはどういうことなのだろう。それが分ったら！

それはともかくとして、『別れる理由』というこの作品では、いまトロヤ平原のテントの中や外で、（たぶん今は外に出て明け方の空の下で）彼らは対峙していると思っていただきたい。

彼らとは誰のことか？

アキレスとその馬とである。

急に読み出そうとする読者には何のことか分らないかもしれないが、アキレスとその馬は、この雑誌ではもう二年ぐらい前から、さっきもいったように、あるときは、テントの中で、あるときはテントの外で向いあったり、横眼で見合ったり、交互に溜息をついたりしているのである。

とんだことをしはじめたものである。

ここではじめて『別れる理由』という作品名が小説中に登場する。「この雑誌」というのはもちろん『群像』のことである。

つまり、『別れる理由』という作品が、作者である小島信夫によって客体化される。と、思いきや、「とんだことをしはじめたものである」という一行によって、客体化どころか、小島信夫という「作者」そのものも作品の中に吸い込まれ、作品中の一人物となってしまう。その切り返しはとてもスリリングである。

彼ら主従は、「トロヤ戦争は何故起きたか」を話題にして深刻な研究にとりかかったのであった。ああ、話はこみいってきて、どうもうまくいえない。ふらついてきて口だけでなく足までも躓きそうである。何だか、とても、よくない、ザンゲでもしそうなことを作者はしているような気さえするのである。だが、この小説（これが小説だろうかって？　どうしてアキレスと馬が？　どうしてそんなやつらがもっともらしい研究などをするのだろうか）では、もうそんなこと今更いってみたって仕方がない。さっきもいったように、もう二年もしゃべりつづけてきているのであって、これは何といっても既成事実というもので、もう作者の私の方も従うより仕方がない。私はどんなに眠られぬ日を送ってきたことであろう。

一九六八年十月号からはじまった『別れる理由』は、十年もの連載が続く内に、奇型ともいえる複雑なふくらみ方を見せ、しかもその奇型性は、「アキレスと馬」のエピソードが描かれる、この二年ぐらい前からさらに増し、それは、いつの間にか、作者の手を越えてしまった。「もう作者の私の方も従うより仕方がない」。

連載が終ってから一時に通読しようとした江藤淳さえ、その奇型性を、そしてそれが持つ一九七〇年代後半のリアリティを、きちんと追うことが出来なかった。まして、リアルタイムでそれを追える読者がいたのだろうか。

たった一人であっても読者が一人でもいたならば作品は成立する。

しかしその一人の姿も見えなかったとしたなら。

先の小島信夫の言葉はこう続いている。


つい先日もこの雑誌のある会合でその正規の座談がすんだあとで食事をしながら談たまたま『別れる理由』のことに及んだ。及んだなどというのではなくもっとほかのいい方があることは分らぬわけではないが、まあ「及んだ」でよかろう。何しろ、『別れる理由』の連載は十年続いてしまったのである。これをもし批評しようとして本腰いれてたのしむばかりでなく考えながら、興が乗れば早駈けで、時にはダクで、そしてあるときは急に立ちどまって押してもつついてもテコでも動かない、その代り一度なっとくしたら、こんどはもうとめようとしてもとまらない。(中略)要するに十年続いてしまったので、これを批評しようとすると、まる一年はかかるというのである。作者である私は、この計算をきいていて、それ以前の座談のときと同じく朦朧としていた。

実際、その作業をはじめた私は、ここまでの部分の「批評」で、すでにもう「まる一年」以上かかってしまっている（そして『別れる理由』は、このあとまだ三年分連載が続くのである）。

『別れる理由』がこの116章に至って、転調した大きな理由は、ここで小島信夫が言及している「座談会」にあるらしい。

例えば彼は、こうも語っている。

私たちの場合などは、批評家に小説の筋を物語ってもらうのである。そのとき私などは、妙に自分でも不快なほど隠微な気持に陥りはじめているのである。何かしら地獄から炎がもえさかってくるみたいで、私は虚子ではないが、「極楽」へいきましょう、というつもりでいいきかせていたのに、もうおかしくなっている自分を発見する。

「地獄から炎がもえさかってくる」というフレーズをはじめとして、このわずかな文章から、小説家小島信夫の尋常ではない心の動き（作家性）が迫力を持って伝わってくる。

いったいこの座談会で何が語られたのだろうか。

「この雑誌」のとあったから、この座談会は『群像』で行なわれたものである。

早稲田大学中央図書館で私は、今私が読んでいる第116章が載っている『群像』（一九七八年五月号）の一号前の号、すなわち一九七八年四月号の目次を開いてみる。

すると「〝小説家〟とはなにか」と題する小島信夫と磯田光一と河野多恵子の座談会（創作合評）が載っている。

早速、本文を開く。タイトル頁に小さく「1978・2・15」とあるから一九七八年二月十五日に行なわれたものだ。

文芸誌の締め切りは普通、毎月二十日頃だから、『別れる理由』の第116章は、小島信夫がこの座談会に出席した直後に執筆されたものだろう。

読み進めて行く内に、私は、小島信夫の発言があまりにも激しいことに驚いた。

私がこれまで目にしたかぎり、対談や座談会の小島信夫は、常に冷静である。そして、冷静だからこそ、時おり混じる毒舌がきわめて効果的である。

ところが、この座談会における小島信夫は少しも冷静ではない。激しくイラ立っている。しかもそのイラ立ちはきわめて生々しい。

この座談会は中野孝次の「雪ふる年よ」と坂上弘の「遠足の秋」の二つの作品に対する「創作合評」であるのだが、小島信夫が問題としているのは坂上弘の「遠足の秋」である。

この「創作合評」によれば、「遠足の秋」は、坂上弘がアメリカのアイオワ大学のクリエーティブ・ライティング・コースに招かれた留学体験を描いた私小説的作品らしい。磯田光一の説明によれば、「この企画そのもののパトロンに当たるのがイーグル博士という人物で、これがいわゆるアメリカ的善意によって、さまざまな国から人を招き、その招かれた一人である主人公の作家は、同僚やイーグル博士を冷静に観察する。彼らを招いたスポンサーはアメリカのある企業であるが、磯田光一は、「企業からカネをもらっていることに対する居心地の悪さというものは、やはりイーグルさんに対する風刺として、かなりうまく書けているんじゃないですか」と語っている。

すると小島信夫は、こう答える。

でもそれは、ぼくにいわせればあたりまえのことなんです。みんな書いたことであるし、あまりにもあたりまえで書かないし、それだったら、居心地の悪さというよりも、もっと問題そのものを書くべきで、それは中途半端ですよ。こういうもので書くときは、小説的効果というか、その問題まで行かないし、要するにただのこういうアメリカとの関係がたまたま出てくるという程度のことですよ。だから、こういうことは本当は普通、書かないんですよ。なぜかといったら、こんなものは小説のさまにならないんだから。

小島信夫は坂上弘が参加したそのアメリカの大学のコースの先輩だった。

そのように短期的に留学し、しかも大学側からあてがわれた住居に住む人間に「生活」

はないと小島信夫は言う。そして、「小説家というものは、こういうことはなるべく書かないようにするのですよ。生活がないものを書かないわけですよ」、と言葉を続ける。イーグルという人の描き方もとても表層的であると小島信夫は批判する。

アメリカの立場を考えてごらんなさい。イーグルさんはどういう立場で、どうしてやっているかということですよ。くだらないことですよ。彼がダメな詩人になって、これで食っているわけでしょう。それで、対象によきホームを築いてやっているわけでしょう。その向こうのイーグルさんの本当のあれが、こういう書き方されると出ないはずなんですよ。（中略）イーグルさんは、このとおりの面しか見せない人です。けれどもここでつかまえたのでは、ちょっと片手落ちなんです。その問題は、アメリカを書くときには、物すごくむずかしい問題ですよ。けれども、大体そういうことで、ごまかされた形でもってアメリカのことを書いてきたわけでしょう。ぼくはこういうのを見ると、物すごくそのことを敏感に感ずる。

この部分はそれでもまだおさえている。小島信夫の興奮がピークに達するのは、磯田光一の、「信頼というものを、ある程度断ち切っているでしょう。相手に対して、クールに構えていますから。だから、このくらいのクールの目で……」という発言に対するこの答えである。

あなた、ばかなことをいってはいかぬですよ。クールになんか構えてないですよ。もっと何でもなく構えているんですよ。クールだということは、つながりがあるから、クールだということが出てくるんだ。

まさに『別れる理由』（をはじめとする小島信夫の全作品）に対する作品評のような言葉である。

この「創作合評」を読み終えたあとで、私は、早稲田大学中央図書館雑誌書庫で、「遠足の秋」の掲載された『新潮』一九七八年三月号を手に取り、同作品に目を通した。

先に小島信夫の激しい言葉を知ってしまったからだろうか。「遠足の秋」は、確かに「私」の同僚の外国人作家たちやイーグル博士に対する描き方は少々紋切型であるものの、その紋切型を含めて、一つの異文化体験小説として、悪い出来の作品ではなかった。ただし、だからこそ、作品としてのキチンとした型を成していたからこそ、小島信夫は、この短篇小説に対して、強い不満を感じたのだろう。

この小説の冒頭で、「私」は、まず、「アメリカ中西部にあるI市の州立大学でもらった、『外国人学生及び職業人のためのハンドブック』」という「ガリ版刷の印刷物」に記載されたある文章を紹介する。

そしてその中に、「貴殿」という言葉が登場する。

普通の読者なら何気なく見過してしまう言葉である。

しかし小島信夫は、その言葉に強く反応する。

「貴殿が」というやり方に、もうすでに一つの姿勢があるわけです。（中略）「貴殿が」じゃなくて、「ユー」なんです。「貴殿が」にすることは、作者が小説の中である姿勢を出しちゃうことになるのです。ということは、「貴殿が」というのは、ある意味では、坂上君書くときに、物すごく都合がいい。ある姿勢を出せる。ところが、その姿勢がぐあい悪いわけです。そんなに都合よくない。「貴殿が」という感じじゃないのです。

この「貴殿が」には「井伏さんの『ジョン万次郎漂流記』をもとにした小説」のようなユーモアがかもし出されてくる。しかしそれは一つの「文学的操作」であると小島信夫は批判する。

「ユー」の訳はさまざまにあるわけです。それを「貴殿」とするときは、いまから何十年か前の日本の翻訳者が、ちょっとおもしろおかしく、西洋と日本の距離をおくために、「貴殿は」とやったわけです。それからあるユーモアが出てくる。そのくらいのことはみんな知っていてやってきたことですよ、「貴殿は」を使うときは。それをパッと使うでしょう。それを使うときに、このしゃべっている男が、作品の中ではある見方をされちゃっているわけですよ。

「ある見方」というひと言に重い意味が込められている。日本とアメリカとの関係の中で、「ユー」という他者はかつてのようなスタティックなものではあり得ない。もっと複雑なものになってしまった。そしてその「ユー」をめぐる他者性の変化は、例えば「夫」と「妻」との間でも同様である。そのことを小島信夫は、『別れる理由』という作品で追求して行く。だからこの座談会（創作合評）でも、彼は、このように語っている。

ぼくは自分のことがあるから、これだけ繰り返していっているんですよ。ぼくは、常にそのことを考え続けてきた。この見方では書いてはダメだということを、アメリカへ行って、どれだけ思ったかわからない。ぼくがそれ以後の二十年間思い続けていたのは、その問題なんです。

そしてこの彼の言葉は、『別れる理由』116章の終りの部分に登場する、作者のこういう「つぶやき」と重なり合っている。

この小説が延々とのびたのは、もっぱら私自身のせいである。何しろ長篇三つ分以上も私は勝手に書きつらねているからである。誰のためでもない、自分のためである。心の中では社会のため日本のためぐらいは思っていないわけではないが、まあ、自分自身のためといった方が安全であろう。でなければ暗殺されるかもしれない。それにもかかわらず、かならずしも自分のためでなく、『別れる理由』そのもののためみたいになってしまった。作者の私はあとを追っかけるだけになってしまった。馬となって駈け出してしまったのだ。

# IV

# 14

『別れる理由』の第116章は、あのように閉じられ、続く第117章は、このように始まる。いきなりそれまでとトーンが変る。少し興奮した口調となる。

読者よ、編集者よ、今しばらく読者とじかに話をすることを許されよ。こう呼びかけるだけで、『別れる理由』の作者は、まるで、ほんとうにすぐ眼の前に読者がいるような気がしてくるのである。すべては作者自身のせいではあるとはいえ、前には声をかけてきたものも声をかけなくなり、また新しく声をかけはじめたものも、その後私の横をだまって通りすぎるようになり、そうしてまた新しい読者があらわれたが、それも、このようにして私は群衆や通行人の中をひとり歩いているように思えてならない。見なれぬ帽子をかぶりよそ行きの服を着てとりすまして歩いているからだ。そんなものかなぐり捨てて普段着で行こうではないか。声がかからぬものなら、こっちからかけてみようではないか。

つまり、ここから、『別れる理由』には新たな登場人物が加わって行く。それはこの長篇小説の作者たる「私」、「小島信夫」である（そしてこの「小島信夫」は、現実の小島信夫にはきわめて似た人物ではあるが、もちろん、イコールではない。「小島信夫」がまさしく小島信夫のように見えようとも、この「小島信夫」は、『別れる理由』の作中人物である）。前章（第116章）での「小島信夫」の『別れる理由』への参入は偶然であった。しかしこの第117章での「小島信夫」の登場は、その偶然を利用した一つの必然だった。余談であるがこの『別れる理由』の第117章が載った『群像』一九七八年六月号は、私が生まれて初めて購入した『群像』だった。それは私と同じく当時大学一年生だった新人中沢けいの群像新人文学賞受賞作「海を感じる時」が掲載され話題となった号であるが、私がその『群像』を購入したのは、「海を感じる時」にではなく、平野謙の追悼特集にひかれてだった（私はその前年、予備校時代に、平野謙に興味を持ち始め、いわゆる近代文学に開眼しつつあったのだ）。私は自分と同学年の作家がデビューしたことの早熟に驚いたが（私は文芸誌的文学、つまり現代文学にまだうとかったから）、「海を感じる時」と平野謙の追悼特集が同じ号であったことに、一つの時代性を感じる。「海を感じる時」（中沢けい）と平野謙は、その文学は、ギリギリで交差していたのだ（その翌年、一九七九年の群像新人文学賞受賞作が村上春樹の「風の歌を聴け」である）。

『別れる理由』第117章の冒頭で、作者である「私」は、先に引いた台詞を口にしたあと、さらに、こう言葉を続ける。

私はこの前「特別回」として勝手に素顔でしゃべらせてもらった。その中で座談会のことにふれた。そうしたら、あのことをもうすこし書かなければツジツマがあわぬではないか、という声がかかった。私は感激した。感激するよりも責任を問われたと考えるのが至当であることは分ってはいるが、先ず第一に私はうれしかった。

なぜ「感激」したのか。それはもちろん読者の手ごたえを感じたからである。

連載が始まってからもう十年もの時が経過してしまった「別れる理由」は、その十年の長い歳月の中で、作者の当初の予想――もっともそんな予想を作者たる小島信夫は立てていただろうか――を越えた増殖を繰り返し、あまりにも尖端的な作品へと成っていってしまった。のちに単行本にまとめられてから、野間文芸賞を受賞した時、その選考委員たちの殆どが、この作品に最後まで目を通すことが出来なかったと正直に告白していたし、すでに指摘したようにあの江藤淳でさえ、『自由と禁忌』で、この作品に対してきちんと目を通していたとは言い難い。つまり義務的読書をしいられた人たちであっても、この作品の「読者」たることは出来なかった。

まして連載時、しかも連載百回目を越えての連載時に、この作品の「読者」は果してどれぐらいいたのだろうか。担当編集者などを除く純粋読者は一人でもいたのだろうか（この「読者」をめぐる「私」＝「小島信夫」の感慨についてはあとでまた触れるだろう）。

そういう、読者不在の『別れる理由』に、確かな「読者」がいた。

前田永造の「夢くさい」世界での記述で展開されていた『別れる理由』は、第116章に至って現実と交差し、いわば破調をきたした。

そしてその破調を受けとめる「読者」がいた。そのことは「私」を「感激」させ、このことをきっかけに『別れる理由』は、また別の様相を見せることになるかもしれない。

先の「私」の言葉はこう続いている。

> しかし気がついてみると、私はほとんどいいたいことはいってしまったような気がしてならない。それとも、物は相談だが、私にいうことは残っているのだろうか？　私はこの続「特別回」においておしゃべりしたいことはある。しかしお前は責任を果たせ、読者を欲求不満にするな、といわれれば、受けて立たねばなるまい。でなければ、せっかくの読者を失うハメにおちいってしまうであろう。

第116章をきっかけに、突然、「私」の前にその実在性を感じさせてくれた「読者」は、「私」に対して、「あのこと」をもう少し書け、と言った。

「あのこと」は、例えば、その章に登場する、

私は小説書きが、どうして他人の小説について長い間話しつづけねばならないことになってしまったのか不思議でならない。

であるとか、あるいは、

私たちの場合などは、批評家に小説の筋を物語ってもらうのである。そのとき私などは、妙に自分でも不快なほど隠微な気持に陥りはじめているのである。何かしら地獄から炎がもえさかってくるみたいで……

であるとかいった「私」の内省に対応しているのだろう。

しかし、その「あのこと」は、この章に至るまでの『別れる理由』に忠実に目を通してきた上で、その座談会（第116章が掲載された前号〔一九七八年四月号〕）に載った小島信

夫と磯田光一と河野多恵子の座談会「〝小説家〟とはなにか」における小島信夫の動物的とも言える怒りに出会った「読者」には、改めて説明するまでもないことは、すでに私が前回述べた通りである。

だからこそ、「小島信夫」は、「私はほとんどいいたいことはいってしまったような気がしてならない」と、婉曲にではあるが、その「読者」からの申し出を断ることになる。

つまり、「あのこと」の説明を改めて行なってしまったら、その時こそ本当に、(それまでの)「読者」がまったく不在であることを意味し、第115章までの『別れる理由』という作品は無となる。

しかし、だからといって、ここで手ごたえを感じた「せっかくの読者を失うハメにおちいってしま」ってはならない。

そしてこの先、「私」は、そういう読者をつなぎとめるべく、第116章的リアリティをちらつかせながらのメタフィクショナルな努力を必死に続けて行く。

『別れる理由』は、このあと、しばらく、同じような書き出し(同じようではあっても、もちろん、それは微妙に異なり、その微妙な違いが重要である)で始まる章が続く。

第118章の書き出し。

読者よ、編集氏よ、『別れる理由』の作者は、もう一回だけ「特別回」をやらせてもらうことにするが、許してくれるだろうか。せっかく読者や編集氏とつながりが出来たのだ。このチャンスは手放したくない。前にもいったことだが、こうして呼びかけるということだけで、ほんとうに相手がそこにいるような気がしてくるのだ。

二〇〇三年の今、文学（純文学）の危機が問われていて、その種の警鐘はいわば紋切型とも言えるほど恒常的な物になっているが、そういう危機意識が最初に自覚されたのは、この時期、一九七〇年代末のことである。実作者として一番鋭敏に（例えば安部公房よりも）時代に反応していたのが、この『別れる理由』の「作者」である「小島信夫」だった。

これらの章は、基本的に、「私」（「小島信夫」）のモノローグで展開して行く。

第117章では、座談会の連想から、人間関係における「三人性」について考察される。「まことに腹立たしいほどこの三人とか三つとかいうものによってそこに世界が出来たように思えることだけはまちがいない」。「腹立たしいほど」にと言うように、「私」は、この「三人性」の正しさを完全に認めているわけではない（「三人が話をしあうというのは、どこかにごまかしがあるように思うがどうだろう」）。もちろん、ならば「二人性」が正しいのかと言えば、そうではない。「誰が二人だけ話しあっているのを見て信用するものか。二人だけならどんな話だってできる。電話でだって出来るのだ。電話で話している話をあまり信用してはいけない。あそこにはウソがある」。

二人だけの閉じられた関係では世界は生まれない。この場合の世界とは小説と同義である。

しかしこの章の後半で、「私」は、一見まったく正反対の言葉を口にする。「読者よ、私がいうのは、電話の二人ほど、二人として純粋なものはないという意味でいっているのである」。しかもその二人の会話を耳にしている第三者（読者）がいたならば？

第118章で、「私」は、マルクス・アウレーリウスの『自省録』中の言葉を引きながら、自ら『別れる理由』のあるシーンについての説明を「読者」に試みようとする（すでに何度も述べたように、小島信夫は、きわめて鋭い批評性を持った作家である。だからこそ、ここで初めて出会ったかもしれない「読者」に対して、言わば「これまでのあらすじ」紹介のように『別れる理由』を引き合いに出す）。

例の、前田永造が妻の京子やその友人の恵子たちといった〝ワラビ狩り〟の丘のシーンを、トルストイの『戦争と平和』のボロジノの戦闘の丘のシーンと比較しながら（そのことを思い出したのは『別れる理由』の作中で描かれた恵子との電話への連想からなのだが）、「私」は、こう述べる。

『別れる理由』の作者よ、お前が何かと芝居じみたことをやらせるのは、この丘のうえの戦闘のことが頭にあるのかね。そのことについては今のところ沈黙を守ることにして、先きへ続けることにする。もっとも不意にしゃべりはじめるかもしれない。何しろそのためにこそ『別れる理由』は、すくなくともその後半はあるのだからね。だってきみ、度々いうことだが思っていることがいえるかね。

聞き逃してはならないのは、これに続くこの一節だ。

　いい出す前には先ず耳をかたむけなくてはならないからね。今どき耳を要求していないものが一人でもいるかね。耳を要求するからといってどうして腹を立てることが出来よう。こちらも求めるものは、何をおいても先ず耳だ。相手の耳をひっぱってでもきかせたい。何ならせめてその耳という道具だけでも、こっちにひきよせ、こっちのものにしてしまいたい。

　そうして、さらに第118章に目を通して行くと（いや、耳をかたむけて行くと）、いきなり、このような言葉に出会う。

実は昨日も永造は私のところへ電話をかけてきた。

電話に対する先の見解を繰り返すかのように、「私」は、「現今では談《はなし》というものは電話しかないといっていい」と述べているが、「前田永造」は、「私」に、電話で、このようなことを口にする。

「そういったって駄目ですな」

と永造は作者の私に電話でいった。

「率直にいわせてもらいますがですね。あなたは、今までほとんど全部私に芝居をやらせてきたのですよ。何しろ登場人物がしたり、いったりすることは、全部といっていいほど、あれは私の頭の中のひとり芝居、願い、おそれ、つまり妄想というべきものだったのですからね。……」

と、「前田永造」の、電話における長台詞はどんどん続いて行く。

「……どんなことにせよ、元へもどるということはあり得ませんからね。元へもどるどころか、先へ先へとすべって行き、まるでこの五、六時間の中に過去はもちろんのこと未来もみんな先取りをされ、そのことがそもそも私のあるべき姿であるというふうであり、これはちょうど私と共にある人物とその言動が、私自身であるように、過去も未来も、私自身の現在が作り出したものだという責めを私に負わし、そうして作者のあなたの方は、すました顔をして、ただ時たま座談会あたりにかり出されると、まるで私の、つまり作中人物の永造のしそうなことを私は〈作者〉はしなければならないと恨みがましくいうという有様で、これでは、作者のあなたという人物さえも、この私、永造が作り出した妄想みたいに思われるじゃありませんか。……」

『別れる理由』の作者である「私」は、「前田永造」からの、このような電話を、果して、迷惑がっているのだろうか。そんなことはあるまい。なぜなら、続く第119章は、このように始まるのだから。

『別れる理由』の作者は、ほんとうは今回あたりは、いくら何でも『別れる理由』の本文の中へもどって行くつもりであった。ところが締切日を知っている前田永造は、私がいよいよ本文のことを考えはじめるときを見はからうようにして、私のところへ長電話をかけてきたのであった。

「私」が本文にそろそろ戻ろうと考えていた時に、「前田永造」から、あえて、長電話がかかってきた。つまり、もう、本文へ戻る必要はないのだ（「前田永造」自身が、本文へは戻りたくないのだろう。だからこそ彼は、「私」のもとに長電話をかけてきたのだろう）。いや、戻るも何も、この「前田永造」と「私」との新しい関係こそが、『別れる理由』の、まさに本文そのものになってしまったのだ（だから、かつての意味での本文が、この作品で登場することは、二度とないだろう）。

ちょっと先廻りして第120章の冒頭を引いておく。

『別れる理由』の主人公である前田永造が、先々回あたりから、作者である私に電話をかけてくる。私の応答の仕方は別として、私は喜んでいないわけではないのである。とうとう私の話相手は、この広い三千世界に、永造一人になってしまった。

しかしその話相手がたった一人であるからこそ、お互いにその見解をクリアに語ることが出来る。つまり、「前田永造」は「前田永造」の、そして「私」は「私」の主張を、それまでのいわゆる「本文」と離れて、主張する。

第119章で「前田永造」はこう言う。

いずれにせよ、私は作者のお前さんの代りに、いったいどうして短い五、六時間の中からこんなに時間が左右に、前後に、過去と未来へ、そしてあるときから未来へばかりと驀進するというかスライドしつづけるかということを説明してやらねばなるまい。私は作者のお前さんに先月もそのことを電話でいいかかった。するとお前さんは、時間がきたとか、編集長が坂をのぼってくるとかいって幕を下してしまった。というより受話器をおろしてしまったっけ。

それに対して「私」は、このような内省を行なう。

ひたすらきき手にまわり、ただ返事をしたり合の手を入れたりするだけである、作者の私は、締切の時間を気にしながら、長い長い十年にわたる、この男とのつきあいに思いをはせた。小説の中に閉じこめられた五、六時間の短さと較べたら、いったいこの十年間の長いつきあいというものはあまりにも長すぎる。ただ長すぎるばかりではない。ただ短い時間のことを書くことならいくらも前例のあることである。永造自身が私にいわせようとしているのは、まるで読者への手引きであるところの評論家のことを念頭においていっているようなにおいさえせぬでもないが、たしかに一理はある。

これに続く一節の続き具合は、少し妙である。「私」の言葉であるはずなのに、まるで、かつての「本文」中の「前田永造」の言葉のようである。つまり「私」と「前田永造」の言葉が重なり合っている。しかし、だからこそそのリアリティを「読者」は確かに聞き取ることが出来る。

閉じこめられたが故にこそ、羽根をのばすのであろうか。羽根をのばすためにこそ閉じこめられたのであろうか。もともと人間というものは閉じこめられたるものであるが故に永造はこのようなめにあい、そうしてその密室の小さな窓から外を、前を、のぞみみるのであろうか。そして永造は閉じこめられたものの代表なのであろうか。いったい閉じこめられたのは、どうしても閉じこめられることをすこしものぞまずにしかもそうなっているのであろうか。それなら閉じこめられているのはなぜなのであろうか。いったい理由とか原因とかは分析して辿りつけるものであろうか。

このようにして、第117章から始まる数章は、基本的に、「私」と「永造」との（さらに途中から加わった「元医者というか、医者にはならなかった、その男」との）批評的言説で展開して行く。「読者」はただその言葉に耳を傾けていけば良い。逆に言えば、このパートだけを切り離して『別れる理由』を読むことも可能だ。つまり小説的なストーリーやシーンが描かれることはない。

そういう『別れる理由』に、別の新たな動きが加わってくるのは第126章（『群像』一九七九年三月号）に至ってである。

# 15

『別れる理由』第126章はこのように始まる。

『別れる理由』の主人公である前田永造が、前回分が編集長にわたったあと、電話であれはみんなぼくがいわせたことだと作者に断わっておけ、といったことは別にいまさら珍しいことではない。それはそれとしてある予感をいだきながら、昨年の十二月に作者はこの雑誌のでている出版社の忘年会をかねたある授賞式に出た。私が会に出るのは自分がどうしても受賞せねばならないときと、自分が賞の選者として出席しなければならないときである。一口でいうと顔を出さないと私が人非人に思われるか、あるいは軽蔑しているようにとられるかのどちらかの場合にかぎられる。その夜はここにのべたのとまったく別の意味で、不義理な人間にならぬために、それにささやかながらある祝福をするために出かけたのであった。

ここで見逃してならないのは、「ある予感」と「ある祝福」の、二つの「ある」である。

登場順とは前後するが、まず「ある祝福」の方に触れておきたい。

「昨年の十二月」という、この時、すなわち一九七八年十二月の、「この雑誌のでている出版社の忘年会をかねたある授賞式」すなわち野間文芸賞の受賞作は吉行淳之介の『夕暮まで』だった。

小島信夫と吉行淳之介は、年齢は一まわり近く小島信夫の方が上であるが、同じ「第三の新人」の仲間だった。だから、『別れる理由』の作者である小島信夫は、「ある祝福」をするために、そのパーティーに出席したのだろう。それはきわめて文壇的な行為である。文壇的とは、言い換えれば、日本文学的の意味である（ここで私は、あえて、そのことの正否を問わない）。

その種の文壇性を強く批判したのが江藤淳だった。

『別れる理由』は『夕暮まで』の四年後、一九八二年の野間文芸賞を受賞した。

その前々年（一九八〇年度）から新たに同賞選考委員に加わっていたのが吉行淳之介だった。

「異能の持主」と題する選評で、吉行淳之介は、その授賞理由を、このように語っていた。

小島信夫氏は、文学のこと以外は何も喋らない。日常的な話題にも文学的思考が深くからまっており、そういう特質がこの長大な作品で余すところなく発揮されている。作品の結構をととのえる気持は、「別れる理由」については最初から放棄されているようだ。一杯のスープをつくるのに、大量の材料を必要とする場合がある。かつての「アメリカン・スクール」は、そういう形でつくられた一杯のスープであった。今回の作品では、作者は素材を前に並べて、つぎつぎとブンガク的思考をくりひろげてゆく。スープを飲ませてもらえない読者は、作者のとめどなく長いつぶやきに共感はするものの、結局十分にはわからない。ときに作者は、喋りつづけるという自分の愉しみに淫するまでになり、読者はますます取り残されてしまう。

そういう悪口をすこし言ってみたが、微苦笑（この死語は今よみがえった）の中に消えてしまう。それは、文学不在がいわれている今、こういう存在にたいする好感だとおもう。「小島信夫は異様なブンガク人間で、コジマの前にコジマなく……」とおもっている私は、結局この受賞を祝福するのである。

一読してわかるように、吉行淳之介は、きっと、『別れる理由』を、通読していない。飛ばし読みですませている（そもそも選考委員のほぼ全員が、『別れる理由』を、通読していない）。

ただし、吉行淳之介のこの選評は秀逸である。（皮肉な意味ではなく）文学的にも優れている。

その吉行淳之介の選評を、江藤淳は、『自由と禁忌』で、こう批判している。

もし、この吉行氏の選評に判断があるとすれば、それは「ブンガク的」な判断ではなく、いわば人事担当の常務取締役の判断のようなものであるにちがいない。「異能の持主」であるために出世の遅れていたかつての同僚を、ようやく栄転させたことに満足している人事担当常務――そういう口吻が、「祝福」のなかにこめられているように感じられるからである。

このあとの江藤淳の、話題の流し方がスリリング（たぶん『自由と禁忌』の中でもっともスリリング）であるが、そのことについてはまたあとで触れることにして、ここでもう一つの「ある」について、すなわち「ある予感」について話題を移したい。

「ある予感」を抱いてパーティーに出席したのは、もちろん、『別れる理由』の作者である「私」だ。先に引いた第126章の一節は、このように続いて行く。

私はいつかの（一年ほど前の）座談会のときのように、ヒステリーを起すことのないように、どんなに気をつけたかわからない。思えばあれから私の小説の主人公の前田永造が私に長電話をかけはじめ、今では公然と人物が作者と話をしてもいいと思いこんでしまっているありさまだ。あのときも『別れる理由』のことが話題にならなければ、永造が鋒先を作者に向けてくることはなかった。

その「座談会」については前々回、既に論じた。それがきっかけとなって、『別れる理由』の作者である「私」までが、主人公の前田永造に引きずり込まれるように、この小説の作中人物の一人になってしまったことも。

ここでも「私」はそのような「予感」を抱いている。つまり、これから出席しようとするパーティーが、『別れる理由』の作品に転じてしまうだろうことを「予感」している。これは「私」の作為ではない。あくまで「予感」である。そしてその「予感」は適中する。

ひょっとしたら私は前田永造めいた顔つきをしていたかもしれない。無色透明な表情をすると、案外作者は手がけた人物のそれになりすましているかもしれないからだ。なにしろ、何と長いことだろう。もう十年以上も作者は永造とつきあっている。毎月々々だ。そのあいだに世の中に、作者の顔にどんなに変化があったことだろう。それなのに永造の顔は？　変るわけはないさ。私が無色透明な顔つきになろうとしたときに、いつのまにやら、永造の表情になっていたとしてもふしぎではない。私はそこで藤枝静男氏に会った。

ここで「私」（『別れる理由』の作者でもあり前田永造でもあるかもしれない人物）が出会った人物が藤枝静男である所に、偶然を越えた文学的必然が表現され、私のような読者は感動する。藤枝静男も小島信夫同様、私小説的な（すなわち従来の日本文学的な）スタイルをとりながら、それを脱構築するメタフィクショナルな現代作家だった。

藤枝静男が名作「悲しいだけ」を発表したのは『群像』一九七七年十月号。そして、この野間賞のパーティーで「私」と会うのと相前後して（一九七九年二月）、同作品をタイトル名に持つ短篇集『悲しいだけ』（講談社）を刊行する。さらにこの作品集で、藤枝静男は、この年、一九七九年の野間賞を受賞する（もちろん『別れる理由』の私はそんなことを予期して、この作品中に、しかもよりによって野間賞のパーティーのシーンに藤枝静男を登場させたわけではない。だから、読者である私は、ただ、その偶然に興奮するのだ）。

パーティーで藤枝静男と「私」はこのような会い方をする。

「あんた、ねえ前田永造くん」

と呼びながら近づいてこられたかもしれない。いやただの「あんた」だけであっただろう。私は藤枝氏の「あんた」という呼び方を愛するものの一人である。「あんたの『別れる理由』のことはこんどの『群像』の小説の中に書いたよ。ほんの僅かだがね、読んでくれよ。埴谷君のことも書いた」

その続きのところはちょっと差しつかえがあるので省くことにする。読者を発見して急に私は作者の顔にもどったかもしれない。自分の小説の中に私の小説をとり入れるというのは、どういうことであろう。あまりよろこんでばかりいられないぞ。

藤枝静男が「私」のことを「小島信夫くん」ではなく「前田永造くん」と呼びかけていることに注意してもらいたい（そのように「私」の耳に聞こえてきたかもしれないことに）。ここで藤枝静男は、すでに、『別れる理由』の作中人物化している。

しかしその一方で、「私」は、「急に私は作者の顔にもどったかもしれない」と書く。作者たる「小島信夫」（もちろんあくまでカッコつきの小島信夫である）によって、読者は、一瞬、現実の世界に引き戻される。いや、逆に、『別れる理由』の作中世界の深みに引きずり込まれて行くことになる。いつものように、ここでも現実世界と小説世界の皮膜が破られてしまう。「あまりよろこんでばかりいられないぞ」という小説（現実）世界の台詞（だがこの台詞の語り手は誰だ?）が、現実（小説）世界の台詞に聞こえてくる。

『自由と禁忌』で江藤淳は、

　作者である「私」は、第百二十六回にいたって野間文芸賞と覚しき文学賞の授賞パーティに出席し、実在する作家藤枝静男氏に会うことになっている（この辺りは、今度通読したときにはじめて読んだ）。ところが、その次の第百二十七回になると、同じ授賞パーティに主人公の前田永造が出現して、藤枝静男氏に話しかけはじめるのである。

と述べ（先に書いたように、藤枝静男はすでに第百二十六回で前田永造と会話を交しているから、これは明らかに江藤淳の読み間違えである。それとも江藤淳はこの小説における「私」の目まぐるしい「変容」振りをきちんと追うことが出来なかったのだろうか）、そこで描かれる藤枝静男の姿（その言葉遣い）の正確さを高く評価している。

　ことのついでにつけ加えておけば、こういう場面に発揮されている『別れる理由』の作者の描写力は、やはりなかなかのものといわなければならない。作者が前章で示唆している通り、たしかに前田永造のほうは、「無色透明」な声で語りかけているが、「あんたが前田永造?」と訊き返している藤枝氏の挙措と風貌は、たちまち顔前に彷彿せずにはいないからである。

その描写力を高く評価しながら、しかし、江藤淳は、それが単なる「文壇的リアリティ」に過ぎないかもしれないという疑義を抱く。

小説が文壇的リアリティのなかに崩壊するのか、それとも文壇的リアリティが小説のなかに取り入れられて、「読者のいない」この小説を救済するのか。

江藤淳は、結局、『別れる理由』が、「文壇的リアリティのなかに崩壊」したという判断を下した。そしてその例証として、井上靖から吉行淳之介に至る野間賞選考委員七人の選評を取り上げ、批判した。

先に引用した吉行淳之介批判（その選評への批判）のあとで、江藤淳は、このような話題転換を行なっている。

ところで、このように七人の選考委員の判断（あるいはその有無）をつぶさに検討して来たからには、次は私自身の『別れる理由』に対する判断を示す番である。それは次章以下にゆずるとして、一つだけ書いておきたいことがある。それは昨年（一九八二年すなわち『別れる理由』が野間賞をとった年——引用者注）十二月十七日、東京会館でおこなわれた野間賞の授賞パーティでの、ちょっとした出来事である。

どういうわけか、そのとき私は、たしか一番はじめに藤枝静男氏に会ったのである。

「珍しいね、江藤さん。あんたのものはいつも読んでいるよ」

と、藤枝さん（と「呼ばれる存在」ではなくて、たしか正真正銘の）はいった。

それに対して、私は、今まではほとんど文壇パーティには出なかったけれども、これからはチョクチョク出るつもりだ、というようなことをいいながら、連れ立って会場にはいると、間もなく折よく主賓の小島信夫氏にめぐり合うことができた。

「ややあ、さっきあなたにそっくりの人がいたのでね。肩を叩いたら人違いだった」

と、小島さんがいった。

まるで『別れる理由』の中の一シーンのようであるが、さらにスリリングなのは、これに続く、こういう一節だ。

そのとき私が、『別れる理由』の第三巻をまだ読んでいなかったのは、好都合といえば好都合なことだったといわなければならない。もし読んでいたなら、私は当然、自分がいる場所がこの〝小説〟の内側なのか、それとも現実の野間賞授賞パーティの席上なのか、さっぱりわからなくなっていたにちがいないからだ。

このように書ける江藤淳は文壇的な物に対する強い感応力がある。だからこそ彼の、「文壇的リアリティ」に対する批判は説得力を持つ（批判が一つの批評たり得ている）。この頃までは、いわゆる「文壇」が有効に機能していた。その点で江藤淳は小島信夫と同じ側の人間である。さらに言えば、これ以降の、文壇的リアリティに対する感応力を持たない人たちの、単なる文壇批判は、まったく無意味である。

話を『別れる理由』の本文に戻せば、第126章の冒頭で、藤枝静男は、前田永造に向って、「あんたの『別れる理由』のことはこんどの『群像』の小説の中に書いたよ」と語りかけるが、この発話は、続く第127章で反復される。

「あんたのこと、こんどの『群像』に書いたよ。ほんの僅かだがね。まあ読んでくれよ。埴谷君のことも書いた」

「ありがとうございます」

「礼をいうことはないよ。読むにたえるかどうか、が問題だからね。見ぬうちから礼をいわれるのは困るよ」

「そうですか」

「それはぜったい困るよ」

「奥さまが亡くなられて、お淋しいし、御不自由でしょう」
「もう一年たつからね。あんたなんか、奥さんのあとになっちゃあ、ダメだよ」

このパーティーが開かれているのは一九七八年十二月末。「あんたのこと」「書いたよ」という藤枝静男の短篇小説「みな生きもの　みな死にもの」が掲載されたのは『群像』一九七九年二月号（すなわち同年一月上旬発売）。そして『別れる理由』の第百二十六回が掲載されたのは同三月号。と、このような時間の並びとなる。

「みな生きもの　みな死にもの」は、藤枝静男の師志賀直哉の『暗夜行路』のあるシーンの描写から、人間における自然的（普遍的）行動と個体的行動の違いに思いをめぐらし、小説にも「個小説」と呼ぶべきものがあるのではないかと、作者（藤枝静男）は言う。そしてまさに『別れる理由』は「『私』」に輪をかけた『個小説』と呼ぶべきもの」ではないか、と。

バルザックやトルストイの長篇を読むと、社会と人間との織りなす大山脈を望むようで、その物語が多様な起伏と重積をたどって終末に達したときは、思わず長い溜息が出る。彼等は遥かの高みからその姿を一望に見下ろしつつ筆を進めて、そこにうごめく人生の真をわれわれに展開してみせるのである。

けれども、同じく人生を眺め辿るとき、また別のやり方もあるという考えも私にはある。つまり独りで広い野の小道や丘の裾なんかをめぐり、またゴチャゴチャといり組んだ街中を歩いたりして脚下の雑草やすれちがう人間などの個々の姿を、その個々の細部を自分の眼による同じ強さの視線で等価に捕え、無選択に並列して記録して行く。そして歩みの停まるところでプツリとこの長大煩瑣な文を終えてしまうという——集約を拒否した方法だってあり得る。それが人間世界だという示し方もある。

私は小島氏の奇想が、意識的のそれであるのかどうかは知らないけれど、そういう空想を自分に誘うような気配を感じて、ひとり決めの大なる期待を拭うことができないのである。

これは見事な小島信夫論（『別れる理由』論）である。

『別れる理由』は、時に（例えば第126章以降のパーティーのシーンのように）私小説的に見える構成を持ちながら、いわゆる私小説から逸脱している。私小説における「私」と違って、ここに登場する「私」は不安定である。私小説の「私」がスタティックであるとすれば、『別れる理由』の「私」は、これまでも見てきたように、ポリフォニックである（それがまさしく江藤淳にはフォニーに見えたのだろう）。それは、この「私」が、一つの大きな自我を持った（いわば近代人的な）「私」ではなく、ポストモダニズム的な「個」

の集合体に過ぎないからだ。ただしその「個」を描ききった一瞬、そこに美が生まれる（その美は善とは重ならないかもしれないが）。

『別れる理由』の「個小説」性をこのように適確に指摘した藤枝静男が、実はまた、優れた「個小説」家だったことは良く知られている。

そしてその「個小説」の最高傑作が「悲しいだけ」であることも。

パーティー会場で、前田永造は、藤枝静男に向って、「奥さまが亡くなられて、お淋しいし、御不自由でしょう」と語りかける。

「悲しいだけ」は、その「お淋しい」気持を主題とした「個小説」である。

第126章から始まったパーティーの場面は、このあと、第129章に至るまで、基本的に、前田永造と藤枝静男の会話（とその会話の様子を見守る『別れる理由』の作者である「私」）だけで展開して行く。

そして話題は当然、藤枝静男の小説「悲しいだけ」のことに向って行く。

# 16

『別れる理由』の第126章から文学賞のパーティーのシーンが始まり、第129章まで、物語は基本的に前田永造と藤枝静男の会話で展開して行く、と私は述べた。

しかしそれはあくまで「基本的に」である。

途中、いかにも『別れる理由』ならではの切断がある。

前田永造と藤枝静男の会話で第127章が閉じられたあと、続く第128章はこのように始まる。

『別れる理由』の作者は、ふと思いついてさっき地下室の書庫へおりて行き、藤枝氏の短篇「悲しいだけ」を読んでもどってきた。つい最近一、二年ぶりで小包の封をとき、書架に並べておいたままになっている本の中に、この一ヵ月間「悲しいだけ」という背文字が、悲しげな笑いをうかべながら並んでいた。「悲」という文字は何というふしぎな、ありうべきでないことが起ってしまったという理不尽さをこめた文字だろう。

こういう唐突な一節ののち、すぐにまたパーティーの場面が再開する。

この唐突な一節の時制はいつのことなのだろうか。

第128章を執筆しているそのリアルタイムなのだろうか。

そのように断定することは出来ない。

なぜなら、ここで描かれた事実（藤枝静男の短篇「悲しいだけ」への連想）は、そのままパーティーのシーンにとけ込んで行くからである。

ここでもう一度時制を確認しておきたい。

このパーティーが開かれているのは一九七八年十二月末。

そして、パーティーで、藤枝静男が前田永造に向って、「あんたのこと」「書いたよ」と述べる（すなわち小島信夫の『別れる理由』が言及されている）短篇小説「みな生きものみな死にもの」が『群像』に掲載されたのは一九七九年二月号（同年一月上旬発売の号）。

パーティーのシーンが始まる第126章が載ったのは同三月号。

注意深く読まないと（いや、注意深く読めばこそ）頭が混乱してしまうのは、実はこのパーティーの場で、前田永造がすでに「みな生きもの　みな死にもの」に目を通していることだ。

第127章で、このような会話が交わされる。

「ぼくはあんたの『抱擁家族』だってよく分らんよ。三輪俊介という男はよく分らんよ。なぜああいう男が、ああして存在しなくてはならんかということはよく分らんよ。こいつは仕方がないから」

「藤枝さん、困りますね、ぼくは前田永造です」

「そんなことという必要ないよ、きみ」

「ぼくときみの間柄というわけですものね」

と永造がいった。

「藤枝さん、じつはぼくはあなたが『群像』に発表された小説、もう読みましたよ」

「おや、読んだ? そいつはありがとう。どうだい」

と藤枝氏は軽くとびあがるような愛嬌のあるしぐさをした。ほとんど信じている。あるいは包容力を示している。

「困りますね、ぼくは前田永造です」と言うようにこの台詞を口にしたのはあくまで前田永造であり、『抱擁家族』の作者たる小島信夫は、少し離れた所からそのやり取りを観察している。

うまくこたえるだろうか。作者が心配するのはムリはない。まだ発表されていないのに、もう読んだといっている永造にあんなことをいっている。どうして、ゲラ刷りを編集長に見せてもらった？　ぐらいいわないのか。なぜかというと、あきらかに今日の昼間、ゲラ刷りに眼を通したに相違ないからだ。

パーティーに出席した前田永造（あるいは『別れる理由』の作者）は、藤枝静男から、「あんたのこと」「書いたよ」と言われる。しかし実はすでにその作品をゲラ刷りで読んでいたことが明される。すると書庫におりて「悲しいだけ」を読んだのはやはりパーティーに出席する直前の「今日の昼間」のことだったのだろうか。だが、ここで頭が混乱してしまうのは、第126章に、あまり目立たない形で、このような一節が登場していたことだ。

いったいどうして自分の小説の中に私の小説のことが入ってくるのであろう。作者自身にだって僅かな言葉でいえといわれたらどうしていいか分らないどころか、腹が立ってくるのに、どんなにうまいこととり入れ、しかも自分の小説を生かしているのだろう。

このように語る「私」は、『別れる理由』の作者である「私」である（はずだ）。

その「私」は藤枝静男の「みな生きもの　みな死にもの」に目を通していないものの、

前田永造はすでにゲラで読んでしまったと、つまり「私」と永造がけっして一つに重ならない人間であることを、その差異性を小島信夫は描きわけたのであろうか。それとも単純な構成ミスであるのだろうか（もしそうであったとしても、小島信夫の場合は、そのミスは、例えばつげ義春の「ねじ式」における〃メメくらげ〃という誤植のように、偶然ではなく、作家的必然のように思える）。

話を戻せば、時制を特定出来ることなく、第128章の冒頭で、唐突に（いや、当然のように）、藤枝静男が登場し、その「悲しいだけ」がパーティーの場面に（『別れる理由』の時空間に）流れ込んで行く。

藤枝静男と前田永造は、このような会話を交わす。

「前田永造よ、変化とは思いだよ。思いこみだよ。釈迦に説法みたいなものだがね。ぼくは前に読んだことがあるが、あれは『抱擁家族』だったかな、奥さんが死んだあと、いつも裸かで寝はじめるというところがあったな」

「三輪俊介、三輪俊介」

と永造はささやくように、そしてまるでたしかめるように二度くりかえした。

「あの裸かというのは、あれは何になろうとしたのかな。あれはよく分らんよ。分らんけどあれは持続と変化のかんけいであり、そしてぼくの言葉によれば、思いこみかな。

そうそう」

この二人のやり取りを耳にしながら、『別れる理由』の作者は、このように内省する。

『別れる理由』の作者は、十メートルは離れたところにいるとはいえ、何とかしてこの奥さんに死なれたあとの話というのはやめさせるべきだと思ったのだ。永造に目くばせした。「悲しいだけ」を読んでいるならば、たとえ本人の口から出るにしても、「奥さんより先きに死ぬべきだよ」というようなこと以外は、話題を変えるべきである、とこう考えた、としてもそれは当然のことである。

「奥さんより先きに……」という一節は、それ以前の会話で藤枝静男が永造に向って口にした「お前さんは、奥さんより先きに死ななきゃ駄目だよ」という台詞のことを指す。

このあとの会話の続き具合が異様である。

前田永造は藤枝静男に向って、「あの『私の作家評伝』第三巻の〈多佳女の約束〉の中のあれは如何ですか。……」と語りかけるのだが、その会話文に対して、次のパラグラフは、

「作者」はどんなに止せばよいのに、と思っただろう。どんなに小説を書いてみせるといったって、学者あがりの男の思いあがりで、「作者」のマネをしてみたって、このいい気になりようは、見てはいられぬ。……

と続いて行くのだが、つまり『別れる理由』の作者である「私」がこのような感想を抱いているように読めるのだが、このあと永々と（二段組の単行本で四頁）続いて行くこの独白の主体（「私」あるいは「自分」）はいつの間にか藤枝静男に「変容」してしまっている。

私には気配で分るが、今にこの自分の書いた『悲しいだけ』の本の中のすくなくとも『悲しいだけ』という短篇のことについて何かいいそうに見える。どうしてかしらぬが、フンイキで分る。まるで地下鉄の中にいるようなぐあいである。『群像』でふれたのが失敗だった。この分では未来永劫つながりを絶つことは出来ないであろう。

前田永造と『別れる理由』の作者は、あたかも同一であるかのように見えながら、けっして同一ではない。しかしだからといって、それぞれがそれぞれの実体性を主張した時、逆に、彼らは、彼らの実体を失なう。つまり、彼らは、その差異性の中でしか前田永造としての、そして『別れる理由』の作者としての、実体を持ち得ない。

すでに見て来たように、『別れる理由』は、ある時期から、その種の差異（変容）による実体性が繰り返し登場する（その「実体」を、しかし江藤淳は、フォニーと考える）。その差異の連鎖の中に藤枝静男が加わる。

それは小島信夫の意図的な行為だった。

つまり他ならぬ藤枝静男でなければならなかった（「他ならぬ」という特権的な言い方は、〝差異による実体〟とは矛盾してしまうようではあるが）。

先の「藤枝静男」の独白は、このように続いて行く（傍点は原文）。

それにしたって、ほんとに何だって、わざわざ自分の前に、広い三千世界とはいいがたいが、このパーティの催おされている広間で、どっちかというと遅がけにやってきて、こうして『別れる理由』の作者とその人物の前田永造の二人を束でというより、別々に面倒を見させようというのは、まさにつけ上っているというべきである。しかし、それにしてもだ。（藤枝氏は短い時間の間にこう考えているように思える）あの三千世界の一つ一つの世界の中に、袋の中というか部屋の中にというか、その中に一つ一つ幸福というものがある。この一つの部屋から次の部屋へうつるときには、何かしら、しばらくの間、生き物が物質に見えてくる。これは時間の問題なのか、空間の問題なのか、私にはよくは分らない。家内が亡くなったとき、家内が物質となったときから、急に娘や娘の主人や、おれのところへ出入りする青年たちや、それから池の庭の魚たちも、それから今まで空をとぶことも出来ると見えていた私の仏像までも、（おれはそうとは書いたことは一度もないが、どんなにおれはいっしょにとんだことであろう）物質になってしまった。仏像なんかただの木以下になってしまった。

ここで語られているように、藤枝静男の「悲しいだけ」は、彼が長年つれそった妻を失なったのちに、そのあるがままの気持ちを描いた短篇小説である。そして引用分の傍点箇所にあるように、「物質」というのがその作品の一つのキーワードである。

「悲しいだけ」が発表されたのは『群像』一九七七年十月号であるが、その当時、ある若く優れた批評家が新聞の文芸時評で、「今月読んだなかでは、藤枝静男の短篇「悲しいだけ」（群像）が最もふかく印象に残る。奇妙なことに、ほかの作品を読めば読むほど、この小品の文章の強烈さを思い知るというぐあいなのである」と絶讃した。

「悲しいだけ」は一見無造作に書かれている。特徴的なのは、文章が唐招提寺をはじめ「私」が出かけた土地の風景からはじまり、また急に別の土地に転換されていることである。まとまった筋はなく、いつも叙景からはじまりそこに妻の死や私の心境がはさみこまれながら、進んで行く。ここにあるのは「風景描写」というようなものではない。作者は、まず風景を眼前に投げだしてみて、そこから何かが出てくるのを、いいかえれば叙景が彼の意識のさわりにぶつかるのを待っているようにみえる。（傍点は原文）

その「さわり」は唐突にやって来る。つまり、その部分の「場面の転換は〝非論理的〟であるほかはない」。

「私」は父祖がねむっている墓に御参りに行く。墓地のまんなかに立って街の方を眺めると、地元の高草山が見え、その山の向うに富士山が半身だけ眺められる。その時、「私」は、小学生時代に見たある光景を思い出す。中学生の兄が同級生と高草山に登山に出かけ、途中から変った天候のせいで行方不明になり、父や隣家の青年たちが捜索に向った。「私」は彼らが闇の中に消えて行った姿を、「電灯か提灯かの黄色っぽい明りとともにはっきりと頭に刻みつけている。物質のように」。

そして改行ののち、「悲しいだけ」はこのように転換する。

――「ああ、アア」と私は思った。それは三ヵ月前の妻の死のときとまったく同じ光景のようだった。同じだ、と私は思った。同じ物質のように一種の異物として動かないでいる。

「妻の死が悲しいだけ」という感覚が塊となって、物質のように実際に存在している。これまでの私の理性的または感覚的の想像とか、死一般についての考えとかが変わったわけではない。理屈が変わったわけではない。こんなものはただの現象に過ぎないという、それはそれで確信としてある。ただ、今はひとつの埒《らち》もない感覚が、消えるべき苦痛として心中にあるのである。

この箇所を引用したのち、その若い批評家は、「悲しいだけ」に関する文芸時評を、こう結んでいた。

つまり、この作品は妻が死んだことへの「悲しみ」に書いているのではない。「私」は、悲しいという「感情」をすこしも信じてはいない。むろんそれは言葉でありフィクションなのだ。だが、彼はそれが言葉でも感情でもなく「物質」のように存在するというほかはない。最後に「今は悲しいだけである」と書かれる。悲しいという私の「意識」ではなく、「悲しいだけ」が存在するのである。いいかえれば、存在することが悲しいのだ。

これは幾度もの試行ののちにたぐりよせられた認識である。こういう作品を読むと、「私小説」に関する議論がとたんにバカバカしくみえる。いったい、ここに作者の「事実」が存在するだろうか。ひとびとが「事実」とよんでいるのは、たとえば「悲しみ」のような言葉であり虚構にすぎない。新聞記事にはそういう「事実」が書かれている。あるいはまた、ここに「作者」が存在するだろうか。むろん藤枝静男は作者である。だが、まさに言葉が彼をたぐりよせたのである。

「意味という病」を激しく批判していたこの若き批評家の文芸時評は、一九七九年四月(それはまさに『別れる理由』の第128章が『群像』に掲載された月でもある)、『反文学論』(冬樹社)と題して一冊にまとめられることになるが、同じ一九七九年——この年の持つ文学的意味については拙論「一九七九年のバニシング・ポイント」(『後ろ向きで前へ進む』(晶文社二〇〇二年)に収録)を参照のこと——の秋には蓮實重彥の非深層批評(「反」ではなく「非」)たる『表層批評宣言』が刊行される。

　話を『別れる理由』に戻せば、第128章の先の引用中に見られたように、「物質」という言葉にこのような傍点が打たれ、その言葉のあり方(「意味」ではなく「あり方」)が強調されているのは、若い批評家の文芸時評中の「物質」という言葉への視線のあり方と連動している。

　そしてなおも「藤枝静男」の独白が続いて行くのだが、その独白にまた別の内的独白が重なって行く。つまり、「パーレン(　)」によって独白に注釈が加えられ、その独白は分裂（あるいは差異化）して行く。

（と、こう藤枝氏は、短い短い一瞬といってもまだ長すぎる時間のあいだで考えていた。ということは、ほとんど考えていたというようなことではなかったのであろう。もっとほかの言い方をすべきなのであろう。「作者」だってどうしてゆっくりと藤枝氏の心の中をソンタクしている暇があるものか。いったいこの文章は何だというのだ？　もうすぐ編集長が坂をのぼってくるというだけのことなのか？）

普通なら、「いったいこの文章は……」に続く部分は生《なま》の言葉に聞こえる。ゆるされない言葉であると思う人もいるかもしれない。

だがこれは、『別れる理由』という小説の中で「たぐりよせ」られた言葉なのである。「物質」性を持った言葉なのである。つまり、ゆるされる言葉なのである。

そしてこの「藤枝静男」であったはずの、『別れる理由』の作者らしき人物は、「ふと今月は限られた時間しかのこされていない。つまり「作者」は断崖絶壁の上に立っているくせに羽化登仙の気分でいるのは、どういうことなのだろう？」と自問しながら、やはり「藤枝静男」になりすまして、「十六種の記憶形式」という文章を思い出しつつ、その文章を引用し（そのあとの十数行の文章のつながり具合が私にはどうしても理解出来ないのだが）、さらに先の「悲しいだけ」の末尾を（小学校時代の思い出の部分から）引用したのち、こう書く。

このように藤枝氏自身の短篇「悲しいだけ」を原稿用紙に書きうつしてきて、机に向って締切の時間を気にしている作者は、甚だあいすまぬと思っている。たぶんこの文章に圧倒されたのであろう。「理屈が変わったわけではない」とか、「現象に過ぎない」という文句やら、「埒もない感覚」とか、「消えるべき苦痛」の消えるべきに、きっと参り閉口したのであろう。

とはいうものの、因果なことに私は勇をふるいおこして書きすすまなくてはならない。なげいているのは、私より誰よりも藤枝氏自身であることを知りながら。（ほんとに知っている？　自分の文章の中へ引用なんかして、失礼ではないのかね？）

こう語る「私」はどこにいるのだろう。原稿を書いている書斎だろうか。いや、実はパーティーの場にいるのである。だからこの独白は、こう続く。

藤枝氏は短い短い時間の中で、自作の一部を思いおこし、いいや思いおこしはしなかったのかもしれない。ただ作者が書きうつしただけのことかもしれない。何も思いおこしもしなければ、ずっと前に何ヵ月も前に中都市の一つに帰ってしまっており、しかもその後、別の用事で一度や二度は東京へ出てきていたのかもしれない。いや、さにあらず、藤枝氏はまだパーティにいるのである。

こうして、何事もなかったようにパーティーの場に戻り、藤枝静男は前田永造に、シェイクスピアの『リア王』の話題をふり、「……あれはお前さんの出てくる『抱擁家族』の中の奥さんを寝とられたあと、庭のカメの水や垣根の外からのぞいている駄犬を見て……」(よく知られているように、これは、『抱擁家族』の中で、多くの人がその描写の物質性を賞讃しているシーンだ)と語りかけ、それに対して前田永造が「前にもいったでしょう。あれは三輪俊介という男です。あれはまさに寝とられた男です。……」と答え、

十メートルはなれたところからこの光景を見つめていた「作者」は予期していたもののかなりのショックをうけた。

という「作者」の内省と共に第128章は閉じられる。

続く第129章(この第129章が掲載されたのは一九七九年六月号。群像新人文学賞受賞作として村上春樹の「風の歌を聴け」が載った号、つまり文学——だけでなくもっと様ざまな

ものを含めた文化——の大きな転換点となる時だった）はそれまでに比べてスタティックに（つまり普通の言葉の続き具合と時間の流れの中で）進んで行く。

相変らずパーティーのシーンであるが、前章の最後で『抱擁家族』が言及されたためか、前田永造の『実感女性論』（小島信夫の一九五九年の著書のタイトルは『実感・女性論』であるから、その著作と差異化をはかるためにあえて中黒を取ったのかと思うと、途中で「『実感女性論』の著者は永造ではなく、「作者」だということは、読者には知っておいてもらわなくてはならない」という独白が聞こえてきたりする）を話題にしながら、藤枝静男と前田永造の間で女性について会話が交わされて行く。

見逃していけないのはこういう一節である。

藤枝氏は眼ではっきりアイサツをした。「作者」はそこに一人の若い男を見た。

「ぼくの考えでは藤枝さん」

と永造は一つうなずいていった。

「文学者といわれているような人はたいてい昔からその人間のなかにもぐりこむものです」

「シェークスピアなんかももちろんそうだろうな」

「そうですよ。その通りですよ。彼の人物は男も女もこれはといった連中はみんな、彼自身ですからね。……」

二人の会話の中身も重要だが、この場面、すなわち、藤枝静男の視界に入った「二人の若い男」にも注目してもらいたい。

この「若い男」は、この章の最後で再び、

若い男はそのことに答えようとして歩きかかっているように思える。そちらの方を見やることなどなくとも、分っている。すべて、ことというものはそのように運ぶ性質をもっているものだからだ。

という風に登場し、続く第130章は、

その若い男は、『別れる理由』の作者に近寄ってくると何ともいえぬ人なつっこい微笑をもらした。含羞というかんじのものだった。含羞というものほどあてにならぬものはない。人と人と対面してこの世の礼儀としてあいさつをかわさねばならぬことを恥じているようにも見えるからだ。

とはじまる。

こちらに近寄ってくる「その若い男」によって想起された「作者」のこの独白は、さらに、このような言葉を「たぐりよせ」てくる。

言葉というものは何と不自由なものだろう。ところが言葉こそ、不自由ゆえに本来の自由をもつものだ。なぜかというと、自由はその不自由さの中にしかないし、そもそも自由とは何であろう。どうしてこんな言葉を手あかのついた言葉しかつかえぬのだろう。言葉をつかって言葉の裏をかくより仕方がない。それは歴史だからだ。人が信じている歴史があるのだから。だがその歴史をひっくりかえしてやらなくてはならない。

今、私は、「その若い男」によって想起された、と書いたが、この独白は、まるで「その若い男」自身のそれのように聞こえてくる。

そして実際、例によって唐突に、

……ここに自分がかかえこんでいるこの自分、この、柄谷行人、ペンネームの柄谷行人……

という一節が登場して来る。

当時、柄谷行人というペンネームを持つその若い批評家は、一つのことを繰り返し語っていた。「差異」と「同一」の問題をである（フォニーを強く批判した江藤淳は、言うまでもなく、「同一」をすなわちアイデンティティの確かな手ごたえを常に求めた。だがそのような、アイデンティティなるものが、本当にリアルであるかどうか、それも一つのフィクションにすぎないのではないか、という批評的視線――危機意識――が顕在化してきたのがこの一九八〇年前後のことであり、文学批評におけるその旗頭が柄谷行人であり、蓮實重彥であった）。

例えば中上健次との対談（「文学の現在を問う」、『現代思想』一九七八年一月号）では、

> 要するに、近代のブルジョア社会、国家、科学、経済、これはみな同一化するものだし、同一性を強いていく。ひとがものを考えるときには、それを自然で自明なものとして前提してしまっている。早い話が、世界には同じものなぞ一つもありはしない。しかし、数が存在するのは、そこに同一性を想定するからさ。貨幣もそうだ。まったく異質なものを同一視するところにある。そうすると、どの商品にも内在的な価値があるかのようにみえる。人間の同一性というのもそうさ。ところが、同一性を促進することが「進歩」ということなんだね。だから、マルクス主義者はブルジョア思想そのものだ。

差別反対主義もそうさ。ぼくは、この同一性の形而上学を根底的に粉砕しようとしているのでね、「差異」が重要な概念なんだ。しかしこれはぶっそうな概念なんだよ。

と語っていたし、廣松渉との対談（「共同主観性をめぐって」、『現代思想』一九七八年八月号）では、

マルクスがエピクロス論をやる場合、エピクロスの内的な体系というのはこれだ、ということはひとつも言っていない。むしろ内的な体系というのは無いんじゃないか、とぼくは思うんです。まず内部というものが疑わしいんじゃないか、それは下部や深層と言ってもいいんですが。彼が実際にやったことというのは、エピクロスとデモクリトスとの差異でしょう。差異性としてしかやっていませんね。だからあるものに内属するなにか、という考え方をしていない。差異の中で見えてくるものしか言っていません。

と語っていたし、蓮實重彦との対談（「マルクスと漱石」、『現代思想』一九七九年三月号）では、

「表面しかない」ということは「終りがない」ということと同じはずですね。「終りが

ない」ということは「目的《エンド》がない」ということです。ぼくが読む気がしなくなってる批評は、いわば深さの形而上学に囚われている。読者よ、深いところへ私はこれから行きますよ、という構えで書かれているんですね。たとえば、漱石なら漱石の「中心」をつかまえるということ自体がすこしも疑われていない。

と語っていた。

廣松渉との会話や蓮實重彦との対談のタイトルにあったように、この頃柄谷行人は、マルクスのテキストの読解をもとに「差異」と「同一」の問題を探求していた。その一つの達成が一九七八年七月に刊行された『マルクスその可能性の中心』(講談社)だった。

そして、「悲しいだけ」という作品に対する問題意識(批評性)を共有するこの三人、藤枝静男と柄谷行人と前田永造、いや、『別れる理由』の作者を加えて四人、さらにまた小島信夫を加えて五人は、それぞれの意識や言葉が渾然となりながら(渾然ではあっても、渾然一体ではないことに注意)、『マルクスその可能性の中心』を「中心」に、パーティーでの会話のやり取りを重ねて行く。

# 17

第130章で正体が明らかとなったその「若い男」、すなわち「柄谷行人というペンネーム」の男に藤枝静男は、このような言葉をかける。

「……あれだね、行人氏の『マルクスその可能性の中心』という本は……あれ、ありがとう。ぼくの頭ではムリなところがあるが、あれは面白いよ。全部読み通すには苦労がいるが、あの引用文はすばらしいよ。ほんとにあんなものがこの世にあったのか。あれはフィクションではないかと思ったよ。あれ、ほんとにあるかね？　さっきもいった通り引用文だけがいいといってるわけではないよ。きみも引用文には負けてはいないからね。引用文も、きみ自身の文章も、それこそ天竜川をさかのぼったところの五〇〇メートルの山から掘り出してきた岩石みたいに存在しているからね。きみ自身の文章だって、フィクションみたいで、説明的ではないからね、……」

そして藤枝静男は、『マルクスその可能性の中心』の二頁めにある引用文（一八五八年五月に書かれたマルクスからラッサール宛の書簡の一節）を引いてみせる。パーティーの場でなぜそのようなことが可能かといえば、藤枝静男は、「ここにきみに会ったらそのことをいおうと思って、書きうつしてきた」からだという。そして、小島信夫の『別れる理由』は、その最初の数行、

僕は病気のあいだに君の『ヘラクレイトス』を十分に研究して、散逸した遺文から体系を組み立て直す仕事がみごとにできていると思うし、また論争にみられる鋭い洞察にも感じいった。（中略）

の部分を引用したのち（「（中略）」は原文ママ）、本文はこのように続いて行く（途中の「（中略）」は引用者）。

この中略がくせものかもしれないね、行人くん、「作者」氏よ。なあ、ちょっとくさいと思わないかね。（中略）ねらっているものからそれるように見えてはいけない、というふうに、中略、をしたのだということぐらい、ぼくだって分らないことはない。そんなこと分らないで眼科医は出来ぬからね。これは結果のことだがね。行かえでなく、さっきの、中略にそのまま続くのだ。

さらに『マルクスその可能性の中心』の二頁目の引用の続きを最後まで引いたのち、十数行の本文があって第130章は閉じられるのだが、誰かの（たぶん「『別れる理由』の作者」の）内省であるこの十数行の、行ごとの、それぞれの言葉の関係性が、何度読み返しても、私にはうまくつかまえられない。意味を取ることが出来ない（難しい表現は一つもないのだが）。

その点についてはまた、いつかまた再チャレンジしたいが、「柄谷と名のる若い男」が、いよいよ柄谷行人らしい言葉を口にし始めるのは、続く、第131章の中頃からである。

「あんたは何をいっても面白いよ」

と藤枝氏はいった。

「前田永造だって証人だよ」

とつけ加えた。

「マルクスのいっているのは、差異化のことをいっているのでね」

と横を向きながら、行人は講義をするようにいいはじめた。といっても、わかるやつだけがきいておればいいのであって、その分ると思っているやつもたぶん誤解であろう。自分のいうことがわかるやつがいたらおかしいくらいだ。おれが、こんなふうにぶっきらぼうになったのは、無理解者と誤解者ばかりしか見ることができなかったからだ。

柄谷行人と藤枝静男との会話、いや柄谷行人の自著（『マルクスその可能性の中心』）解説は続いて行く。

「ぼくのいうのは、根元的に差異化をはらんでいるところの自然成長性のことをいうので」

「マルクスのこと大いにいったらいいよ」と藤枝氏はいった。「気がねすることはない。今あんたがいるのに気がねはいらんよ。だってそういう人物はこの世にいたのだから。その名をあげるときに恥しがることなんかないよ」

続けたまえ、続けたまえ、といっているように見える。若い男はじっと藤枝氏を見、それからついでに永造を見た。

「目的意識性に対立するものとして、自然成長性のことをいうけれども、このように分けているところにもう既に、自然成長性の中にもふくまれている差異性のことを、ぼくはいいたいのでね」

もうすこし、もうすこし、という声がどこからともなく起っているように見えた。

「もうすこし、もうすこし」という声（しかしこの声はどこから聞こえてきたものだろう。誰によって発話されたものだろう）に従うかのように、「柄谷行人」は、さらに長台詞を口にする。

「物質と精神、身体と精神、自然と文化、自然性と意識性といった対立の発生こそが、その根源にある自然成長的な差異化を隠蔽するのだからな。自然成長性のシステムには、これを超越するいわゆる主体というものはありえないのであってだな。これはマルクスのいう諸関係の総体としてある。……」

ここに引いたのはその三分の一ぐらいの分量である。『別れる理由』の中で、主人公の前田永造は、様ざまな人物に「変容」してきた。ここで彼は「柄谷行人」に変容している。それぐらいこの「柄谷行人」は、柄谷行人らしい台詞を、当事者ならではの（つまり、第三者が『マルクスその可能性の中心』を読んでその内容を咀嚼しただけでは語れない）台詞を、口にして行く。

ただしその台詞を、藤枝静男と並んで、他ならぬ前田永造も耳にしている（そしてその様子を「『別れる理由』の作者」は少し離れた所から観察している）わけであるから、一体この前田永造が「変容」しているはずの「柄谷と名のる若い男」は誰なのだろう。

いずれにせよ、この「柄谷行人」らしき人物は、あまりにも柄谷行人のような発話を続けて行く。

『自由と禁忌』で江藤淳は、『別れる理由』におけるこのパーティーの場面について、「こういう場面に発揮されている『別れる理由』の作者の描写力は、やはりなかなかのものといわなければならない」と述べている。つまり、「作者は声帯模写がうまいのである。換言すれば、実在する人物の発語《パロール》の特徴を把えて、鮮明な聴覚映像に結像させる技法に長じているのである」、と。

その描写力がいかんなく発揮されているのがこの第131章に続く各章である。

これらの章は、ここだけ独立させて、一種のパスティーシュ（しかもただのパスティーシュではなく、虚と実に関してかなり深いことが語られている）小説としても読むことが出来る。

「きみはこんどアメリカのマルクス学会でその意見を発表するのだそうだね」

「英語になおしてみようとするが、まったく英語になんかなりゃしない。ぼくたちが思うことは翻訳不能だからね」

「そういうもんかね」と藤枝氏。

「そういうもんですよ。本来そういうものじゃないかな。早い話が藤枝静男のものが英訳されますかね。『別れる理由』がそうなるかね」

前田永造と藤枝静男の二人がかすかに笑いをうかべた。

それに対して、前田永造が、それは「理解させようと思わないだけのことじゃないか」といった言葉をはさむと、やり取りはこのように続いて行く。

「それは理解とは何のかんけいもない。だいたい理解ということなんかありはしないんだ。ひょっとしたら理解とはめめしい態度かもしれない。しれないどころかめめしさそのものだ。差異があるということが身をもって示すシステムなのだからな」

「もしかしたら、それはフーコーとかいう人の考えとも似ているのかね」

と藤枝氏が時計を見ながらいった。

「藤枝静男ともあろうものがそんなことというのはどうかと思うな。ぼくがフーコーを問題にしたとしたって、マルクスの名をあげたって、ぼくはぼくだ。ぼくは彼らに寄りそわない。誰の考え、彼の考えというふうにきめてかかるべきではない。そこに徒党が出来る。ぼくはマルクス学会でバクダンをしかけてやるつもりでいるのだが、そのためには彼らにあんまり分ってはいけないのだ、その自信はぼくにはある。……」

そして、このようなやり取りが、さらに数章に亘って続いて行くのだが、ちょっと気になるのは、第131章の終わりから、第132章への続き方である。

第131章はこのように結ばれる。

「シェークスピア？　わしはよく知らんな」

と藤枝氏がいった。

「もちろんシェークスピアは知っているよ。永造とつきあうには知らずにすますことはできんからね」

「それに『別れる理由』とつきあうということでしょう？」

と若い男がいった。

「あのアラカシキ小説とね」

とつけ加えた。

この最後の、「あのアラカシキ小説」という言葉は、ちょっと（いや、あまりにも）唐突である（「若い男」は本当にこのような言葉をこの場で口にしたのだろうか）。

しかし、唐突に見えるこの言葉が、続く第132章の導入となる（つまり、唐突ではなく、これは、作者（とは誰だ）の意図したものだった）。

「前回のさいごのところは、アラカシキではなくてアラヤシキだった」

と若い男は頬をそめながら、あまり口にしたくないが、全然ネグってしまうわけには行かない。それがそもそも問題なのだ。だが、この思いを誰がわかってくれよう、というふうに見えた。

「そのアラヤシキとは、どういうことかな」

と前田永造はいった。

「あんたが知らんわけはないでしょう」

と若い男は、よけい頬を赤くした。

「記憶のことであんなにしゃべった前田永造が、アラヤシキを知らんわけはない」

「アラヤシキとは、阿部の阿、に依頼の頼、やは耳へんにコザトのつくり、シキは意識の識ですよ」

と若い男はその場にいたたまれぬようにいった。何とか早く切りあげてしまおうとしながら、それが出来ないのがもどかしいのであった。

アラヤシキ（阿頼耶識）というのは、『広辞苑』によれば、「人間存在の根底をなす意識の流れ。経験を蓄積して個性を形成し、またすべての心的活動のよりどころとなる。唯識派で説く。八識の中の第八識」であるが、「若い男」が口にした「アラカシキ小説」とは、もちろん、三島由紀夫の遺作『豊饒の海』四部作（の特に『暁の寺』）のことだろう。ただし、ここで三人の間で『豊饒の海』が話題にされることはない。

今引いた部分はこのように続いて行く。

「世界とか人生とかいうものは、どうしても黙っているわけにも行かないし、いうだけのことはあるものだからね」

と前田永造がいったのには、「作者」はおどろいた。

「それで藤枝さん、柄谷氏のよく知っており、ぼくも心得ているにちがいない、その、阿頼耶識《あらやしき》というのは、仏教の意識の層のことらしいが」

「もっとも根源の層のことさ」

と永造に柄谷とよばれた若い男は藤枝静男とよばれる男の方をうかがった。挑戦的でありながら、一方において遠慮がちなところがある、というより、遠慮がちというところが、挑戦的でもあるともいえた。

『別れる理由』の「作者」は、あまり強い自己主張を行なわないはずの（？）前田永造の、このような発言に驚いたのだが、永造はさらに、こうも言う。

「その阿頼耶識なら誰にもあるということじゃないのかね。それもひょっとすると、ぼくという人間がかくべつ深いかんけいがあるとか、ぼくがそのアラヤシキそのものでさえあるとでもいうのですかね。もっというなら、ぼくがこうしてしゃべることもまた、アラヤシキを人物にしたようなものだとか……」

しかし彼らのアラヤシキ談義はこれ以上の展開を見せることはない。

阿頼耶識というものを、「時間軸と空間軸とが」、「ぶっちがいに交叉している原点」(澁澤龍彥「三島由紀夫をめぐる断章」)ととらえた三島由紀夫は、その考えをもとに、時間が均質化し経験が無個性化して行く時代に抗うように、輪廻転生譚『豊饒の海』を残し、一九七〇年十一月二十五日、自殺した。

先にも述べたように、「アラカシキ小説」という発言が出ながら、このパーティーの場で三島由紀夫が話題になることはない。

いや、『別れる理由』には、三島由紀夫がまったく登場しない。つまり、全篇を通じて、三島由紀夫について言及されることはいっさいない。

何度も述べているように、『別れる理由』は『群像』一九六八年十月号から連載が始まった。そして、最初の頃は、大学紛争や佐藤首相など、その時代の社会的話題が作品中に、例えば登場人物たちの口を通じて、しばしば登場して来た。けれど三島由紀夫の事件が触れられることはまったくなかった（すべての文芸誌をあげて三島の事件が特集されるのは一九七一年二月号のことだが、その時『群像』の「別れる理由」は連載二十九回目で、ちょうど前田永造が浮気相手の会沢恵子の家を訪れ、その夫とハチ合わせしそうになるシーンだった）。

そういう『別れる理由』の連載百三十一回目（一九七九年八月号）で、唐突に、「アラカシキ小説」という言葉が登場する。

唐突なようであっても、これは、意図されたものだと思う。『別れる理由』という「アラヤシキ小説」の中で、あえて。

話を小説の進行に戻す。

すでに見たように、第131章で柄谷行人は、自分の作品や『別れる理由』や藤枝静男の小説の翻訳不可能性を語っていたが、その話題はまた、第133章で、藤枝静男の口を通じて（藤枝静男が永造に語りかける形で）、むし返される。

「……それにしても、あれだね、これは彼の問題なのか、わしの問題なのか、ひょっとしたら『別れる理由』の問題なのか、よくは分らんのだけども、行人くんが志賀直哉やわしや『別れる理由』や彼自身のものがホンヤク出来ん、という一方において彼の考えていることが世界共通のことであるというのは、いったいどういうことであろうかね。それを行人くんにきくと、きっとうまい返答がすぐ返ってくることも承知はしているのだが、なぜか、本人にはうかがいたくなくて、きみへのわしの眼つきの中だけのことにしておきたい気持なのは、これはわしが年齢《とし》をとったせいかね。……」

「藤枝静男の口を通じて」と先に私は書いたが、正確に言えば、これは、「藤枝氏は永造にこういっていることは確実であると『別れる理由』の作者は思った」、ことなのである。つまり、「『別れる理由』の作者」の耳に聞こえてきた藤枝静男の言葉なのである（いやさらに正確に述べれば、耳に聞こえてきたのではなく、「藤枝静男の眼つき」から「読んだ」言葉なのである）。

そしてその時、前田永造は、「うなずくように『若もの』の方を見た」。

すると、さらに「『別れる理由』の作者」は、前田永造になり変って、このような内省を行なう（このあたりの、言葉の錯綜振りは、毎度のこととはいえ、その主体をたどって行くのにとても骨が折れる）。

それにしても、どうしてその出身地の言葉をすこしもつかわないのであろうか。日本人の日本人たる所以のものがホンヤク不能だというのなら、いったい彼の出身地の言葉はどういうことになるのであろうか。ああ、柄谷行人という。

藤枝静男と前田永造とは、こうした点では、ほぼ同じようなことを一瞬にして考えていたといっていいわけであった。

この「青年」が赤い唇の中に、生れ故郷の言葉を全部封じこめてしまっているということは、彼の形而上的なながきともいうべき、あの、日本語で発想したものが、どうして外国人にわかることができるか、という、先々回の文句とよく似たものである。ここにもながきがあるにちがいない。どうしてそれがなくてかなおうか。

それに対して、「柄谷行人」は、例えば、このように答えて行く。

「……まあ、いってみれば、システムは断片のうちにあるかの如くいかなる何々論の中にも存在しないからね。主体的中心というものはないのだからな。正しく適応したものだけが選ばれる、というのは、どうしてうけいれられるかね、……」

「ある対象があってそれに対してあることをいいあらわし、それを読んだりきいたりするものがまわりにいるというときに、かろうじて観ることで、語るにつれて断片になり、そうと知れず、そうとは思いたがらずして自己同一となりそれによって差異性をもち、そのことによってシステムへと返照したかの如くかんじさせ、忽ちそこを離れると雲散霧消するかもしれないもののことだと思うね。……」

ここで「柄谷行人」が口にしている「断片」という言葉に注目してもらいたい。「断片」は、「差異」と並んで、この時代の一つのキーワードだった。

私は断片しか信じない、と言ったのはアメリカのポストモダン派の作家ドナルド・バーセルミであるが、「断片」と「差異」を重ねて論じたのはジル・ドゥルーズだった。

例えば富山太佳夫の評論集『方法としての断片』（南雲堂一九八五年）に収録されたジル・ドゥルーズ論「途切れと流れ」（初出は『現代思想』一九八二年十二月号）は、このように書き始められる。

あらゆるものを断片あるいは部分とみなすことができる。だが断片や部分でしかない部分的対象は、それを前にする者のうちに不安をかきたて、苛立たせる。とりわけ超越論的なロゴスや合目的的な全体システムの信奉者にとっては、断片的な対象とはなんらかの全体と関係づけることによって安定させるべき異物でしかあるまい。しかしそれとは逆に、断片的な対象それ自体の〈いま、ここ〉を絶対化していっさいの関係形成を拒否し、断片の快楽主義に戯れることもできるだろうし、そこに個人主義の極限の隠喩をみて安住することも可能かもしれない。「われわれは部分的対象の、ばらばらにくだけた煉瓦の時代に生きて」おり、「かつて存在した始源の全体性も、未来のどこかに待っている最終の全体性ももはや信じていない」と書いたジル・ドゥルーズは、そのいずれの方向にも走るまいとする。

つまりドゥルーズは、「断片から断片へ、部分から部分へ横断する『逃走の線』を走りながらも、いわゆる有機的な統一をもつ全体性にゆきついてしまうことを回避しようとする」。プルーストの『失われた時を求めて』を例に、ドゥルーズは、「小説はもはや永遠の人間性というたぐいの本質を表現するものではありえないし、記号に意味を与える超越論的なロゴスとかそれに支えられた体系とかを表現するものでもありえない」、という。彼は、「そこに提示される本質は『差異』としか規定できないと結論する」。「この本質はすでに在るものの現出ではなく、それ自身ではないところのものによって現出させられて、その現出させるそれ自身ではないところのものと寄生的に共在しながら、それを越えてしまう何かである」。だから、「小説とは超越論的な意味するものとしてのロゴスの束縛から解放された記号が、書き込まれることによって増殖してゆく何か」である。

「柄谷行人」は、そして「『別れる理由』の作者」は、ドゥルーズのこのような意識を、同時代的に共有していたのである。

しかも、「『別れる理由』の作者」は、小説家であるがゆえに、このような意識を共有していたにもかかわらず（だからこそ）、『別れる理由』という、奇妙に増殖して行く小説を「書き込」んで行くことになったのである。

第133章に続く第134章で、『別れる理由』は、さらに、このように「増殖」する。

「ぼくはとにかくここにその本をもっているから、ここのところを読んでみたらどうかね」

「おい、それで永造自身の意見はどうかね」

と藤枝氏がきいた。

「どうせ、お前さんが何と返事したって、それはその返事そのものは、そのときお前さんの返事でありすぎないかね、あるいは、そう返事していることということはどういうことかということを推量しなくてはならんのだがね」

ここで「ぼく」と語っているのはもちろん前田永造である。

先に触れたように、藤枝静男は、このパーティーで柄谷行人に会えるかもしれないと思って、『マルクスその可能性の中心』の冒頭の引用文をメモして来た。

ところが前田永造は、その本（『マルクスその可能性の中心』）そのものを、実はパーティー会場に持って来ていたのだ（そのことをはたして「『別れる理由』の作者」は知っていたのだろうか）。『マルクスその可能性の中心』の中の、「スターリニズムに対して、マルクスのヒューマニズムを対置させる考えほど愚かなものはない」という一節を引用したのち、『別れる理由』は、このように続いて行く。

と先ず前田永造は読んだ。自分の本を読まれる行人は横をむいた。

「ぼくは前にもいったようにこの思想はこの若ものには前からあったかどうか、ぼくはひじょうに興味をもっているのですがね」

「おれにはよく分らんが、その考え方はちょっとおそろしいところもあるが、もし前々からそうだということになると、これはあんまり見当らない存在だったかもしれないな。さしあたり、ハニヤなんかと対決させるといいところだな」

若ものはニヤリとした。

前田永造が引いたのは『マルクスその可能性の中心』の第六章（終章の一つ前の章）の末尾に近い部分であるが、永造は、この章の終わりに向って、さらに朗読を続けて行く。

# 18

『マルクスその可能性の中心』の朗読をはじめた前田永造に「柄谷行人」は、このような態度を取る。

「この人は」と柄谷は、永造を指さした。といっても、腕をすこしあげて、ほんのすこし永造の方に向けたにすぎなかったけれども。

「藤枝静男の本のことだってよく読んで知っているじゃありませんか。ぼくはすこしも動ずるものではないがね。この人は色々と興味をもちそのとき、何らかのコンタンを抱いているということはいえると思うな。別に賞めているわけではないが」

若ものはこんどは顔色をすこしも変えずこのままの顔色をどこまでも続けるという気概を示しているように見えた。だが、そんなこと、すこしもアテになるわけではない。はたして、

「そうイバるなよ」

と藤枝氏はいった。とたんに若ものの顔色はさっと赤くなった。

さすが「藤枝静男」ならではの合いの手であるが、彼は、さらに、このように言葉を続けて行く（傍点は原文）。

「いいから、さあ、コンタンさんよ、早く続けてくれよ。さもないと、この人は口ほどでもなく、はずかしがって差しとめるぞ」

柄谷行人はどうしてもそうできなかったのが一度に開放されたように、あかるく、実にあかるく、論文も何もかもすっとんだかのように笑った。

そしてこの章（第134章）の終りに至るまで永造の朗読は続いて行く。

もちろん、その朗読は、『別れる理由』にふさわしく、単純（単線的）なものではない。

例えば、この章の章末部分を引いてみる。

「……ぼくは、自分の本を覗くのは恥ずべきことだが、ホラそこにもぼく自身が既に書いているように、『苦』はとりのぞかるべきものでもなければ、キリスト教的原罪でもない。いかなる意味においても罪じゃないね。それは人間というより宇宙の根元的な『偏差』であり『たわむれ』以外の何ものでもないからである」

この最後の「根元的な」……から「である」までは、永造が朗誦するように読みあげたので、ほとんど二人で合唱するように見え、「作者」もそれに加わっているようにきこえた。

語りかけ、つまりカギカッコ（「　」）の中の前、中半部分を省略してしまったので、少し意味が取りにくいかもしれないが（いや、全文を引いたとしてもその意味の取りにくさに変りはないのだが）、ここで「ぼく」と口にしているその話者は、『マルクスその可能性の中心』の著者である「柄谷行人」である。

つまり、『マルクスその可能性の中心』の第六章末尾の、「根源的な『偏差』であり『たわむれ』以外の何ものでもないからである」という一節（些細なことであるが、その前の「それは人間というより宇宙の」という一節は、実は『マルクスその可能性の中心』の中には登場しない）を、前田永造と共に「柄谷行人」も、声に出して読みあげたのである。さらに、それに、『別れる理由』の「作者」も加わったのである。

……ほとんど二人で合唱するように見え、「作者」もそれに加わっているようにきこえた。

といって第134章は閉じられるわけだが、一体、誰の耳に「きこえた」のだろうか。それまでなら、前田永造と「藤枝静男」と「柄谷行人」のやり取りを、少し離れた所から耳にしていた「作者」ということになるはずだが、その「作者」も朗誦に加わってしまっているのだから。

既に何度も指摘してきたように、『別れる理由』には、しばしば、このように無気味な「無人称」が登場する。そしてその「無人称性」が、リアリスティックな筆致で描かれるからこそ、この小説ならではのポストモダニズム性が表現される。

『マルクスその可能性の中心』の朗誦（合唱）が続き、ますます時間が停滞して行くかに思えるこのパーティーのシーンに、続く第135章で、新しい風が吹く。

そのとき、小説『別れる理由』の中で前によく出てきたように、

「あなた方合唱なさっているのね」

といいながら、ひとりの婦人、というか、女性というか、女というか、アナザー・セックスの人物が近よってきた。パーティの席でこんなに長く立ち話をしている間、彼女は今までどこに隠れていたのだろう。そのいい方は、どこか舞台でセリフをいっているか、あるいは、稽古場で台本を読んでいるようなところがあった。

「ああいらっしゃい」

と藤枝氏がいった。柄谷行人はその白い顔をまた赤らめて、チラっと眼であいさつをしただけで、その眼をそらした。そらすところを含めて、それがこの「若もの」のあいさつであることは、いうまでもないことである。

この女性は誰だろう。

そういう質問を行なうのは他ならぬ前田永造である。

そして、『別れる理由』の「作者」は、このシーンを、わ、ざ、わ、ざ、小説的に描こうとする。

「この方はどなたですか」

と前田永造は藤枝氏にたずねた。

「知らない？　大庭みな子さんですよ。この人、前田永造だよ」

「わたし、大庭です。でも誰だっていいのよ。どうせ私は、大庭みな子と呼ばれている女であるかもしれないし、まったく別の女であるのかもしれないのですから。要するに一個の女よ。だって、そうでございますでしょ？　誰だって名前といっしょに歩いているわけではございませんですもの……。私はこれでも毎月『別れる理由』を読んでいるんですからね。あなた方もみんな、ただの呼ばれる存在なのよ。前田さん、わたし、

『別れる理由』の作者にあいさつ申しあげてきましたのよ。あれが始まるころにお会いしただけなんですのよ。前田に宜しくいってくれなんておっしゃったの。あなた、ひがんじゃ駄目ですわよ。どうして殿方って、そうなのかしら。ひがむのは私たち女の方じゃないですこと？」

藤枝氏はニコニコしていた。それにあわせるようにほかの二人の男も笑いをうかべた。

「大庭みな子」という女性の登場によって、このパーティーの場面は、俄然、活気づいてくる。それまで、やや、抽象に傾きかけていた会話が、もっと具体的なものになって行く。まさに、パーティーの場にふさわしいものとなって行く。

例えば「大庭みな子」は、「柄谷行人」に、このような軽口をたたく。

「……あなた、マルクスもいいけど、だんだん気ムズカシクなって、大きなことと、小さいことをくっつけることばかり考えるようになって、そのあげく日本のものは外国にホンヤク不可能だなんてことを口にしたりなさるようになるのよ。よくないことよ。わたしは柄谷行人を買っていますわよ。あなたは大したものよ。だけど、意外とキュウクツで、開こうとするあまり、閉ざされているというかな。……」

「外国にホンヤク不可能」というのは、すでに触れたように、第131章で、「柄谷行人」が前田永造や「藤枝静男」らを相手に口にした、「ぼくたちが思うことは翻訳不能だからね」という台詞を示している。

「大庭みな子」はその台詞を盗み聞きしていたのだろうか。それとも、登場人物が自由に時空間を移動出来るこの『別れる理由』の中で、「大庭みな子」は、パーティーに出席しつつ、四章前、すなわち、「柄谷行人」のそういう台詞が登場する第131章を『群像』で読んだ上で、このパーティーに参加しているのだろうか（それから、「柄谷行人」の台詞と言えば、今私の手元に、二〇〇四年一月から岩波書店で刊行される『定本柄谷行人集』全五巻の内容見本がある。「外国語で翻訳刊行されたもの、および刊行予定のもののみを集成」というその著作集の謳い文句は、「多言語に開かれた、未曾有の批評空間」というものだ。その内容見本にはまた、著者近影と並らんで、一九八二年の柄谷行人の肖像写真も載っている）。

もちろん、私のそのような疑問を作者（これは『別れる理由』の「作者」ではなく本当の作者――しかし本当の作者とは何だろう）は充分承知している。だから、作者は、こういう注釈を加えている。

ここで毎度のことであるが、何度でも断わっておかなければならないが、大庭みな子さんとして誰かが、藤枝氏が紹介したとしても、藤枝氏はいいかげんなことをいっているのかもしれない。やむにやまれぬ事情で、わざとそんなことをいっていたのかもしれない。第一、藤枝氏にしろ、柄谷氏にしろ、あの藤枝氏であり、あの柄谷氏であるかどうか疑問である。名前なんかアテになるものではない。

つまり、「大庭みな子」らしき人物は、しかし、大庭みな子その人ではない。あくまで『別れる理由』の中の「大庭みな子」である。それゆえ、彼女は、「柄谷行人」の〝キュウクツ〟振りに軽口をたたきながらも、こう描かれる。

そこで彼女はしばらく考えこんだ。彼女はほとんど柄谷行人の身体ではもの足りず、彼の内部へ、彼女自身の内部へ入りこもうとするように接近した。ずっと微笑をうかべていた。

それを鋭く見抜いていたのは「藤枝静男」である。

第135章のラストで彼はこのような台詞をはく。

「永造よ、この人はきみの野上女史だよ。きみがあんなに長年、馬となってつきあってきたところのね。そしてそれだけの甲斐はあったといっていいよ」

続く第136章は、このように始まる。

「どうぞ何なりとおっしゃって」

と大庭みな子と藤枝静男に呼ばれて、ひきつづきそういうことになっている女性が爪先き立つようにして、のぞきこむようにいった。

いわれたのは柄谷と呼ばれる男である。

単行本版で普通に読み進めてしまえば、「どうぞ何なりと……」という「大庭みな子」の言葉は、前章最後の「藤枝静男」の台詞を受けたものであり、「藤枝静男」あるいは前田永造を相手に発せられたように聞こえてしまうが、これは、ここに並列して引けば明確になるように、「きみの野上女史だよ」という声をバックに、「柄谷行人」相手に発せられた言葉である。そして「大庭みな子」と「柄谷行人」は、前田永造と「藤枝静男」を交じえながら、『別れる理由』恒例の（?）、男と女についての会話をこのあと数章にわたって重ねて行く。例えばイプセンの『ヘッダ・ガーブラー』を話題にしながら。

ところで、実は、この第135章から第136章の間に、大きなジャンプ（あるいは断層）がある。

第135章が載ったのは『群像』一九七九年十二月号。第136章が載ったのは一九八〇年一月号。

「一九七九年のバニシング・ポイント」（『後ろ向きで前へ進む』）で、私は、一九七九年が、とても重要な意味を持つ年であることを詳述した。一九七九年は文学的に大きなパラダイムチェンジとなる年だった。つまり一九七九年から八〇年にかけては、文学的に、古い物と新しい物が入れ替るその臨界点だった。

その頃、新聞の文化面や文芸誌のあちこちで、「八〇年代、文学はどうなる」とかいった特集を目にした。それは、新しい時代の到来で、従来の文学はもはや意味を失なってしまったのではないか、という不安や予想のもとで語られていた。文学に関心ある人は、皆、今が大きなパラダイムチェンジの時にあることを実感していたのだ。

例えば、それから十年後、時代は平成になり、「昭和文学から平成文学へ」という問題が語られたりした。あるいは、さらにその十年後には、「二十一世紀の文学とは」という問題が語られたりもした。

しかしそれは、八〇年代文学を展望した時よりも話題にはならなかった。そのことについての意識が尖鋭化することはなかった。

それは単に文学が時代のメインストリームからはずれてしまったからというより、その問題がすでに七九・八〇年の時に強く意識されていたからである。それほど、そのパラダイムチェンジは大きかった。つまり、そこで文学は、それ以前、それ以降と分かれ、平成文学も二十一世紀文学も、少なくとも今の所は、八〇年代文学の延長線上にあるのだ。

一九七九年、私は大学二年生で、文芸誌に親しみはじめていた。新聞広告でチェックしたり、書店で立ち読みしたりして（もちろんその中には『群像』も含まれて、私の中で『別れる理由』は、何だかずっと終らずに、作者らしき人や藤枝静男や柄谷行人らがわけのわからない会話を続ける無気味な小説だった。それまでの展開に目を通していなかったから、少なくともその最初の三分の一ぐらいまではまともなストーリーを持った小説だなんて知らないでいた。いや、当時は図書館の使い勝手が今よりも良くなかったしコピーだって不便だったから、誰一人として、それが最初はまともな物語性を持った小説だなんて知らな〔憶えていな〕かっただろう）。

当時私は三ヵ月に二冊ぐらいの割で、これはと思った文芸誌を買っていた。

そして一九七九年十二月号は『海』を買った。ウィリアム・ギャスやレイモンド・フェーダーマンやロナルド・スーキニックのインタビューが載っている特集「現代アメリカ作家に問う」が読みたかったからだ。

一九八〇年一月号は『新潮』を買った。「新年短篇小説特集」に、私の好きな川崎長太郎や上林暁や尾崎一雄や八木義徳や結城信一らの作品が並んでいて、しかも、大江健三郎と中上健次の対談（「多様化する現代文学——一九八〇年代へ向けて——」）まで載っていたからだ（『群像』は一九八〇年三月号を発売を待ちかねるようにして買った。もちろん村上春樹の「一九七三年のピンボール」が一刻も早く読みたくてだ）。

三ヵ月に二冊ぐらいの割で、と書いたけれど、一九七九年十一月号は、例外的に、『群像』『文藝』『新潮』『文學界』の四誌も購入してしまった。中野重治の追悼号だったからだ（『文學界』だけは違ったけれど、創刊五百号記念特集で、巻頭に小林秀雄と河上徹太郎の対談「歴史について」が載っていた）。

これが一九七九年末から八〇年初めにかけての、（私の）文学情況だった。川崎長太郎や上林暁の短篇を愛読しながら、しかし、とても気になっていたのは、アメリカのポストモダニスト系の文学者たちだった。

久し振りで『海』一九七九年十二月号を書棚から取り出し、「現代アメリカ作家に問う」を読み直してみる。

すると、レイモンド・フェーダーマンの、このような発言に目が止まる。

　わたしがライフ・ストーリーを語る時はどのイメージも直感的に捉える。わたしの人生の運命みたいなものは、すごく断片的《フラグメンタル》なんです。いわば断片的人生なんですね。スクール・ライフを中断し、また再開とかね、たえず混乱状態で継続性がなかった。従って真実を語るとすれば、首尾一貫したストーリーなんかじゃとてもムリなんですよ。だからわたしの本はお気づきのように断片化のものが多いんです。しかし読者がその読み方のプロセスさえ呑み込んでくれれば、難はないと思います。それからもう一つ、方法論についていうと、わたしのフィクションでは、過去の体験ばかりではなく、作家の仕事はいつも「現在」だと考えて、「現在」を書いています。「現在」に生きて書くという行為もまた、わたしにとっては断片的で苦闘していることなんです。イリュージョンではなく、現実の闘争なんです。

フェーダーマンは、また、（自分は）「連続的な歴史ではなく、瞬間、瞬間を書く」とも言っている。「そしてどんな時間・空間へもジャンプしていく。過去→現在→未来という順番にはあまり関心がない。永遠に現在なんです」、と。

一九七九年の終わりに私は、今以上に、このフェーダーマンの言葉に強い意味を感じたことだろう。

そしてこれは、まさに、『別れる理由』について語られている言葉ではないか。

しかし、フェーダーマンの言葉にありがたがりながら、私は、いや私だけでなく誰もが、当時は、『別れる理由』の「読み方のプロセス」を「呑み込」むことができなかったから、小島信夫とフェーダーマンの作家的意識が同時代的に共振していたことをわからずにいた。アメリカのポストモダニズム小説を熱心に読みながら、私は、『別れる理由』に、見向きもしなかった。

小島信夫は孤独だった。

相変らずパーティー会場での四人の会話が続く中（パーティーのシーンになってからもう一年が経つ！）、第139章は、このようにはじまる。

『別れる理由』の作者のところへ編集長が歩みよってきた。さっき彼が近づいてきたときは、ちょっと頭を下げただけで急ぐように通りすぎて行き、その足で、前田永造や藤枝とか柄谷とか大庭とかいうふうに呼ばれている四人のもののいるところへ立ちよりしばらく話をしていた。

「さっき」というのは、第137章の途中のシーンを指す。そのシーンで、「藤枝静男」の、「それにしても何だか時間がとまってしまっている感じだな。これではまるで『別れる理由』そのものといったところだな。……いったい『別れる理由』は何回つづいているのかね」というつぶやきを、たまたま通りがかりに耳にした「編集長」は、「すかさず」、「百三十六回です」と答えていた。つまり「編集長」は、とりとめもつかない分量になってしまった『別れる理由』の、その長さを意識化させる存在である。

だから「作者」と「編集長」は、第139章で、このような会話を交わす。


「百三十九回ですよ」

「まんまと永造のやつにつきあわされたあげく、電話で次の回に私の書くことを指示して強迫しはじめた。それからあと、このパーティにあらわれたというわけだ」

「編集長としてもう一度『作者』にいいます。彼を連れて帰って下さい。とにかくあそこへと動いて下さい。安らかな小説の中へと戻って下さい。けっきょくあなたと彼とのだけの問題で、あとは誰とも無関係なことなのですから」

「彼がここにしつっこく居すわっているのは、私の責任や彼自身の責任でもなく、誰の責任でもないのかもしれない」

誰の責任でもないのだから、いかに「編集長」に懇願されようとも、もはや、「安らかな小説の中」へと戻ることはできない。

「作者」はあたりを見廻し、それからこの大部屋の入口の方を見た。誰かがそこに現われるのを待っているように見えた。まるでそれまでの時間かせぎをしているようにもうけとれた。

はたしてその「誰か」（その「誰か」が登場したなら、きっとこの作品に結着を、「別れる理由」を、つけてくれるはずだ）は現われるのだろうか。

# 19

『別れる理由』の「作者」はこのパーティー会場に「誰か」が現われてくれることを期待している。その「誰か」が現われたなら、場面は新しい展開を見せ、この果しない物語がそれなりの終りを迎えるかもしれない。

だが、彼がそのような心中でいることは外見からはうかがい知れない。相変らず「藤枝静男」や「大庭みな子」や「柄谷行人」や、そして前田永造らに無駄話を続けさせているようにしか、例えば、「編集長」（『別れる理由』を掲載している文芸誌の「編集長」）には思えない。

次第に編集長が昂奮してくるのを、じっと不安そうに眺めていた「作者」は、相手の眼に涙が浮んでいるのを知ると、そっと顔をそらした。

「でも、『作者』に申しますがね、けっきょく彼らが何だというんですか。本質的にこの小説そのものと何の関係があるのですか。ぼくは今回の最初のところでもいったと思うが、これはショウではないのだからね」

「あなたはどのくらい飲んだの」

と心配そうに、眼に見えて乱暴な口をききだした相手に向ってたしなめるようにいった。その間にも彼はグループの様子、とりわけ永造の様子を見た。その永造さえも入口の方に時々視線を走らせたあとそしらぬ顔をしているのであった。

こうして第139章は閉じられるのだが、続く第140章で、「作者」は、このような感想をもらす。

……彼は今、とても忙しい。明日が締切だ。文芸はその多忙な編集事務からうまれてくる。それを忘れているが、編集者がいなかったら、どうして文芸なんてものが、この世にあろうか。その文芸さえも、この世から葬りさられるときが近い将来にくるような気もせぬではない。

前回も述べたように、『群像』一九六八年十月号から始まったこの「別れる理由」の連載は、七〇年代を丸ごとまたいで、第136章から一九八〇年代に突入していた。そして今引いた一節は、このように続けられて行く。

ある雑誌は「八〇年代の文芸はどうなるか」という特集をやった。そこにはそんなヨミがあると受けとれたっけ。ある新聞は最近、「小説はこの世界に対応できなくなった」という記事をのせた。評論家たちの意見をあつめて載せたのだった。そもそも文芸とは何であろうか。何をさして「文芸」というのか。「対応」とは何のことをいうのか。小説が世界に対応してきたのか。それはほんとうか。対応したと思ったのは、ことによったら、あとからそういう気がしはじめただけのことではないのか。この小説こそあの時代の世界に対応していたと。そのときどきに「対応」していると見えていたものは、風俗そのものに対してだけではなかったのかね。

この一節を、小島信夫が一九七一年五月に発表したある文章（『小島信夫全集　5』〈講談社〉「あとがき」）中の、

……自慢ではないが、私のエッセイは、（そして小説も七割がたは）二十年たって読んでもまあ、まあ生きているように思う。決して風俗だけを書いているわけではないし、私は流行に乗るのは得手ではない。

という言葉と対比してみたいが、『別れる理由』のパーティーの場面の膠着状態（エン

ドレステープのような状態）は第141章になっても変らない。

ただしその冒頭で、

「あんたがこのパーティで、誰を待っているか知らないが、おれはそんなことには気を廻さないからな」

と編集長がいった。それから、

「気を廻すということは、「作者」たるあんたの思う壺にはまることにもなるからな。そんなことを続けていると、おれたちの真剣な仕事が全部おあそびであり、すべてが狎れあいということになるのでね。第一、おれたちがここでしていることは、これはみんな、前田永造が、アキレスとその馬との物語を語っていた、あの長々とした果しのないやりくちとそっくりになってきていることにも、十分に気がついているからね。……

（以下略）」

と「編集長」も語っているように、この流れを変えるはずの「誰か」の登場は暗示されている。

「編集長」は言う、「おれはそんなことには気を廻さないからな」、と。しかし彼は「誰か」の登場を強く意識している。だからこそこのような台詞を口にしているのだ（はたして、その「誰か」は、どのようにしてこの小説の「内部」に入り込んで来るのだろう。いや、もしかして、その人物は、既に、かなり以前から、この小説世界に参入しているのかもしれない)。

そして第142章。

『別れる理由』の作者と編集長とが、せっぱつまったわりには悠長で、いくぶん趣味的といわれても仕方がない談話をくりかえしているとき、十メートル離れたところにいる、四人の立話はいくらか進展をみせていた。

それは藤枝静男と呼ばれてはいるが、ほんとうはこんなところに長話などしているはずがなくて今ごろは浜松の、最近改築をし、池のある庭をもった、蛇や蛙や天女のようなものをいう魚や、キジさえも、その気になれば戻ってきたりする自宅でやすんでいるはずだからだ。

「進展」という言葉と連動するように、実際、この章の途中で、『別れる理由』は、『群像』一九七九年三月号の第126章から一年以上もパーティーの場面が続いていた「別れる理由」は、新たな展開を見せる。つまり、ついに、あの「誰か」が登場するのである。

藤枝静男を中心とした会話が続いている時……(その話題が荘子の胡蝶のエピソードで

あるのが暗示的であるが）。

　そのとき入口からひとりの人物が時計を見ながら、付添の女性といっしょに現われた。彼女が永造たちの一群がいる方を指さして、その人物の身体を誘導すると足ばやにこちらに向ってきた。

「この人は」とその人物は女性を眼鏡の中の眼でさした。「ぼくがいい気になって酒をのみすぎないように監視するためにやってきているので、あまり離れたところにいるわけには行かないので、眼ざわりでしょうが、一つ大目に見てやってもらいましょうか」

　とおだやかにいった。

　この人物は、しかも、彼が話題にしていたことを透視しているかのようだ。

「ぼくはこういう会には出たことのない人ですが、それはねえ、『別れる理由』の作者よ、その通りですね。あなたが前田永造であっても、ぼくにはいずれもずっと昔からの馴染みの間柄だから、どちらをどうと区別することはないので、ねえ、藤枝さん、荘子ではないが、『夢に酒を飲みし者は、旦にして哭泣し』、といったあんばいですからね。

といっても藤枝さんなんかは、ピカソの『人間喜劇』の絵のように夢の中で若い女性のまわりを舞っているでしょうが」

どうしてこの人物が、さっき文字になったばかりの荘子の話をもち出したのであろう。ふしぎなことがあるものだ。

この人物の登場に驚いたのは「編集長」である。彼は、入口のほうをふりむいて、「つぶやくように」、こう言った。

「どうしたことだろう。どうして『月山』の作者が『意味の変容』の著者が、ここはテレビ局でもないのに、文壇のパーティには顔を出したことのほとんどない人が、文壇のことに興味があるかと思うと、まったくないように見えたり、文壇もまた世の中のすべてであるような態度かと思うと、それはこの世の一部に相違なく、一部であるということはそもそも全体そのものであるという意味においてであって、そうした一部はこの世に浜の真砂ほどある。といっても一部であること自体にはもちろん何の責任もありはしない、というようなかんじのことを、国電の窓からみると、龍生会館の裏手にあるその市ケ谷の白い家に原稿の様子をうかがいに行ったとき、どうも見せつけられてきているのである。それはケムリに巻くというようなことではないと思っていると、そう思うことがケムリに巻かれていることなのかもしれない」

「龍生会館の裏手にあるその市ケ谷の白い家」というあまりにも具体的な一節が異様に喚起的な効果を持っているが、そう、この人物、数章にわたってずっと待たれていた「誰か」とは、『月山』や『意味の変容』の作者たる森敦だったのである。

単行本版でいえば、この場面は、第Ⅲ巻の三百八十六頁である。つまり、残り約八十頁で、この大長篇小説が完結する。

前回の連載を終え、私はここから先の部分を未読でいた。それ以前の部分、第141章までは、二回三回、あるいは四回以上も、繰り返し読み直しを続けながら、この連載評論を執筆していたのだが（ずっと先廻りして、未来の展開を知りながら、まるで初読のようなふりをしながら——実際時には初読の箇所もあったのだが——書いていたのだが）、この先の八十頁分は、あえて、未読でいた。

前回の原稿を執筆したのは二〇〇三年十二月半ばだった。

私はこの連載のため、『別れる理由』の本文を含む資料読みおよび原稿執筆のため、毎月、平均三日間をついやしている。

それは奇妙な時間だった。

現実に私が生きている時間がある。『別れる理由』の作品世界を流れる時間がある。それから、『別れる理由』という作品が『群像』に発表されていったその時間がある（小島信夫の『美濃』が刊行された当時、三浦雅士はある書評紙で、「雑誌に連載するという形式そのものの演劇性を最大限に利用した」作品であると評したが、この適確な評は、『別れる理由』という作品について、さらに強くあてはまる）。

この三つの時間が、私の中で、重層的に流れていった。月平均三日だから、のべ日数にすれば約二ヵ月間、私は、『別れる理由』と共にあったわけだ。これは、まさに荘子の胡蝶の夢のように奇妙な体験だった。時に、私自身が、『別れる理由』の内側に入り込んでしまったりする。

前回の連載を書き終えて少し経った頃、『すばる』の二〇〇四年二月号が送られて来た。森敦の養女森富子の「森敦との対話」五百枚が一挙に掲載されていた。

あまりのタイミングに驚き、すぐに読みはじめた。

そして、こういう一節に、私の目が止まった。

「小島くんは、こう言うのですよ。ずーっとぼくだけの相談相手になっていてほしい、とね」

「ぼくだけの相談相手？　どういう意味ですか」

私にはこう聞こえる。「森さん、世に出ないで、生涯、ぼくだけの相談相手をして過ごしてほしい」と。

森敦の話に、小島信夫さんの名前が頻発するようになった。その話し方には熱がこもっていた。ただならぬ雰囲気もあった。

（中略）

「今日は、小島くんが来れなくなってね」

訪ねて行くと、やはり小島さんの話であった。

「小島くんの小説の命題について考えているんだ」

命題などと言われても、私にはそれらの言葉の原義が分からなかった。ほかにも、内部、外部、境界線、近傍、密蔽、倍率〇〇倍というような言葉を使って話をするのだ。

「世に出ないで」とあるように、当時、一九六〇年代半ば、森敦は、一部の間では伝説的な文学者だったが、世間的にはまったく無名だった。

小島信夫より三つ年上の彼は、昭和九（一九三四）年、師横光利一の推薦で二十二歳の若さで毎日新聞に「酩酊船」を連載したのち（この原稿を書いている今、十九歳と二十歳の新芥川賞作家が誕生したが、その二人の若さを強調する時にしばしば森敦の早熟さが引き合いに出される）、太宰治や檀一雄らの同人誌『青い花』の創刊に立ち会ったものの、一作も発表せず筆を絶ち、各地を放浪、昭和四十八（一九七三）年七月雑誌『季刊芸術』

に発表した「月山」が翌年芥川賞を受賞し、幻の作家の四十年振りの復活として大きな話題を呼び、一躍、時の人となったのである。しかもただの作家活動だけでなく、例えば人生相談をはじめとして、ラジオやテレビなどでも活躍した。講演も精力的にこなしていった（私もなぜか、当時、わざわざ都立両国高校に出かけ、彼の講演をきいている）。

森敦と小島信夫は昭和二十四（一九四九）年頃からの知り合いであるというが、つまり、『別れる理由』が始まった頃は無名であった森敦は、『別れる理由』の前田永造が「夢くさい」世界をさ迷っている時に再デビューし芥川賞を取り、『別れる理由』が終わろうとする頃には、時代の中でもっとも重要な作家の一人になっていた。

ところで、『別れる理由』のパーティーのシーンに森敦氏がやって来る、先の引用文中の、「付添の女性」というのが、この「養女（森富子）」と呼ばれる女性である。

彼女と「編集長」は第143章で、このような会話を交わす。

編集長は『月山』の作者の附添の女性にささやいた。

「今夜は先生は何かとくべつの用でおいでになったのですか」

「さあ」

「あの、前田永造をもとに、つまり小説の中にもどすことで、おいでになったのではありませんか」

「さあ、たぶん、そうだとは思いますが、『別れる理由』のことはよく口にしていますし、ずっとお友達ですから」

「永造は何でもよくいうことをきくのでしょう」

「何でもかどうかは存じませんが、このごろのことは私はよく分りませんのよ。電話ではお話しているようですけど。でもそれが前田さんなのか、作者なのか、分りませんわ。だって、どうして私にそんなことまで分るでしょうか。私はただ『月山』の作者の養女だというだけで、その届けの書類にハンコをいただきにお訪ねしただけで」

「そのときはどちらの方へ」

「どちらと申しますと」

「その、もちろん作者の方か、永造の方か、ということです」

「それが私にはどちらかといわれると何ともこたえようがないのですわ。私の方がおききしたいくらいですわ。だって、この方は前田永造っておっしゃいますけど、やっぱり作者なんでございましょう」

こうして二人の会話は続いて行くのであるが、聞き逃していけないのは、編集長が、

「いや、ぼくは、実は、あなたもお分りと思いますが、『意味の変容』とかんけいのあ

ることをおうかがいしていると、いってもいいのですが」

と語っていることだ。

そして、それに対して、「養女」が、

「養父は『意味の変容』をもうすこし完全なものにしようと思っているようです。私もここだけの話ですが、すすめています。『別れる理由』もひょっとしたら『意味の変容』そのものかもしれませんわよ。あの作者もずっと友人なのよ」

と答えていることだ。

『月山』の作者であるのみならず、森敦は、『意味の変容』の作者として、この頃、一九八〇年頃、時代の中でもっとも重要な作家の一人であった。

しかも、忘れてならないのは、『意味の変容』が『群像』一九七四年十月号から一九七五年二月号に連載されたままで未刊行の作品であったことだ。『別れる理由』と『意味の変容』は、いわば〝進行中の作品〟という点で共通していたのである（『意味の変容』は一九八四年九月、筑摩書房から刊行される。自らの作品に解説的な言辞をつけたがらない森敦が、この作品にのみは「覚書」を寄せ、「……この出版に踏み切ったのは、柄谷行人さんの慫慂によるものである。柄谷行人さんはたんに慫慂して下さったばかりでなく、わたしがもし出版に踏み切らぬようなら、自分たちで出版するがいいかとまで言って下さった。……このたびの出版に踏み切るにあたって、面目を一新させるほど筆を加えた。それはわたしにとって苦しい作業だったが、いま大いなる歓びにある。柄谷行人さんへの感謝の念を、新たにせずにはいられない」と書いていた)。

『意味の変容』や『月山』の作者である森敦は、『別れる理由』の第144章の途中から口を開きはじめ、やがて一人語りとなって行く。

第145章は、このようにはじまる。

この回の小説を書きはじめるにあたって、問題の、人物である、前田永造は姿を消していたということをいわねばならない。『別れる理由』の作者も大分前にいなくなり、そして今度は永造もだ。『月山』の作者が附添の女性をともなって会場にやってくると、申し合わせたように『別れる理由』の作者は、ちょうど舞台から退場するように去って行った。もともと次第に機嫌をなおしていた永造は、『月山』の作者が登場すると、飼主にめぐりあったようにおとなしくなり言葉もすくなくなり、そのうち、トイレに立つような様子で人物たちの間を離れると、そのまま戻ってこなかった。

この説明的描写は、「『月山』の作者がいましゃべっているのは、どこかの講演会場で講演しているようにもとれるが、そうではなくて、藤枝、大庭、柄谷、編集長の前でしゃべっているのだととってもいい。そういうことはけっきょく、どちらでもいいというより同じことなのだ」と続いて行く。実際、それらの人びとは、第146章に入ると、この場から消えている（彼らの消息は、第三者的な話者によって記述される）。

残りの五章で、森敦（「『月山』の作者」）は、どのようにして、『別れる理由』の「作者」と再会するのだろうか。

いや、ここで言葉を発信し続けている「『月山』の作者」は、『別れる理由』の「作者」の創作によるものだ。だとしたら、二人は、どのようにして、それぞれの存在に戻って行くのだろう。

結論を急げば、この作品、『別れる理由』は、『別れる理由』の「作者」である「**ワ**」と、『月山』の「作者」である「**ガ**」との対話によって閉じられる。

つまり、このようにして。

**ワ**「質問者とは、けっきょく何ものでしょう？」

**ガ**「これからですよ」

と、おちついた声がきこえた。相談の見本のように。

**ワ**「別れる理由もこれからですものね」
**ガ**「そう、あなた自身もそう思っているのでしょう？　もちろん、今までの中にこそ、理由はあることはあるのですがね」

途中を省略してしまったから、わかりにくいかもしれないが、その部分（第146章から第150章にかけて）を詳しく説明していっても、そのわかりにくさに変りはないだろう。そもそもこの作品は、近代小説的な意味での終わりは持ち得ない、つまり、小説世界の内側は、ぶくぶくと膨大にふくらんで行きながらも、その外側に突き出ることは出来ない、そのような作品なのであるから。その種の全体性を拒絶した作品なのであるから。

『別れる理由』は一九八一年三月、第百五十回をもって完結した。そしてその年六月から（翌年五月まで）、小島信夫は、森敦と共に、『文藝』で、長篇対談「文学と人生」を連載した（この対談はとても読みごたえがあり、文学的にも重要な意味を持っているはずなのに、たしか、*編集部註単行本化されていないと思う。なぜだろう）。

全十二回におよぶその対談は、毎回、最後に小島信夫の「追記」が載っているが、その第九回目（一九八二年二月号）の「追記」で、彼は、『別れる理由』について、「ある意味では、この小説は森敦との『合作』（？）であった」と述べている。

月に二度も三度も、助言を求めて、森敦の勤める飯田橋の近代印刷に出かけたという。

私はその度毎に何を得て森さんと別れて、国電に乗り国立へ帰ってきたか、もう忘れてしまった。森さんが芥川賞になる頃から、電話で話すようになった。永造は夢の中で変身をはじめた。作者が近代印刷へ足をはこんでいた頃なのか、もっとあとなのか、おぼえていない。森さんは、電話で永造はさめかかっているのだ、と度々いわれた。私も心得ていないわけではないが、さめてしまったときにどうするかが分らないものだから、その言葉をきくと胸がいたんだ。

ここで「夢」ということに対して特別の意味を持たせているのは、その前回（第八回）の対談で森敦が口にした、「夢というのはいつも境界線がないんですよね。どんな空間にわれわれがおるにしても、夢の場合はどこでも中心になっちゃうわけですね」という発言をふまえてのものである。

そしてその発言は、『意味の変容』で問題にされていた、森敦の、このような見解によって導き出されたものである。

その近傍というのは、これをうまく図にすることができます。たとえば円を描きますね。円を描きますと、空間は円周を境界線として内部と外部に分れますね。じゃ、その境界線は内部のほうについているか、外部のほうについているかということになると、境界線は外部についているんですね。内部におると境界線がないんですね。だから近傍というものは、われわれは今日この部屋を近傍として小島さんとお話していることもあれば、それからまた東京全体を近傍としていることもあれば、世界中を近傍としていることもあれば、宇宙を近傍としてくることもある。どうにでもなるわけです。なぜかならば、境界線は内部にはないというんですから、内部から見れば無辺際ということになるんですね。限りがないというわけです。

（中略）さらに面白いことには、その近傍はいたるところが中心点になれるんです。コンパスで円を描いたときに、さきにコンパスの一端をおろし、鉛筆を回すとき、一端をおろしたところが中心なんですね、普通は。ところが、鉛筆で描いた境界線は、実は内部につかないで、外部につくということになれば、これは近傍になっちゃうんですね。そうすると、いちばん最初にコンパスを突っ立てたところはもちろん中心だけれども、そうでない、ほかのところもどれでも中心になれるんですね。

やはり『意味の変容』で問題にされていた倍率一・二五倍の理論もこの対談（第三回）で語られている。

……はたして倍率一倍でリアリズムが成り立つかどうかと考える。たとえばこれを光学の話になれば、倍率一・二五倍じゃないと、レンズの視界とレンズの外の視界とは接続しないんです。というのは、望遠鏡という枠のなかで見ますと、倍率一倍では小さく見えるんですね。それだけの錯覚修正するために一・二五倍しなくちゃいかんというようなことを放浪しながらいろいろと考えたんです。文学するということは、作家が彼の思想芸術空間をつくることですね。そして、その内部にわれわれを閉じ込めるということですね。

文学空間という「内部」に対して、「外部」には現実がある。それがリアルにつながるためには、光学的な（一・二五倍の）リアリズムがそのまま適用できるのだろうか。別の回（第五回）で森敦は、こう語っている。

ところが、これを小説というジャンルに置き換えてそういう倍率というものをどうして計るかということになると、これはむずかしい。接続と断絶によって倍率一倍であるか、あるいはそれ以上の倍率であるかを考えるしかない。しかも、倍率一倍となると、接続はいいが、いきおい現実という外部と小説という内部が混入してくる。また逆手にとってこの混入を利用することが上策だということもあるかもしれない。

そしてそのすぐれた実例が小島信夫の『別れる理由』であると森敦は言う。

だから自由奔放というけれども、私たちの理屈からいえば、倍率一倍で書いているものだから、ちょっと見るというと、感想のようでもあり、随筆のようでもあり、また小説のようでもあるということは、現実という外部と小説という内部が断絶しないで接続しているんですね。

『別れる理由』はその作品が書き進められていった当時の「現実」と接続しているだけではなく、この作品を読み進め、そして読み終えていった、私の、リアルタイムの「現実」とも接続している。それは例えば、『すばる』二〇〇四年二月号で森富子の「森敦との対話」に出会ったことだけではない。

『別れる理由』の第147章、148章で、イングマール・ベルイマンが一九七三年に作ったテレビドラマ『夫婦』が中心話題となる。大学教師と弁護士夫婦の〝別れる理由〟を描いた六回連続ドラマである。

一九八〇年にＮＨＫが放映したこのドラマは、翌一九八一年初め、その映画版が、岩波ホールで、『ある結婚の風景』と題して上映された。

私はロードショー時に観た憶えがあるのだが、その具体的な内容、〝別れる理由〟で論じられているディテイルが思い出せない。

私の住んでいる三軒茶屋駅前の巨大なレンタルビデオショップ「TSUTAYA」に行ってみたけれど、十数本並らんでいるベルイマン作品の内に、『ある結婚の風景』は含まれていなかった。

あらすじだけでも知っておこう、と思って、インターネットで検索してみた。

すると驚くべき「現実」に出会った。

この作品の三十年後の続篇に当たる「Saraband」というテレビドラマが、やはりベルイマンの手によって、前作と同じリブ・ウルマンとエルランド・ヨセフソンの主演で作られ（これは、今年八十六歳になるベルイマンの、文字通りの遺作になるという）、去年（二〇〇三年）の年末にスウェーデンで放映され、全国民の十二パーセントにも当る人が観たというのだ。『別れる理由』の巻末部分で論じられていた作品の、三十年後の続篇がついひと月前に放映された。

『別れる理由』は、二〇〇四年の今も、「現実」である。

＊編集部註　二〇〇六年二月に『対談・文学と人生』は講談社文芸文庫に収録された。

## 『別れる理由』が気になって』の「あとがき」にかえて

この三月末に出た私の新著『別れる理由』が気になって』には「あとがき」がついていない。

「あとがき」のない本も多いから（例えば小説作品の単行本はたいてい「あとがき」が載っていない）、これは、別に不思議なことではないかもしれない。

しかし、私は、「あとがき」にこる人間である。

その私が、『別れる理由』が気になって』に「あとがき」を載せなかったのには「理由《わけ》」がある。

小島信夫の長篇小説『別れる理由』のテーマの一つは、流れ行く時間である。

この場合の、流れ行く時間には、幾つかの意味がある。

まず第一に小説を流れて行く時間。それからまた、小説が流れて行く時間（この、「を」と「が」の違いが、この作品でかなり重要だったりする）。あるいは、小説が雑誌

（『群像』）と共に流れ（作品化され）て行く時間。

そういう作品について論じた評論であるから、当然、この評論の中を流れる時間も問題になる。

それを私は強く意識した。

その評論集に「あとがき」をつけたらどうなるか。

そこで流れが変って、いや、止まってしまうのである。

本の製作に携わったことのある人なら誰でも知ることだが、「あとがき」は、普通、すべてのゲラに目を通したあとで執筆される。つまり、作品の全体を俯瞰（というとちょっと大げさだが）した上で、作品をつくりながら進行する時制とは別の、もっと総合的な時制に立って執筆される。

進行中（ワーク・イン・プログレス）の小説『別れる理由』について論じた『『別れる理由』が気になって』も、いわば進行中の評論であるから、そのような普通の「あとがき」を載せるわけにはいかない。

では、この評論にふさわしい「あとがき」を、とも考えたけれども、思いつくことができなかった。

一方で、私は、この作品に、普通の「あとがき」も必要だと考えていた。普通の本以上に、その普通の「あとがき」が必要だと考えていた（何だか言葉遊びをしているみたいだ)。

普通の「あとがき」とは何か。

それは編集者への謝辞である。

『別れる理由』が気になって』は私の担当編集者だった元『群像』のTさん(本当は実名を挙げたい所だ、そして実際単行本の「あとがき」であったなら実名を挙げていただろう——その辺の私の神経の使い方は少し変かも知れない)の強いサポートがなければうまれなかっただろう。

私はいつの間にか評論家(文芸評論家)になってしまった人間である。つまり、文芸評論家として、自分では、アマチュア(素人ではないが)だと思っている。

だからTさんと単発の仕事を何度か行なったのち、Tさんから、坪内さんそろそろ『群像』で何か長い物を書きませんか、と言われた時、最初は言葉をにごしてしまった。

プロの文芸評論家なら常に文芸誌で書きたいテーマを持っていて、そういう依頼に即答できただろう。

私にそういうテーマはなかった。

しかし私は、文芸評論家としてはアマチュアであっても、文芸誌の年期の入った読者である。それらの雑誌を昔ほど熱心に読まなくなったものの、文芸誌(特に昔風の文芸誌)という器を眺めるのが嫌いではない。

坪内祐三（2003年1月）

『群像』には『群像』の、『新潮』には『新潮』の、『文學界』には『文學界』の、そしてそれ以外の文芸誌にも、それぞれの伝統がある。

そういう伝統は壊そうと思っても簡単には壊せない（はずだ）。

Tさんから連載の依頼があった時、即答は避けたが、私なりに、『群像』の伝統、同誌にふさわしい作品とは何か、を考えた。

私の中で『群像』のイメージは「戦後文学」的である。それから「第三の新人」的である。

いわゆる「戦後文学」に、（今の所）私は興味ないが、「第三の新人」の作品群なら高校時代からそれなりに愛読して来た。

マイナー・ポエット的であると評されて来た「第三の新人」の作家たちの秘かなつよさ、を再評価して行けば、『群像』らしい連載になるのではないか。例えば、吉行淳之介、庄野潤三、安岡章太郎、小島信夫、阿川弘之といった作家たちについてそれぞれ百枚ずつ書いて行けば、計五百枚で一冊の本が完成する。そう私は考えた。

この話をTさんにすると、Tさんは、それ面白いですね、ぜひやりましょう、と言ってくれた（打ち合わせの途中で、Tさんの大学の卒論が吉行淳之介論で、Tさんは私以上に深くそれらの作家の小説を読み込んでいることを知った）。

その第一弾として、まず小島信夫の『別れる理由』について書きはじめたのである。

『別れる理由』は私が学生時代から、まさに「気になる」小説だった。

しかし、気になりながらも、その膨大な長さと奇妙な構成に怖じ気をなし、直接作品に近づくことはなかった。

たとえ膨大であってもストーリーを追って行くことで読み切れる小説もある。だが、『別れる理由』はそういう単純な作品ではない。

もっとも、だからこそ、読むべき作品であると私はずっと「気になって」いたのだ。

これは良い機会だ。

仕事であればこの大長篇を読み切れるかもしれない。

そして連載を始めたわけであるが（だから、「『別れる理由』が気になって」というタイトルは、実は、その第一章［小島信夫論］の章題で、本のタイトルではなかった）、結果は、御覧の通りだ。

仕事として読みはじめた『別れる理由』に、私は、仕事を忘れて夢中になった。

つまり私は『別れる理由』にさらわれてしまった。

これは楽しいことであったが、つらいことでもあった。

単なる読者ではないから、この世界に入りっぱなしではいけない。その世界について客観的に何か語らなければいけない。『別れる理由』の世界に入りつつ、そこにつかりきることなく、抜けて、また翌月にはその世界に入り……という繰り返しを続けていった。これが大変だった。

毎月、執筆前の数日、この世界に入って行き、一日半ぐらいで原稿を書き上げる（私はかなり速筆である）。

そのあとの数日がつらい。

次の仕事に移らなければならないのに、気持ちはまだ『別れる理由』の世界に引きずられているからだ。

それをサポートしてくれたのがTさんだった。

この評論の連載が始まった当時は、友人や何人かの読者から反響があった。

その内、その声が聞えなくなった（友人たちは皆、単行本になってから読むよ、と言った）。

『別れる理由』同様、私の連載の読者は三人だけになってしまった気がした。そのあたりの私のイラ立ちは『『別れる理由』が気になって』の第8章に表明されている（ただし私の場合、その「三人」の内の一人が小島信夫氏だったことは嬉しかった）。

だからTさんが最初の読者であったことはとても心強かった。Tさんが最初の読者でなかったら私は挫折していただろう。

改めてTさんに感謝したい。本当にどうもありがとう。


（『本』二〇〇五年七月号）

# 何という面白さ！
## ――『別れる理由』が気になって』を読んで

小島信夫

これからのことは（編集者の方への）口述のテープを元にしたものです。

1

数ヵ月前に斎藤さんという女の人からの手紙がきて、うちの家内が施設に入っていることで見舞の言葉が書いてありました。愛子さん（家内の名）は活潑な方で、こんな病気をなさるとは思っても見なかったのに、ほんとうにお気の毒だとありました。ぼくはこの方に会ったことはないが、料理勉強仲間のひとりかと思います。その後その方の家の電話番号を調べて電話をかけ、お礼を申しました。

するとそのあとで思いがけず、こんなことが話題に上りびっくりしました。その方はこんなことをいいはじめました。

私は先生のむかし書かれた小説『別れる理由』を読んで、あの中に出てくる恵子さんと京子さんは、私たちのお友達のことだと思いました。これから私は二人の名前を小説に出てくる人の名で呼ばせてもらうことにします。京子さんは先生の奥さまの愛子さんだと、私は思います。それから、その女学校時代からの友達である女の人を小説名の恵子さんとさせていただきます。京子さんは先生と再婚なさる前に恵子さんをよく知っているばかりか、彼女は先生と京子さんが会う前に先生とつき合いがあったというふうになっています。しかし京子さんはそのことを全く知らずにいます。当然恵子さんと先生は普通の友人以上のところがあったと思えるし、そう書いてあります。先生（小説では前田永造となっている）、私は永造夫妻（妻は京子）と、恵子さんとが三人で木曾へワラビ狩りに出かけるところを読みました。恵子さんが誘ってそういうことになったと、私はきいたようなおぼえがありますが、その頃私はお仲間ではなかったかも知れません。私は『別れる理由』を読み進むにつれて、既に申し上げたようなことを知りました。これは小説の中のことですが、私はワラビ狩りのことは、じっさいにあったことだときくようになって、その前から永造と恵子さん、つまり先生と恵子に当たる私のお友達と交際があったことと較べて、このワラビ狩りの場面を私なりの興味をもって読みました。この三人でのピクニックみたいな行動そのものが、並みのことではない、という気がしてならず、あの場面にその痕跡があるにちがいないという気になっても、特別私が変わった人間であるとはいえないと思います。

それですから、そういう私は、よけいなこととは思えず、当時恵子、京子のお二人とお会いしたとき、――もう何十年も前のことですが――こう切り出したのです。「あの場面を読んだ印象では、京子さんは置いてけぼりを喰っている」ということをです。あれは小説の中の話です。ですが、あそこでの恵子さんや京子さんの言動が、いかにも私のお友達の行動に思えてならなかったのです。さっきもいいましたが、私はあの頃まだあなた方を知っていなかったので、私がお二人に話しかけたのは、時間を置いてのことだと思います。もうその頃には『別れる理由』は毎月つづいていたので、さかのぼって読むようになったのでしょう。

あの二人は、あなた方のことでしょう、と思いをこめてお二人を前に置いていいました。その思いというのはさっきもいったように、この恵子さんと永造は京子さんをだましているということです。

「あなた方は、恵子と京子ですね」

とたしかめたところが、二人はいっしょに笑い出して同じことを、次のようにおっしゃるのです。

「あれは小説よ。あなたいくつになったの。おバカさんね。小学生だって今どきの子は、そんなふうに疑い深い眼つきをして、問い正したりはしないわよ」

　あの日、京子さんの車で出発し、御岳山の四合めあたりの牧場に到着したとき、京子さんは、日射病にかかって、木蔭でハンカチを顔にあて横になっていて、そのそばに永造が佇んで心配そうに様子をうかがっていたようです。小説にそう書いてあったのか、あなた方からじかにきいたのか忘れました。私はあのときの場面はようくおぼえています。京子さんがひとり横になっていることを、私はただの気分が悪いことだけではない。何ごとか表面に出なくても、何か特別にあやしいことが起らなくても、私はだまされないからね、と思っていました。私はあの場面よりあとのところまで読んでいましたから。──もちろん私はこんなことはいいません。

　あの小説では、京子さんが車のカギを車の中に置きっぱなしにしてドアを閉めてしまったので、車の中へ入ることが出来ず、困っているときに、恵子さんは遠くの道路に二台のハイヤーが止っているのを見つけ、声をあげて、

「あなたたち、すみません、申しわけないけど、お願いがあるのよ」

　と叫びました。

　そのあと二人は近づいてきて、恵子さんから話をきいて、「これはうまく行くかな」といいながら、「この三角窓をこわして、手を入れるよりほかに、仕方がないかな」とつぶやいていたが、けっきょく針金をもってきてカギ穴に突っこんで、とにかくあけるのに成

功しました。

恵子さんは、

「大したものね。それでお礼をさせてもらうけど、どうしましょうかね」

というと、相手の男たちは、顔を見合わせながら、

「そうだな、お金を貰いようがないから。このさいお互いにタノシムことにして、一対一で、わしらの相手をしてもらうかな。な、それが互いにええと思うがな」

というと、恵子さんが、

「何をいうのよ。こんなことぐらいのことに、お礼をあげようと親切にいっているのに、何よ人をバカにして」

といい、金を適当に手渡して、

「早く自分の車に戻りなさいよ」

といった。

こんなふうに小説には書いてある、というようなことを私が二人にいうと、

「だから、あなたはおバカさんもいいとこだといったのよ。いいかね、あたしがあの小説に書いてあった、とあなたが今いったていどのことで二人の男が帰ったりするものかね。わたしは、大ボラ吹いてやったのよ。

『あんたたち、わたしたちを何ものだとなめてかかってるのよ』

小島信夫（1982年12月）

『なめてるわけじゃねえよ。互いにいいことじゃないかと気をきかしていってやっただけじゃねえかよ』

『この京子さんの御主人は日本一の小説家だといったって、あんたたちには通じないだろうけどね。あなた方をモデルにしてあることないこと書かれちゃうよ』

『そんなことしたらこっちは訴えてやるさ』

『アッそう。そうくると思った。私の亭主はね、警視庁の局長なのよ。下手なことといったら、手が後ろにまわるよ』

といってやったのよ。私はね、あの小説に出てくるような生易しい女とは違うからね、斎藤さん、あれは私たちをモデルにしたのではなくて、どこかで見かけた人か、適当な友達の奥方をモデルに扱ったものよ。一事が万事さ、あの小説に出てくることをいちいちあたしたちに結びつけたりしないでね」

そこで私（斎藤さん）がいったのよ。

「私の主人は、メーカー勤務だけど、昔文学青年だったのよ。だからあの小説を読んで、『そうとすりゃ、その恵子さんという友達の亭主に電話をかけて確かめてみるかな』といって、ほんとにあなたのご主人に電話したらしいのよ」

「何てバカな、それで分かったた。何か知らないが、うちの猫のように、主人が私の顔をじっと眺めてタメ息をついていたことがあったのは、あなたのダンナのせいだったのか。トンだ文学青年だね。今でも芥川賞をねらっているんでしょう。ごらんよ、京子さんが向うむきになっているけど、笑っているじゃないか」

と恵子さんがいったの、と斎藤さんは電話でぼくに話しつづけた。

「それから恵子さんは、私にこういったのよ。

『あんた、小説を読んで私のことを思いついて、勝手な想像をして家の仕事を放ったらかしていたんじゃないの。あなたね。想像の果てに私のことを羨ましがっていたんじゃない』

『羨ましいわけじゃないわよ。それはちょっとはそういう気持ちになったけど、そのこととは別よ』」

ぼくは電話口でこういった。

「斎藤さん、本人たちが笑っているんだから、笑わせておけばいいじゃないですか」

「でも、先生、あなたの問題でもあるんですから」

「小説家というものは、いろいろ空想をして組み合せたりしますから。そういうことはヒミツでないとはいえないですから。お読みになることをあきらめても、それはあなたのご勝手ですが、ぼくは今、うちのことで一杯で、昔のことまでさかのぼっているわけにも行かないのですよ。でもぼくも家内も、あなたがこさえられた焼きものの皿を、ずっと愛用しています。ぼくは家内が病気になってから、魚を焼いたりしたときなど、あのブルーの大ぶりの皿をつかわせてもらっていたのですよ。その前に家内とはあなたを大した、いうにいえないいい物を持った方で、作品もオットリしてスナオなところが現れているってい合っていたものです。それから、お宅の坊っちゃんが中学生のときに使っていたというジャンパーといっていいかどうか分らないが、木綿地のものを家内が捨てるところをぼくのために貰いうけて、あれを最近まで着ていて今も山小屋に置いてあります。

それからあなたが家内に何十年か前に紹介してくれたPL教団の成人病の病院に家内と二人で行ったことがあります。家内は女友達が夫婦共々、行っていた成人病ドックへ片端から入ったのです」

「私どもは、もう三十五年間同じ渋谷のあのドックに行っています。あそこを信用していて部下の方にもすすめてきて喜ばれているのです」

「お宅はあの教団と関係がおありですか」

「いいえ、それとは別なんです。それで自分の話に夢中になって、シツレイいたしました。お気にさわられたら、どうかお許し下さい。私はつい熱を入れてしまうことがあって、先だっても、主人に、よけいな心配するな、と叱られたのです。奥さまは心配でございますね」

「そういって下さってありがたいと思います。ぼくの小説も長く続きすぎて、読み手がいなくなって、自業自得です。それでは、これで電話をお切り下さい」

それから斎藤さんは付け加えてこういった。

「そうそう、あのとき京子さんはこういっていたわよ」

「京子じゃない、愛子でしょう」

「『私はいろいろなことが心配です。もし主人に先立たれたらと思うと。なさぬ仲の子供もいますし。だけど何が起こってもいいの。今まで主人によくしてもらったし、外国もあちこち連れていってもらったし、もうどうでもいいの。私の宿命だと思っておりますのよ』」

## 2

『別れる理由』の第一巻の終りのところで、申し訳ないが、昔原稿を渡してから何十年ぶりにページをあけてしらべてみると、小説の中の恵子（つまりホンモノ）が、前田永造と話をしているところがあって、

「もうこれ以上つき合うのは止めにしましょう」

という。

「それにあなたもヘンなぐあいになったようだし、ちょうどいいじゃありませんか」

という。ぼくは、永造の返事を気にすることは止めにして本を閉じてしまった。

江藤淳は、『別れる理由』について『自由と禁忌』という長篇評論で論じていて、その本の寄贈を受けたことがある。ぼくは昔から短篇でも長篇でも、原稿を渡してしまうと、読み返したことはなく、前の月の部分の最後のページを読んで次の月の分を考えるだけであった。坪内さんの『別れる理由』が気になって』は、この第一巻の終りのところで、江藤淳が、自由にやっていたあげく禁忌（タブー）に出会って、物語を続けることが出来なくなってしまった、といっているところが引用してある。この「タブー」云々というのとはあまり関係がないが、これからやがて第二巻に当たる部分に入ることになることを、しばらく前から考えていた。ぼくは二、三年前から演劇の本を読んだり、誘われて芝居小屋へ行くようになり、イヨネスコの「椅子」という劇で舞台一杯に椅子が積み重ねられているようなことになるのを見ておどろいた。それから坪内さんも想像しているようにヤン・コットというポーランド人の書いた『シェイクスピアはわれらの同時代人』という本など読み、そのあとどのくらいたってか知らないが、同じヤン・コットの『ヤン・コット演劇の未来を語る』という本を買って胸おどらせて読んだ。そのあげく、ぼくは芝居の台本を書いてみないか、と誘われ、二回ほど上演することになり、どういうものをどう書いたらよいか分らず、二度めの場合は演出をするようにいわれた。じっさいは演出などできるわけはないことが、その立場になってよく分った。スタニスラフスキイの『俳優修業』など六本木の古本屋で買ってきた。いつだったかハッキリしないが、ピーター・ブルックの『なにもない空間』という本も読んだ（これは大分あとのことかもしれない）。ぼくは、自作上演前にも初日を迎えてからもほとんど毎日のように出かけ、ケイコをするところを眺め、役者が一歩、二歩と定められた歩数を歩くところを見て、ふしぎな気がしたり、面白がったりした。

ぼくは、第一巻の〈物語〉に出てくる人物が第二巻で舞台に現れて演じるように動いたりしゃべったりすることを空想していて気持がひかれた。

森敦さんはずっと前といっても昭和二十四、五年からであるが話相手であった。当時から、森さんは、小説家志望者あるいは、ぼくみたいに戦前から書いている人の小説をときには生原稿で読んで色々と〈指南〉に当たることをしていたようである。ぼくはもう同人誌をやっていたので、そういう小説を見せろ、といわれたので読んでもらった。森さんは昭和八年頃に天才をうたわれたことがあり、その後は数学の勉強をしてきている、という噂であった。ぼくは指南を受けるつもりはなかった。森さんもそういうつもりはなく、自分の文学理論を昔話に織りまぜて語るというぐあいであった。昭和の末になり、森さんが自分で小説を書く気があるとは、ぼくは全く思わなかった。そういう気配は微塵もなかった。数学にくわしいときいていたが、ぼくはよく分らなかった。ただ、戦前からヴァレリーが詩をやめて数学の勉強に没頭していた、という話はきいていた。

ぼくは文壇から長篇を頼まれるようになったのは、昭和三十年頃であった。ぼくはその頃フランツ・カフカというチェコのユダヤ人の作家のものを、その頃までに新潮社から出た全集を読んで、たいへん惚れこんだ。こういうものを書くのでなければ、小説など書いても意味がないと、思い出した。しかしこう思う作家は世界中にいるようになっていて、カフカに惚れこむのと、いかにそれが空頼みであるかということを思い知らされるのと同時であった。

森さんに指南を受ける人々の中にもそういう人がいた。森さんもカフカは読んでいた。というのは、彼に指南を受けようとする、旧制一高の同級生の中にもそういう人はいた。森さんは早くからどこにいても、文学指南をしていて、小説の生原稿を読んでいたのか独自の文学理論をつぎこまれていたのか、そのあたりのところはだんだん分ってきた。森さんのこの生き方を同級生だった中村光夫なんかは、何か悪くいうところがあったが、ぼくは中村さんのようには感じなかった。指南に当ることをして、その相手がなるほどと思ったり、世に認められるようになったり、要するに森さんに意見をきいたものが喜ぶのが、森さんの生甲斐であったと思う。ぼくは、このことを不思議な特別なこととは全く思わなかった。ぼくは話相手として森さんのある力倆を認めざるを得ないところもあった。

しかし、フランツ・カフカとなると、ぼくは途方にくれた。ぼくのそれまでの小説を書く態度あるいは立場では、どうにもならないことが分った。ぼくが長篇の『島』を書くときには、それまで全くの空想では書いたことがなかったのに、それに近い書き方をしなくてはならない、ということになった。話相手というような人は誰もいなかった、というより、もともとぼくは話相手はあまり必要ではなかった。その頃からぼくは森さんに空想の相手として話しかけて、何かうかがったりすることを必要とした。森さんは戦争中色々な体験をし、ぼくらにとっては、ただの空想に近いものが、森さんには体験に近いもののようにうかがわれた。

森さんは論理の人である。斯波四郎なんか、論理では小説は書けないと森さんに叛旗をひるがえしていた。森さんに毎月百枚の小説を書いて、森さんはそれを読み、そのうちぼくに、

「ようやく破れヴァイオリンが鳴り出した」

といった。

斯波四郎も、ヘッセだとか、カフカなどにひかれていた。しかし一方斯波四郎は同人誌をやり出して、森さんに小説を書かせようとしていた。「リクツをいわないで、自分で書いたらどうだ」といったりしていたようだ。

ぼくは何も手ごたえのないところから仮につけた『島』という長篇を書くときに森さんからヒントを得ようとした。

「位置だけあって、それだけの意味しかない島」などと自分に言いきかせて、空想を自分の中からひき出そうとした。島の漁民がいなくなり、と思っているうちに、異様な悪臭が

おそいはじめ、そのうち米俵がどこからか現われ、村長が峠からその米俵を村の民家に向って転がしはじめた。というようなことをぼくは書いた。その後、島の息子といってもまだ子供に近い年齢の男の子が人々を連れて海へこぎ出た。そこまで書いたときやがて現われるかもしれない、まあ島といってもいいところが、何と呼ばれているのか、それだけでも分りたいとずいぶんふしぎで身勝手なことを思った。ぼくは百枚書いたあと、鳥海山の麓の漁村、吹浦《ふくら》に間借りといっても階下の部屋を借りて夫人と住んでいた森さんを訪ねた。ぼくが森さんにうかがったのは、

「森さん、その島は何という呼び名でしょうかね」

ということであった。すると森さんは即座に、

「小島さん、それは大ケンリ島ですよ」

と答えた。

「あっ、そうか」

とぼくはいった。ぼくはその島へ着くまでに何日もかかったのであるが、そのあいだにどういうことを書いていたか、思い出せないが、何か空想をはたらかしていたようで、そのぐあいは実にアイマイであるが、そのアイマイさの中に、自然にひき出されてくる何ものかがあり、ぼくの中にあるかもしれない世界と、ぼくという作家のあいだの関係がしみ出してくるかもしれないという興奮もおぼえないわけではなかった。

こんなぐあいの小説の書き方は生れて始めてで、そんなものが、どうしてカフカに比較できるようなものであり得るであろうか。

もし森さんの、禅坊主が打ちこむようなコトバがぼくに向って発せられ、ぼくがバカみたいにその言葉の奥に予感させるものを創り出すとしても、ユダヤ人でない日本人が戦後の十年たったとき自分が身体中で感じているものを通して世界と結びつくということを創作によって実行に移そうとしていると思うことができようか。

ぼくはカフカがヤヌホに歩きながらしゃべっていたような、

「ユダヤ人というものは比喩で話すものですよ」

という文句にあこがれた。比喩であるのだから具体的で、しかもある一つの具体が世界をもあらわすのだから抽象的でもある、という普遍性をもつ、という魅力に近づけるだろうか。ぼくの出来ることは、学生の頃から惚れこんでいたロシアのゴーゴリの「鼻」という作品のような、ファンタジーではあるが、解くことのできないナゾそのものであるような小説を書くことだろうが、それさえも手がかりがない有様であった。

ぼくは今日、友人の山崎勉から、ぼくの初期の短篇集『小銃』（集英社文庫、初版昭和五十二年十二月三十日）の解説の長谷川泉の文章を読み上げてもらった。

長谷川泉は、ぼくが影響を受けたと思われる何人かの先輩の名をあげて、その何人めかについてこう書いている。

小島信夫の才能を買った者に、一高中退の森敦がいる。小島信夫自身は、自己の具体と森敦の論理の微妙な対立がひどく苛立たしく、反面愉悦に満ちたものであったことを回想している。それは奇妙な恋着といってよいだろう。文学魂にも一種の阿吽《あうん》の呼吸の恋着があるものである。

長谷川泉のこの解説は、ぼく自身がどこかに書いたことを用いながら書いている。ぼくはどこにこんなことを書いていたのだろう。ぼくは、昭和四十五、六年頃に講談社から出た六巻本の全集の解説を一巻ごとに自分で書いて、森さんとのことは、かなりくわしく述べた。むしろ森さんとのことに触れたい、触れるべきだ。誤解スレスレの関係に触れようとしたことをおぼえている。その中に長谷川泉のこの解説の中の「回想」が述べられていたのかもしれない。

たとえば、カフカの「掟の門」というふうにいわれている文章があって、『審判』のさいごのところにもあらわれてくる。これを数学の何とか論と結びつけて、当時の数学の論の影響を受けているという考え方があるそうである。坂内正がそう書いていると私はいったそうであるが、そうとすれば間違いで、一般にもそうであるが、カフカという人は、文学的想像力で作品化しているのであろうと思う。プルーストについても数学の影響であるといった考え方があったように記憶しているが、小説家はそういうことでは自分が満足しないのだという気がする。ぼくがそう思うところがあるだけであるが。

## 3

『別れる理由』の第一巻と第二巻のあいだで、森さんが、「小島さん、タイム・トンネルですよ」と呟いたことを、友人の山崎勉が最近、それは小島さん、『不思議の国のアリス』のような作品をアタマに置いての発想ではないでしょうか、といっている。そうかもしれない。そんなぐあいにして、第二巻は始まった。「夢くさい」と永造は度々つぶやいているが、何かといえば、永造は呟く。このことについて、坪内さんは読者の注意をひくように述べている。ぼくも坪内さんの文章をうなずきながら読む。ずっと以前から、予想していた展開というわけではない。そのときどきの流れでそうなるので、ぼく自身もそれを楽しいと考えつつあった。他人の意見に感心し、早速、貧弱なアタマに刺戟をあたえるのがうれしい。ぼくは誰にせよ、そういう発想を抱くことのできる人を尊敬しありがたいと思う。では、どう書き進めて行くか。いよいよ、ぼくの仕事がはじまるとの思いで胸が鳴る。みんなは、ぼくが自分の仕事のことを他人のことのように眺めたりしている態度をけしからぬ、というかもしれない。合作とか合唱とか、という云い方をすることがあるが、自分の仕事を他人ごとのように見ながら進めるというのを、ぼくは好むところがある。ぼくは一個人の力では限界がありすぎると考える。もっとも、これは、協力をして自分の能力が伝わり、花開くことを好む人との関係においてしか成り立たない。そういう協力関係を誇りに感じるということは珍らしいだろうが、それは自分のアタマに誇りをもつことができる場合においてのみのことなので、いつでもそう思うのは甘く見ているのかもしれない。

この第二巻の中でも特に越えるのに厄介な難所があった、と坪内さんはいっている。〈難所〉というい方ができるというのは、大した人である。ぼくは、〈難所〉といういい方ができるだけで、『別れる理由』というめんどうくさいかもしれない作品をこれからも最大限理解しようとつとめてくれることが察しがつく。その〈難所〉というのは、トロイ戦争に出てくるアキレスとアキレスの馬との対話の場所のことである。この人間と馬とは、ときどき、仮面をかぶってその仮面の人になり代って対話をする。それが連載の二年間分にわたっているというのである。他人ごとみたいにみなすところのある、この『別れる理由』の作者は、ノンキなことをいっている。この二年間分のタイクツな分量は、江藤淳の批判にさらされるのは当り前のことであるが、そのタイクツさに対し坪内さんは、ずっとあとになって振り返ると、それはトロイ戦争なんて厄介なものが何故起ったのかということを解釈しているのであって、その分量のタイクツな長さは、実は何故この登場人物たちが——第一巻にも登場するところのものたちである——こんなタイクツなことをつづけてきているのか、責任があるようなないような、成り行きまかせのような態度についても解釈しているのとつながり、それはこの部分までのところを考えても、『別れる理由』という作品にかかわることであって、そういっていいかどうか分らないが、マジメにやっているということで、そのていどのことで、どうして問題の深い中心に辿りつけないのかということや、辿りつくことに興味を示さないという世の中の状況と無関係でなく、そのことこそ問題にされており……。そんなふうに考えることは、さっきもいったようにあとになって振り返るときに分るというのである。

　こうしたことは、実は、『別れる理由』の第一巻を通過して『抱擁家族』にまでさかのぼって行く。坪内さんは、この二つの作品を、写真のポジとネガの関係だとする。ハッキリしなかったかもしれないが、『抱擁家族』の三輪俊介は似たところのある前田永造へとつながり、俊介の女主人公も時子から陽子へと移る。そうして俊介は妻をバトウするが、俊介つまりその後身である永造だって、分ってみたら、実にけしからぬことをしてきている、というぐあいになっている。こうさかのぼって、解釈（?）しようとしている。これこそ、江藤淳の望む所のことだ。

　解釈したって考えに夢中になったとしても、そんなことがどうなる、というような単純なことではない。

# 4

ところで、せっかく『抱擁家族』のことが話に出たからいっておくが、昨日になってぼくは、『抱擁家族』は小島信夫が書いたのではない。それのみか、『抱擁家族』という題名に至っても、あれは作者の小島信夫がつけたものではない、ということを誰かが問題にしたということを知った。昨日になって知ったのは、ぼくが、その元になる本を読んでいないからで、ぼくは、もともと自分の小説さえも読み返したことがないことはともかくとして、この頃ずっと眼が悪くて読むのがメンドウになってきているせいもある。

いったい、どうして『抱擁家族』という小説が、ぼくが書いたのではないとか、タイトルもぼくがつけたものではないとかいう人が現われたのであろう。小説そのものは、読んでもらえれば分ることで、いったい読者はぼくが書いている、あるいはいかにもぼくらしい文章で書かれていると思わなかったのだろうか。

度々いってきたように、漱石が「世間から家族（夫婦だったかもしれない）を守るために、embrace（抱擁）する」というようなことを書いていた記憶がある。『日記及断片』だったたか。その抱擁とはどんなことであるのか。急にそんなことをしてみてもどうにもならない、ということをいっているように見える。ぼくの勝手な想像では、たとえば『明暗』の津田と妻のお延が、まわりの悪評の中で立往生するというぐあいになるとして、何とか打開策をと思って抱擁するだろう。しかしそれはそんな生易しいものではない。自分たち自身が変れるものでもない。

保坂和志の、『書きあぐねている人のための小説入門』を読んでいると、『抱擁家族』の中の、バスに三輪家の家族が乗っていて、俊介が金を払うときに、女車掌に一緒に乗っている人はどこにいるのですか、ときかれて、「あそこにいるのです。いっしょに並んでなくったって家内は家内です」というところが引かれている。これは何となくコッケイである。これは事件（？）のあとでの話のようである。ぼくはこの部分は忘れていたので、ウマいところを引用しているな、と思った。〈抱擁〉というのはアイロニイなのだ。そんなタイトルをぼく以外のものがつけるはずがない。つまりバスの中の、小さなこの事件が、つまり『抱擁家族』の有様である。

## 5

話は前へ戻ることになるが、このあと小説の〈構想〉が変って、作者の小島信夫や、登場人物の永造がパーティに出現する。パーティには、当時の文壇と関係のある人物が登場する。

つまり、それまで書かれてきている『別れる理由』に関係する人物と、この小説を書いてきた小島信夫と、どっちがいうなりになっているか、ムズカしいところだが、そういう二人（？）の人物が出現し、パーティと関係のある小説の外の人物、当然編集長が顔を見せる。

そして最後に「『月山』の作者」というふうにこの作品の中でいわれはじめている人物が登場する。つまり厄介千万な『別れる理由』という小説と、それをとりまく世界で、しかもその人々の話題の中には、〈世界〉のことも出てくる。消滅しかかっていると思われつつあるという文壇も入っている。

坪内さんは、最後の部分は読まないで残しておいたという。もうそろそろ、誰かがここに入ってくる、と書いている。その気配が小説の中に漂っていると、書いている。

ぼくは『別れる理由』が気になって』は、ぼくの好みに合った〈小説〉の見本だと思う。なぜ〈小説〉として面白いか。坪内さんは『別れる理由』に色々なものを重ねている。そのために、毎月の発表誌『群像』を早稲田大学の図書館へ読みに行く。毎月何ヵ月分かを、その時に応じて考えて読む。同じ頃雑誌に載っている座談会の記事を見てショックを受けたりして重ねる。世の中の動き、文学、思想の動きを重ねる。江藤淳のフォニー、フォニーと叫んでいるのは当っているか、いないか、を重ねる。……そうして読み終ると、『別れる理由』が何であったか、具体的に、そして何故苦労してきたか判る、というふうに読める。『別れる理由』という厄介な小説が〈気になって〉というタイトルでもって、その通り、〈気になりながら〉辿られてきたことが、一つの世界を創る。もとの小説はもちろんあるにはあるが、それを適当にアンバイして、ぼくたちの前に出現したのは〈小説〉である。

何よりも〈小説〉になっているのは、彼が「ポスト・モダン」をふりかざしたりせず、当時のポスト・モダン的状況を読者に伝えようとして、こうしたこの厄介な小説を読んでいると、ふいに某々氏のポスト・モダンの闘争の宣言がうかんでくるというふうになっていることだ。また、そうウマクいっているとは、と、ぼくは自分の昔書いたこの小説を思うが、気がついてみると、諸人物たちは、自分たちだ、なんて、そんなぐあいにまではとてもとても……。

＊

ぼくの知人は、タメ息をつきながら、『別れる理由』がこんなに面白いものだったとは、といっている。それから一息ついて我に返り、プラス・アルファのおかげだけど、という。

さきほど名前を出した山崎勉の話によると、彼は最近、『笑いの力』という本を買ってきて読んだそうだ。三人の知名な人が北海道でこの題名のもとに講演をして、それが載っている。そのあと三林京子という、文楽人形遣いの、二世桐竹勘十郎の娘さんであり近頃(?)落語の師匠に弟子入りをしている女優さんが三人の話に加っているそうだが、その中で彼女は「落語芝居」というもののことを話したそうである。落語芝居とは桂枝雀が始めたそうだ。三林さんの師匠がいうには、落語家が何人かの人物のマネをして話している うちに、話している自分が分らなくなって、なかなかムツカシイそうだ。それと関係のあることだが、今はハナシ家がハナシの中の人物といっしょに登場し芝居をする、というのが流行(?)しているそうである。どこか、あなたの『別れる理由』と似ていると思ったということだ。以上で、終りです。

(『群像』二〇〇五年七月号)

本書の本文は『群像』二〇〇二年五月号、七月号〜十二月号、二〇〇三年四月号〜二〇〇四年三月号に連載され、二〇〇五年三月に講談社より刊行された『別れる理由』が気になって』を底本としました。

また、巻末に収録した二つのエッセイは、掲載誌（各文の末尾に表示）を底本としました。

いずれも、明らかな誤記や誤植と思われる箇所の訂正および体裁を整えるためのわずかな調整のほかは底本に従いました。

Kodansha Bungei bunko

『別《わか》れる理由《りゆう》』が気《き》になって
坪内祐三《つぼうちゆうぞう》

2024年7月10日第1刷発行

発行者……森田浩章
発行所……株式会社 講談社
〒112-8001 東京都文京区音羽2・12・21
電話 編集 (03) 5395・3513
販売 (03) 5395・5817
業務 (03) 5395・3615

デザイン……水戸部 功
印刷……株式会社KPSプロダクツ
製本……株式会社国宝社
本文データ制作……講談社デジタル製作



ISBN978-4-06-535948-8

| | | |
|---|---|---|
| 塚本邦雄 | 新撰 小倉百人一首 | 島内景二──解 |
| 塚本邦雄 | 詞華美術館 | 島内景二──解 |
| 塚本邦雄 | 百花遊歴 | 島内景二──解 |
| 塚本邦雄 | 茂吉秀歌『赤光』百首 | 島内景二──解 |
| 塚本邦雄 | 新古今の惑星群 | 島内景二──解／島内景二──年 |
| つげ義春 | つげ義春日記 | 松田哲夫──解 |
| 辻 邦生 | 黄金の時刻の滴り | 中条省平──解／井上明久──年 |
| 津島美知子 | 回想の太宰治 | 伊藤比呂美─解／編集部──年 |
| 津島佑子 | 光の領分 | 川村 湊──解／柳沢孝子──案 |
| 津島佑子 | 寵児 | 石原千秋──解／与那覇恵子─年 |
| 津島佑子 | 山を走る女 | 星野智幸──解／与那覇恵子─年 |
| 津島佑子 | あまりに野蛮な 上・下 | 堀江敏幸──解／与那覇恵子─年 |
| 津島佑子 | ヤマネコ・ドーム | 安藤礼二──解／与那覇恵子─年 |
| 坪内祐三 | 慶応三年生まれ 七人の旋毛曲り 漱石・外骨・熊楠・露伴・子規・紅葉・緑雨とその時代 | 森山裕之──解／佐久間文子─年 |
| 坪内祐三 | 『別れる理由』が気になって | 小島信夫──解 |
| 鶴見俊輔 | 埴谷雄高 | 加藤典洋──解／編集部──年 |
| 鶴見俊輔 | ドグラ・マグラの世界｜夢野久作 迷宮の住人 | 安藤礼二──解 |
| 寺田寅彦 | 寺田寅彦セレクション Ⅰ 千葉俊二・細川光洋選 | 千葉俊二──解／永橋禎子──年 |
| 寺田寅彦 | 寺田寅彦セレクション Ⅱ 千葉俊二・細川光洋選 | 細川光洋──解 |
| 寺山修司 | 私という謎 寺山修司エッセイ選 | 川本三郎──解／白石 征──年 |
| 寺山修司 | 戦後詩 ユリシーズの不在 | 小嵐九八郎─解 |
| 十返 肇 | 「文壇」の崩壊 坪内祐三編 | 坪内祐三──解／編集部──年 |
| 徳田球一<br>志賀義雄 | 獄中十八年 | 鳥羽耕史──解 |
| 徳田秋声 | あらくれ | 大杉重男──解／松本 徹──年 |
| 徳田秋声 | 黴｜爛 | 宗像和重──解／松本 徹──年 |
| 富岡幸一郎 | 使徒的人間 ─カール・バルト─ | 佐藤 優──解／著者──年 |
| 富岡多恵子 | 表現の風景 | 秋山 駿──解／木谷喜美枝─案 |
| 富岡多恵子編 | 大阪文学名作選 | 富岡多恵子─解 |
| 土門 拳 | 風貌｜私の美学 土門拳エッセイ選 酒井忠康編 | 酒井忠康──解／酒井忠康──年 |
| 永井荷風 | 日和下駄 一名 東京散策記 | 川本三郎──解／竹盛天雄──年 |
| 永井荷風 | [ワイド版]日和下駄 一名 東京散策記 | 川本三郎──解／竹盛天雄──年 |
| 永井龍男 | 一個｜秋その他 | 中野孝次──解／勝又 浩──案 |

▶解=解説 案=作家案内 人=人と作品 年=年譜を示す。 2024年7月現在

# 講談社文芸文庫

| | | |
|---|---|---|
| 永井龍男 | カレンダーの余白 | 石原八束——人／森本昭三郎—年 |
| 永井龍男 | 東京の横丁 | 川本三郎——解／編集部——年 |
| 中上健次 | 熊野集 | 川村二郎——解／関井光男——案 |
| 中上健次 | 蛇淫 | 井口時男——解／藤本寿彦——年 |
| 中上健次 | 水の女 | 前田 塁——解／藤本寿彦——年 |
| 中上健次 | 地の果て 至上の時 | 辻原 登——解 |
| 中上健次 | 異族 | 渡邊英理——解 |
| 中川一政 | 画にもかけない | 高橋玄洋——人／山田幸男——年 |
| 中沢けい | 海を感じる時｜水平線上にて | 勝又 浩——解／近藤裕子——案 |
| 中沢新一 | 虹の理論 | 島田雅彦——解／安藤礼二——年 |
| 中島 敦 | 光と風と夢｜わが西遊記 | 川村 湊——解／鷺 只雄——案 |
| 中島 敦 | 斗南先生｜南島譚 | 勝又 浩——解／木村一信——案 |
| 中野重治 | 村の家｜おじさんの話｜歌のわかれ | 川西政明——解／松下 裕——案 |
| 中野重治 | 斎藤茂吉ノート | 小高 賢——解 |
| 中野好夫 | シェイクスピアの面白さ | 河合祥一郎—解／編集部——年 |
| 中原中也 | 中原中也全詩歌集 上・下 吉田凞生編 | 吉田凞生——解／青木 健——案 |
| 中村真一郎 | この百年の小説 人生と文学と | 紅野謙介——解 |
| 中村光夫 | 二葉亭四迷伝 ある先駆者の生涯 | 絓 秀実——解／十川信介——案 |
| 中村光夫選 | 私小説名作選 上・下 日本ペンクラブ編 | |
| 中村武羅夫 | 現代文士廿八人 | 齋藤秀昭——解 |
| 夏目漱石 | 思い出す事など｜私の個人主義｜硝子戸の中 | 石﨑 等——年 |
| 成瀬櫻桃子 | 久保田万太郎の俳句 | 齋藤礎英——解／編集部——年 |
| 西脇順三郎 | *Ambarvalia*｜旅人かへらず | 新倉俊一——人／新倉俊一——年 |
| 丹羽文雄 | 小説作法 | 青木淳悟——解／中島国彦——年 |
| 野口冨士男 | なぎの葉考｜少女 野口冨士男短篇集 | 勝又 浩——解／編集部——年 |
| 野口冨士男 | 感触的昭和文壇史 | 川村 湊——解／平井一麥——年 |
| 野坂昭如 | 人称代名詞 | 秋山 駿——解／鈴木貞美——案 |
| 野坂昭如 | 東京小説 | 町田 康——解／村上玄一——年 |
| 野崎 歓 | 異邦の香り ネルヴァル『東方紀行』論 | 阿部公彦——解 |
| 野間 宏 | 暗い絵｜顔の中の赤い月 | 紅野謙介——解／紅野謙介——年 |
| 野呂邦暢 | ［ワイド版］草のつるぎ｜一滴の夏 野呂邦暢作品集 | 川西政明——解／中野章子——年 |
| 橋川文三 | 日本浪曼派批判序説 | 井口時男——解／赤藤了勇——年 |
| 蓮實重彦 | 夏目漱石論 | 松浦理英子—解／著者——年 |
| 蓮實重彦 | 「私小説」を読む | 小野正嗣——解／著者——年 |

坪内祐三
## 『別れる理由』が気になって
長大さと難解に見える外貌ゆえ本格的に論じられることのなかった小島信夫『別れる理由』を徹底的に読み込み、現代文学に屹立する大長篇を再生させた文芸評論。
解説＝小島信夫
つL2
978-4-06-535948-8

中上健次
## 異族
共同体に潜むうめきを路地の神話に書き続けた中上が新しい跳躍を目指しながら未完のまま封印された最期の長篇。出自の異なる屈強な異族たち、匂い立つサーガ。
解説＝渡邊英理
なA9
978-4-06-535808-5